Dos sillas de peral ennegrecido

Los papeles secretos del Obispo Lepe

A Clara de Medina
que vino al fin a estimular la pluma
del autor de estas memorias.

También estoy nostálgico de días.
También fui muy feliz. También recuerdo.
También yo fui testigo de otras horas.
ÁNGEL GONZÁLEZ

Imaginad ahora
una piedra salida
de la Mano Divina
cruzando siglos-luz por los que rotan
con música callada las esferas,
una piedra en el vasto
silencio de los mundos.
Pues yo apuesto un millón
a que adivino en qué cabeza cae.
MIGUEL D'ORS

¿Cómo era, Dios mío, cómo era?
—¡Oh corazón falaz, mente indecisa!—
¿Era como el pasaje de la brisa?
¿Como la huída de la primavera?
JUAN RAMÓN JIMÉNEZ

Introito

Al cuidado de vuestro entendimiento, lector generoso, confío mis humildes letras. Es mi gracia de pila Lucas María. Morente es mi patronímico, y Río soy después porque lo fue mi madre.

Sépase que Sáenz debiera haber sido mi primer apellido, pero desde que mi bisabuelo Juan Francisco se recuperó milagrosamente de un mal sin remedio aparente, dieron en llamarle Juan Francisco "el muriente". Desde entonces todos sus sucesores vimos antepuesto el *Moriente* o *Morente* a nuestro auténtico patronímico.

Vínome la gloria desde que serví a su eminencia reverendísima don Pedro de Lepe, prelado que fue del Obispado de Calahorra y la Calzada, y miembro del Consejo de Su Majestad. En él por siempre halló y hallará la juventud un agraciado ejemplo de buena crianza amén de los ministros de la Iglesia, suficientes reglas de perfección para el cumplimiento de tan sublime estado.

Fueron mis padres Martín Morente y María Río; mis abuelos paternos, Juan Morente y María Sáenz; y los maternos Daniel del Río y María Martínez.

En su honor y por contribuir a que no quede silenciado el carácter virtual de mi señor don Pedro tómome el empeño de utilizar la pluma que tan torpe manejo para ensalzarle, y espero que mi brazo sea obediente a mi cabal entendimiento.

El mes pasado se cumplieron 21 años desde que don Pedro de Lepe nos dejó para siempre y es el caso que no lo olvido. No escapa mi pena a nuestra hija Luz que no ha dos minutos me ha sorprendido enmimismado.

—No os debe doler, padre, la ausencia de quien decís que su recuerdo alimenta vuestra vida —me ha dicho al tiempo de arrimarme la colación que remedia mis síncopes y acalla mis dolores de cabeza—. Orgulloso debéis hallaros de haber vivido con quien ocupa el mejor lugar en la pradera de los santos.

No es buena mi salud, me falla la memoria y temo la muerte, la tan certísima muerte de tan incierta hora, la muerte de la que nadie puede huir y ante la que todos se arrepienten del mal hecho y del bien que dejaron por hacer.

Desde hace dos años me encuentro algo peor, mi esposa y mi hija lo saben y aplican lo que a Luz yo apliqué cuando al hacerse mujer comenzáronle aquellas jaquecas que le hacían llorar: una infusión de hierba marialuisa mezclada con garlanda, aquella para los dolores, ésta para los desvanecimientos.

Nuestra moza nació el día 20 de octubre del año del Señor de 1701. Le pusimos por nombre Luz María de los Desposorios en memoria de la extraña claridad y el santo del día de aquella noche del 26 de noviembre del año anterior en que Clara y un servidor de vuestras mercedes nos casamos. Brillaba en el cielo un resplandor cargado de misterios. Y aunque lejos de la orilla del mar, tal nos pareció que los sones corales que acompañaron nuestra boda llegaban hasta nosotros con un rumor de olas. Hoy Luz es nuestro sustento. Anda en conversación con un joven de Fuenmayor que escribe versos, con lo que mal futuro tienen ambos si Dios quiere que lleguen a matrimoniar. Ya escribió don Miguel de Cervantes que la poesía es amiga de la soledad y que no hay poeta que sepa conservar la hacienda que tiene, que por cierto la tiene el mozo al que nuestra hija ama.

Clara, mi mujer, que tiene una hermosa piel de nácar, goza de mejor salud que quien esto escribe. Sea por la edad o por mis deficiencias me distraigo de tanto en tanto. Mi cabeza se pierde mirando aquí y allá, ora la tarima de la sala grande que parece defectuosa, ora el empobrecido zócalo de la alcoba. La moldura de madera de roble tallada por el artesano que atendía las urgencias del palacio episcopal de Calahorra mientras vivió don Pedro, que corona el friso del zaguán de nuestra casa, tiene mellas de difícil arreglo. Y también piden remedio el techo, el artesonado y las paredes lisas coloradas de ese impreciso color que creo que fue ocre, y que Clara dice que ayuda a que todo luzca más.

¡Ay, si don Pedro leyera mis pensamientos! ¡Él que sentenciaba que no era razón adornar las casas mientras los pobres andan desnudos.

Fui agricultor y sirviente de un eminente obispo a quien tengo más en la memoria que el tocar de las campanas. Ejercí de sacristán y paje suyo y nadie me quitará el revesino de escribir estas memorias que sé que al menos leerá mi hija y quién sabe si algún perdido que llegue a interesarse más por la vida de aquel a quien serví que por la calidad de mis letras.

Tuve una hermana algo menor que yo y de ella tres sobrinos huérfanos hace tiempo, de los cuáles viven dos desde que murió Francisca y a los que veo poco desde que se hicieron hombres.

Que servir a don Pedro de Lepe fue un privilegio es obvio, y que desconozco qué mensajero cumplirá la misión de hacer llegar estas hojas a quien le interesaran, indudable. Pero confío en que tiempo, lugar y puntual pena, logren lo que con sermones a veces es imposible.

Por más que no pueda escribir con la galanura que merece el protagonista y una vez hechos los cálculos necesarios para que mis deseos se igualen a mis capacidades, narraré lo vivido junto a él mientras el nefasto siglo diecisiete se empeñaba en acabar con todos. Y aún relataré otros aconteceres que de mi señor conozco por boca de muchos y de él mismo. Le serví y traté a lo largo de 14 años. También conocí a muchos que con él se relacionaron en Badajoz y a alguno de los de Sanlúcar y Sevilla. Venero como reliquias sus papeles, especialmente las dos cartas que a mi me dirigió para que las leyera después de su muerte. Son papeles escritos de su puño y letra que recogí porque esa fue su voluntad, de sobre las dos sillas negras de su habitación. Aquellas sillas misteriosas que vinieron con él y que jamás hicieron sombra.

No referiré milagros suyos que los hubo porque no creo que los herejes les den crédito por venir de quien viene el relato y sobre todo porque la necedad es en algunos más fuerte que la voz del espíritu. Tampoco dejaré de decir que mucho de lo acontecido sólo al caracter milagroso de las virtudes naturales de las que estuvo revestido mi señor don Pedro pudieron ser debidas.

La huella dolorosa de la muerte de aquel preclaro obispo y señor de las buenas costumbres, fue tal que sofocó mi pena por la pérdida de Francisca, carne de mi carne por ser carne de mi hermana, que se la llevó de este mundo un cólico miserere unas semanas antes de la definitiva partida de don Pedro.

Pienso que es de justicia referir lo que sé por cuanto llevarlo conmigo al más allá igual sería que sepultarlo en fiemo, y puesto que la semilla de don Pedro merece fructificar intentaré regarla con el flujo amoroso de mi humilde pluma.

Poco ha cambiado España desde que él murió.

A mis oídos llegó ayer que nuestro rey don Felipe Quinto aceptó claúsulas extranjeras por las que renuncia a Cerdeña y Sicilia a cambio de mantener para los hijos de su segunda esposa la sucesión de los ducados de Parma, Piacenza y Toscana. Gibraltar nunca más será español. Le han respondido al rey que las circunstancias han cambiado, lo que da a entender que alguna intención tuvieron de restituírnoslo.

¡Año aciago aquel en que murió el rey don Carlos Segundo! En él se fueron de este mundo el Santo Padre Inocencio Duodécimo y don Pedro de Lepe. Desde entonces tan sólo guerras nos han venido alcanzando que más hambre, imposible. El soberano que hoy nos gobierna sembró la discordia entre los ciudadanos de modo que ahora unos que sí y otros que no.

Este cuarto don Felipe llegó a nosotros cuando contaba 17 años de edad por deseo de don Carlos Segundo que así lo manifestó en su testamento. Se presentó en Madrid el 24 de abril de 1701 cuando ya un servidor de vuestras mercedes había vuelto a laborear la tierra que sus padres le dejaron en la cuenca del río Iregua mientras mi segunda esposa afianzaba las cosas domésticas y amamantaba a nuestra hija.

El nuevo soberano no se sentó pacíficamente en el trono; era francés y los de Austria no lo consentían. Por defender éstos sus derechos se unieron a Inglaterra y a otras naciones para combatir al Borbón. Doce años duró la guerra. España se arruinaba ya sin Gibraltar, sin Italia y sin Menorca, pues de Portugal nadie recordaba que fue nuestro pese al poco tiempo transcurrido desde su pérdida (que fue cuando un servidor de vuestras mercedes tenía como 10 o 12 años y sucedió aquello de Masaniello).

Fueron tiempos de hambre y de morales licencias. La fruta de los árboles era de todos, y las uvas y las hortalizas desaparecían en los talegos de los necesitados y de los facinerosos. La gazuza no respetaba clases. Cualquiera tenía un traje con más agujeros que un cielo estrellado. Las irreverencias de la gente eran peores que en el reino de los gitanos entre los cuáles no existe el adulterio aunque haya incestos.

Si acaso advirtieran ya sus mercedes el cariño que sentí por nuestro rey antecedente don Carlos Segundo sépase que tal inclinación me vino del amor que mi señor don Pedro de Lepe le tuvo y mantuvo hasta el final, mas no por ello dejaré de reconocer que aquel monarca tuvo más sus menos que sus más, tanto fue el descontento de los ciudadanos por sus malhaceres. En su tiempo hasta los empleos públicos llegaron a venderse.

Discúlpenseme los deslices de mi pluma que tanto serán debidos a mi ignorancia y al estado de mi cabeza como a mi admiración por el obispo Lepe. Procuraré omitir las ofensas al Señor hechas por terceros ante las imaginarias barbas de mi señor a quien algunos provocaban con gusto y regocijo de maldad. Eran gente que no conocía a Dios, cosa que desgravaba su pecado. No dejaré de mencionar otras fechorías contra el prelado sin nombrar al pecador. Si algo importante me quedara en las entrañas, que Dios me dio una sola cabeza pero tan dura como la base del rollo de Azofra, no creo que ello empezca la comprensión del contenido de esta epístola pues seguro me hallo de que asistiéndome como el Todopoderoso me asiste en esta redacción, no ha de consentir olvido sustancial que desacredite a la persona principal de mi relato.

No soy ni puritano ni santo, nací en el hogar de una familia campesina, ayudé a mi madre y socorrí a mi hermana Teodosia en todo aquello cuanto requirieron. Me gustaron y me gustan las serranas más que las del valle, casé y enviudé en menos de tres años y más que mozo era cuando volví a desposarme.

Soy de carne tan débil que pasé la vida embridando mis instintos y sólo más fuerte que mi propia debilidad es mi amor propio. Gocé de esto y aquello con la mesura propia de quien se sabe espíritu de Dios, aún así escapeme muchas veces con engaño del cuidado de don Pedro. Anticiparé a vuestras mercedes que un día leyó en mi frente el nombre de mi pecado y túvele que confesar fuera del sacramento parte de cuanto le trufé. En toda hora perdonó (con beatíficas sonrisas que no olvidaré en toda mi vida) el tropel de mis debilidades, que habrá que ver cuántas fueron. Y vi cómo gracias a él se animaron muchos otros en distintas ocasiones y vicisitudes. ¡Cuántos y cuántos habranse salvado por su piedad y cuántos otros por su santidad!

En lo corporal era uno más. Bostezaba, se cansaba y penaba.

Digo que en lo corporal era uno más aunque fue menos porque tuvo muy frágil salud. No obstante visitó toda la diócesis caminando más leguas que cualquiera. Vivió con austeridad rayana en la pobreza, se enamoró del infinito y murió santo por haber vivido en ese bruñido incensario en que se queman las vidas orientadas a Dios.

Mas de cómo todo esto pudo ser verémoslo enseguida.

No, no es buena mi salud, me falla la memoria.

(Escritos de Lucas María Morente.

En Arrigorriaga, en 1690; en Huércanos y Uruñuela, 1695 y 1696; en Calahorra, en diciembre de 1700; y en Logroño, entre 1720 y 1721).

I. Clara el Obispo y yo

Que el que pudiendo trabajar no lo haga,
que no coma;
que de gobernadores es que no llegue a pedir
quien lo puede ganar.
PEDRO DE LEPE.
Obispo de Calahorra y la Calzada.

Clara de Medina no había cumplido los 12 años cuando ya se hallaba al servicio de don Juan José Lerdo de Tejada, caballero divisero del Ilustre Solar de Tejada que habitaba junto a su familia una regia casa junto a la ermita de San Gregorio de Logroño. Los consanguíneos de Clara habitaban otra más modesta algo más cerca del Ebro, hacia la caída del sol, en la calle de las Boterías. Yo había nacido a escasos pies de la muralla septentrional de la ciudad junto a la puerta de Carlos Primero.

Clara de Medina era mucho más joven que un servidor de vuestras mercedes. Aunque sirvienta, vestía de ordinario, y con muy distinguido primor, modestas galas de encajes y puntillas de las que llaman de Provenza. Quísela desde que enviudé sin que deba interpretarse mi sentir por ella como desamor a la difunta.

Oi su blanca voz por primera vez la víspera de cumplir ella 21 años. Yo tenía 30 que no aparentaba cuando mi corazón se abrasó con su mirar profundo. Fue en la iglesia de Santiago el Real que frecuentaban además de las beatas de costumbre que decían acudir a cumplir con los preceptos de la

Iglesia, gentes que buscaban en la religión el consuelo a su hambre.

Solía colmarse el templo de damas de postín como ella, que ya digo que no parecía criada de nadie. Yo iba por encontrar alivio para mis soledades. Un día me situé a la entrada para verla llegar y ofrecerle mis dedos humedecidos en el agua santa de la pila bendita. No quieran saber vuestras mercedes hasta qué punto se estremecieron mis entrañas cuando estuvo frente a mí. La misa de nueve rebosaba de fieles pero pareciome vacía. Tan despacio como inquieto reorienté mi cabeza y nos miramos, tendí la mano y con sus dedos rozó los míos.

—Gracias caballero —exageró el tratamiento dejando resbalar por sus labios un azorado murmullo.

Por la tarde, no sé si por los pálpitos que me dejó el encuentro o porque inoportunamente me visitó un aire maligno, vime atacado por una gran calentura que me postró en cama siete días, con lo cuál entendí cuánto puede enfermarse de amor y perderse por ello la fuerza física. Ni el cerrojo de la puerta podía descorrer cuando Andresa, una prima lejana mía que por mí decían que bebía el aire, acudió a asistirme con caldos de gallina y paños de agua fría sobre la frente.

Durante aquella convalecencia aproveché para practicar el arte de la cocina con el que yo, sin sospecharlo entonces, satisfaría años después el estómago y la delicada salud de don Pedro de Lepe que aunque comía poco alguna vez le oí dar gracias a Dios por un mendrugo de pan bien metido en harina y mejor cocido que de ordinario.

Una de aquellas mañanas trajo Andresa dos anguilas del Ebro que desbarrigué e hice trozos como de dos dedos de ancho mientras ponía pan a remojo, lavelas bien para restar los gustos del lodo y las puse en una cazuela echándoles luego ajos fritos, un puñado de perejil cortado muy menudo, pimienta, azafrán, clavillo y canela. Refiero los detalles a vuestras mercedes porque considero que para conocer mejor a don Pedro menester es que sepan qué platos le provocaban plácemes, uno de los cuáles era éste, aunque uno de los días que se lo guisé en Calahorra las anguilas dejaban que desear en cuanto al tamaño, y por ende me excedí en clavillo, que es especia muy ardiente, y al día siguiente estuvo don Pedro bastante malo en la cama.

Mañana, tarde y noche se esforzaba mi prima Andresa en ayudarme arrimándose más a mí que al fogón.

Conforme iban cociendo las anguilas con un poco de agua y sal, piqué piñones para hacer una salsa lo mismo que hice en Calahorra aquella vez en que don Pedro se indispuso por mi culpa, y digo yo si no sería que como en aquella ocasión tuve que cambiar los piñones, que no había, por avellanas, quizá le sentaron mal.

Andresa tostó los piñones mientras yo hacía lo mismo con el pan después de exprimirlo, luego lo piqué todo y lo junté con dos dientes de ajo que asé primeramente para que no dieran demasiado gusto. Luego que estuvieron las anguilas cocidas les eché el caldo y le di dos hervores más teniendo cuidado de menear la vasija para que no se chocarrara la salsa.

Faltáronle palabras de elogio a Andresa para mí. Cenamos juntos y aunque se me insinuó contándome picantemente unas escaramuzas que dijo haber tenido con un clérigo de esos que disimulan su lujuria y sus mundanas pasiones tras falsas teorías místicas, híceme el enfermo para no caer ni en sus furores ni en sus brazos peludos, y salió de la casa con el cuerpo tan caliente como el culo de la olla en que guisé las anguilas.

Aquella fue de las contadas veces que tuve que guardar cama, todo lo contrario que el señor obispo que cada dos por tres se veía obligado a encamarse.

¡Cuán diferentes hace Dios a las personas! Él siempre fue de precaria salud aunque murió de una imprecisable. A mí me parece que murió del pecho, era común su fatiga y su tos; y se cansaba. Los médicos dijeron que su mal tenía que ver con los riñones, aseveración que siempre mantuve en cuarentena para no encontrarme en polémicas con matasanos. La cosa es que don Pedro partió de este mundo en mi presencia después de unas leves convulsiones que le hicieron perder el conocimiento.

Yo estaba presente cuando expiró y vi como su cuello se sumía sobre la almohada mientras pronunciaban sus labios un inaudible Dios mío. Fue el minuto en que vínome a la memoria el día en que le conocí. En vísperas de entrar a su servicio ya andaba yo con Clara. Era un día frío a horas intempestivas. Paseábamos los dos aquella tarde de diciembre del año de 1686 por los alrededores del Coso. Casi dos años ha que la cortejaba cuando por primera vez nos besamos junto a la fuente de San Gregorio. Corrió por sus mejillas en aquel instante un río de lágrimas silenciosas mientras su más ingenua y dulce sonrisa acrecentó mi amor.

Nos despedimos. Al llegar a la puerta de mi casa me dieron la noticia de la muerte en Inestrillas de un primo de mi difunta con el que yo, por ser de su misma edad y carácter, había tenido mucho trato y me sentía obligado a acudir a su sepelio.

Esa fue la circunstancia por la que don Pedro y un servidor de vuestras mercedes nos encontramos en el camino de la vida aquel 1686, año tan singular para la diócesis de Calahorra y la Calzada por cuanto fue en el que le nombraron obispo de nuestra diócesis. Más de 35 años hace ya de aquello y 21 han transcurrido desde que murió junto a mí.

Antes de ser consagrado, cosa que sucedió el día 30 de noviembre de aquel mismo año, los cristianos, al mando del emperador Leopoldo, habían tomado Budapest, y el Papa acababa de celebrar un consistorio secreto para nombrar 27 nuevos cardenales. Entre ellos se hallaban: el mercedario español don Pedro de Salazar, que era obispo de Salamanca, y fray José Sáenz de Aguirre, un benedictino riojano que tenía tanto corazón como cerebro.

Teníamos por Papa entonces a Inocencio Onceno por quien mi señor don Pedro sentía tanta admiración como respeto. De él tomó nuestro obispo su preocupación por vivir con lo justo y mirar toda la vida por elegir personas aptas para los cargos eclesiásticos de modo que se pudiera recuperar el buen nombre que por entonces el clero no tenía. A tal fin aquel santo padre creó una congregación compuesta de ocho miembros que recibieron el encargo especial de conceder los beneficios eclesiásticos a quien tuviese los méritos convenientes. Depuró la Iglesia en lo que pudo, dictó leyes contra la inmodestia en el vestir de los curas, instó a predicar el catecismo y a comulgar diariamente, y condenó sin merma de voluntad a los falsos místicos que pregonaban antiguas ideas contrarias a la religión cristiana.

No ensalzo yo a don Pedro porque fuera un sirviente suyo pues de todos eran reconocidas sus muchas virtudes entre las que sobresalió su generosidad de sentimientos. Admiraba a todos aquellos que destacaban por su inteligencia y bondad como fue el caso del susodicho cardenal Aguirre al que consideraba un excepcional orador.

—No creas, Lucas, que me olvido de lo que hizo Aguirre antes de salir para la Corte ya elevado a su nueva dignidad —díjome en la puerta de la ermita de la virgen del Villar, en Pradillo de Cameros, un año antes de su muerte.

Su voz me llegaba aquel día entrecortada por los pasos de la mula torpe que montaba. Yo le precedía a pie escuchándole, tirando recio de las cabezadas para dirigir al animal y descansar así el paso a su jinete.

—Aguirre quiso cumplir con la universidad —continuó— y como despedida de su cargo de catedrático dio su última clase ante un numeroso auditorio compuesto por maestros de la universidad de Salamanca y otros muchos caballeros y damas de la ciudad. Para dar su lección eligió primero el séptimo verso del salmo 70 que dice: "Fui para muchos un enigma y tú fuiste mi apoyo"; y en segundo lugar, el verso 23 del salmo 117: "Obra es ésta que hizo el Señor, admirable es por ello a nuestros ojos". Fue un gran hombre, Lucas —añadió cerrando los ojos y haciendo una pausa para llenar de aire sus pulmones—. ¡Cómo le recibieron en Madrid! Se presentó de improviso y celebró misa en la capilla real el día de la epifanía. En cama estaba yo ese día si te acuerdas. El cardenal Portocarrero le había regalado un pectoral y un anillo y ¿cómo crees que él correspondió? le mandó seis capones de la granja de Cordovín. Así es él —concluyó.

Cuando todo esto me decía no podíamos imaginar que el cardenal Aguirre moriría antes de que el propio don Pedro nos abandonara para siempre.

—Así es Aguirre —repitió con orgullo—, sencillo y cortés.

El cardenal Aguirre llegó a ser muy criticado por enviar a Portocarrero aquellos capones, pero él dijo que si su eminencia le había enviado un presente digno de un príncipe, cosa que era, él correspondía como pobre religioso que también lo era, dicen que dijo.

Don Pedro se había sentido muy halagado y se hallaba muy agradecido porque tiempo atrás el propio cardenal Aguirre le había enviado los tres tomos de la "Teología de San Anselmo", reimpresa en Roma, y otro cuarto tomo manuscrito que no llegó a editarse, amén de los cuatro volúmenes de la *"Collectio Máxima Conciliorum"*.

Durante su estancia entre nosotros siempre quiso don Pedro hacerlo todo personalmente sin enviar a personas de su séquito a visitar templos lejanos como hicieron sus antecesores. Él mismo visitaba sin dejar iglesia que su persona no viese, no permitía que los confirmandos caminasen ni media legua entre pueblos cuando habían de tomar el sacramento. Por ende la diócesis era y sigue siendo una de las más vastas de España, extendiéndose en longitud por 120 millas. Es de latitud desigual pues por algunas partes es de 30 millas más o menos. Tiene dos iglesias catedrales. La primera y más antigua es la de Calahorra con el título de Nuestra Señora de la Asunción, construída en aquel lugar donde se ve que tuvieron el campo de lucha con el tirano los santos Emeterio y Celedonio. Los sagrados huesos de estos mártires se guardan encerrados en urnas de plata en el altar mayor con mucha religiosidad. En esta catedral había en los tiempos de don Pedro ocho dignidades, 23 canongías, seis completas y 12 dimidiadas, dotadas todas con dignos réditos; posee scholla cantorum y abundancia de capellanías. Y digo yo que hubiera estado completa si hubiese tenido seminario para educar a los más jóvenes, pero, o los beneficios no eran bastantes para mantenerlo o por quién sabe qué otra razón el señor obispo no lo instituyó. Su voluntad era hacerlo según decía: "Es obra que deseo hacer, quiera Dios que abra camino si a Él le agrada. Ya he incluído en el plan público el estudio de gramática con preceptor señalado y conveniente estipendio para tal conseguir".

En esta misma ciudad de Calahorra hay dos iglesias parroquiales dedicadas a los bienaventurados apostoles Santiago y San Andrés dotadas ambas de dignos réditos. De la de Santiago ya tenía referencias un servidor de vuestras mercedes porque un pariente mío, heredero lejano del "tío Malvavisco" había estado trabajando en la construcción de su sacristía allá por 1675, a las órdenes de Juan y Santiago Raón, que fue el mismo que peonó con el capitán de caballería Domingo Dutice, cuando éste pintó el lienzo de Santiago Matamoros que se halla en la misma iglesia.

La otra iglesia catedral de la diócesis se halla en la ciudad de la Calzada y está dedicada a nuestro Salvador. Dentro de su ámbito, a la izquierda de la capilla mayor, descansan profundamente escondidos según la tradición de los mayores, los santos despojos de Santo Domingo, que erigió dicha ciudad y le dió nombre para siempre. Tenía aquella iglesia en nuestros tiempos (hace como cuatro lustros) tres dignidades, ocho canongías y otras tantas de media porción. Todos sus beneficiados gozaban de frugal comida, descontado un archidiácono que llevaba el cargo casi gratis porque los réditos del mismo se habían quedado en casi nada por la soledad de los lugares que tenía asignados. Para el culto divino contaba con objetos sagrados, vasos de plata y otras cosas necesarias repartidas en abundancia de capillas, no faltándole la scholla de los músicos. También don Pedro quería para ésta un colegio seminario.

La de la Calzada al igual que la de Calahorra la rigen canónigos, magistrales, lectorales, doctorales y penitenciarios suficientes, dándose por sabido que quienes en estos tiempos consiguen estas prebendas son privilegiados.

Para que las mercedes que me lean conozcan más de la verdad de aquellos tiempos que aún mantengo frescos en mi mente, se encontraba en Logroño una insigne iglesia colegial con número y réditos bastantes, así como cuatro iglesias parroquiales; item más una iglesia colegial en la ciudad de Vitoria, adornada con hermosos menajes, muebles y objetos, con número suficiente de servidores y estipendio eclesiástico, y en la misma ciudad dos iglesias parroquiales con abundancia de servicios dignos de alabanza por su suntuosidad; en el pueblo de Zarauz (dominio de Cantabria que el vulgo llama Vizcaya) hay otra iglesia colegiata tosca y mal formada, que ostenta abad, y beneficiarios que vivían colegialmente cuando nosotros la visitamos; y luego está la villa de Oñate que contaba pero no cuenta, con colegio de letras en una universidad que se arruinó según creo por la penuria de réditos y pobreza de los estudiantes que acudían a ella cuando nosotros la frecuentábamos.

¿Cómo no iba a ser duro transitar por algunos lugares si había de hacerse por las estrechas veredas y los peligrosos caminos de uno de los obispados más extendidos?

El conjunto eclesiástico de la diócesis era cuando yo la frecuenté de 747 pueblos y entre ellos ocho ciudades. Contábamos con 794 parroquias de las que habían fluído 1188 ermitas o lugares de expiación, 34 cenobios de religiosos y 90 de religiosas (de estos, cuatro con obediencia al régimen episcopal). Se dividía en 17 arciprestazgos y 10 vicarías.

Ya dije que pese a la extensión del obispado todo lo anduvo a pie o en mula pasando por nieves, aguas, fríos aires y calores excesivos. ¡Cuántas veces aconteció volver de la visita de las iglesias necesitando de mudar toda la ropa por la abundancia de las aguas sobrevenidas sobre su cuerpo! ¡Cuántas!

—Don Pedro —le dije en una ocasión— los feligreses vendrían gustosos a recibir la santa confirmación donde su ilustrísima se halla.

—A servir vine, no a que me sirvan —entonaba siempre la misma cantinela.

—Naturalmente, así se ve su ilustrísima —díjele un día aprovechando sus escasas fuerzas para replicarme— que parece un pordiosero.

Mirome sin expresión y calló.

En un espacio de cuatro años desde el día en que entró en la diócesis (ocho calculamos que harían falta para recorrerla entera), anduvo casi la mitad del episcopado dedicado a la visita personal.

Cuidaba mucho en consolidar todo lo bueno

que encontraba arrancando muchos escándalos para desarraigar cuanto disonaba.

De ninguno modo concebía nuestro prelado el ejercicio de su ministerio sin su presencia física ante los fieles, razón por la que entre 1687 y 1696 visitó todas las iglesias, ermitas y santuarios del obispado, exceptuando Arnedillo que, como si lo previera, dejó para el final de sus días; y menester es saber que entre los dos años siguientes, 1697 y 1698 aún visitó algunas por segunda vez.

Don Pedro fue un santo trabajador hijo de familia cristiana y, sin que sus mercedes se atrevan a condenar a uno y ensalzar al otro por ello, direles como ejemplo, que el antiguo obispo de Calahorra don Juan Bernal de Luco, bien conocido por haber sido amigo de Ignacio de Loyola, fue hombre irregular. Clérigo desde la edad de 11 años, era hijo de don Cristóbal Díaz, clérigo de Huelva y de María de Lequeitio, madre soltera natural de Luco en la provincia de Álava. Ya ven, pues, vuestras mercedes cómo de todo había y sigue habiendo en la Iglesia del Señor, y cuán distinto era el origen de algunas personas de similar rango y virtudes.

El año 1698 fue aquel en que nuestro señor don Pedro celebró sínodo. Merced a aquel concilio se hallaron reunidos por primera vez en su vida muchos clérigos de la misma diócesis. Entre todos ellos se hallaron dos vocales de cada una de las catedrales de Calahorra y la Calzada, dos de la universidad de Calahorra, un representante de la universidad de Vitoria, dos vocales del arciprestazgo de Logroño, uno por el de Nájera, dos por Armentia, tres de Eguilaz, dos del Camero Nuevo, dos del de la Ribera, dos del valle de Arnedo, tres del de Yanguas, dos de Cigoitia, dos de Cuartango, dos de Leniz, uno de Laguardia, dos de Ayala, dos de Berberiego, uno de Durango, uno de Orduña, uno de Treviño, uno de Gamboa, uno de Campezo, uno de Orozco, dos del Camero Viejo, nueve vicarios y dos vocales por

Bustoría, uno por Bermeo, uno por Oñate, uno por Javia de Durango, dos por Uribe, uno por Arratia, uno por Bilbao, dos por Lequeitio y uno por Ondárroa.

El sínodo le quitó a don Pedro la vida que le quedaba; lidiando (más bien bregando y perdonen la licencia) se pasaba las horas para consensuar los acuerdos. Así que luego casi todo el año siguiente lo pasó entre vahos, ventosas y sinapismos enfermo en la cama.

Ya al final de sus días, en septiembre de 1700, acudió a la Calzada porque aumentaron los que querían ser ordenados en aquella catedral, y estando en aquel lugar dispusó viajar inesperadamente a la villa de Arnedillo. Digo inesperadamente porque ninguno salvo él sabíamos nada de aquel viaje que debía tenerlo previsto desde tiempo atrás por lo que yo imagino. Unas semanas antes en Calahorra se había comportado extrañamente. Hizo algunas diligencias que en otros no hiciera y que a un servidor de vuestras mercedes, aunque parezca petulancia o presunción, no le sorprendieron demasiado. No se me olvida su figura en medio de su cuarto, levemente encorvado, repartiendo sobre una y otra silla legajos y papeles sueltos como disponiéndolos para algún cometido determinado.

Estando él en aquellos enredos me sorprendió vigilándole por la rendija de la puerta mas no me reprendió, de modo que afiancé mis sospechas de que no sólo no le importaba que supiera lo que estaba haciendo, sino que deseaba que yo estuviese enterado de aquel trasiego de papeles. "... Aquí esto, aquí lo otro. Si no pierdes el orden comprenderás mejor su contenido. Guárdalo, estudialo y haz con todo ello el uso que convenga, bien sabe el Señor de quien valerse para ayudar a las almas a su salvación eterna...", interpretaba yo que me decían sus gestos y sus miradas.

Andaba él, como digo, inquieto aquella noche.

La tenue luz amarillenta que penetraba por la ventana de su cuarto teñía las paredes de una extraño color que acentuaba su pálido rostro. Cuando le entré la escudilla de la última colación del día se dio prisa en recomponer su faz.

Pongo en claro a vuestras mercedes que si en aquella hora entré en su recinto particular fue porque todos estábamos preocupados más por su tardanza que por su silencio al cuál nos tenía acostumbrados. Cuando di el primer paso dentro de su aposento extraía del armario una toalla con la que cubrió sin precipitación unos papeles que había sobre una de aquellas dos sillas negras.

Sus gestos eran lentos, exageradamente parsimoniosos. Situado frente a la ventana, dábame la espalda como de tres cuartos, de manera que bien vi los pliegos que estaba clasificando. De haber tenido ojos de lince hubiera podido leerlos de tanto como los encaró hacia mí. Pasados unos minutos, con fingida rapidez y pausa suficiente giró su cuerpo y continuó ordenando como quien encubre falsamente algo que desea dar a conocer sin atreverse a declararlo. Hoy aquellos legajos están en mi poder y soy consciente de que él quiso que yo los tuviera y los utilizara como Dios me diera a entender. Advierto ya a sus señorías que además de lo que en este volumen haga público aún me reservo el contenido de alguna de sus cartas que pese a quien pese no daré a conocer, mas si llegase a hacerlo (que es grande para mí la carga de guardar secretos) lo haré sin reservas para no falsear la historia, que peor es hablar a medias que callar.

Jamás se habló de ello en casa pero, aunque don Pedro no lo expresara nunca, el resto de familiares sabían que aquellos papeles eran un legado tácito para mí, incluido don Antonio Lanada, hombre de apellido ajustado, si es que el apellido refleja la honradez, la buena fe, la decencia, la honorabilidad y la nobleza de quien lo porta, pues nada era aquel a quien yo jamás le hubiera metido el dedo en la boca. Por ahorrarme el relato de algunas acciones que darían razón cumplida de mis epítetos (otras referiré) resumiré diciendo que era receloso y cobarde, vengativo y falso, sobre todo cuando se trataba de mantener sus prebendas; trigo con mucho salvado como correspondía a su condición de cojo aparente, pues han de saber vuestras mercedes que sin ser cojo, cojeaba al andar.

Yo comencé confesándome con don Antonio hasta que un día le sorprendí en un inapropiado establecimiento de Logroño en tal sospechosa actitud que le valió la pérdida de un parroquiano penitencial. No volví a besar su estola, y sus mercedes entenderán más adelante por qué.

El señor obispo siempre me tuvo especial confianza. Apenas llevaba dos años entre nosotros cuando me pidió ayuda para ordenar sus pertenencias.

A las dos sillas negras que se había traído de Badajoz, acarreadas desde su casa en Sanlúcar, les tenía un especial cariño. Les daba el uso de mesas de auxilio en las que acumulaba las cosas más especiales o de mayor importancia.

Las sillas procedían de su casa. Habíalas mandado hacer su padre el mismo año en que don Pedro nació como regalo a su madre. Luego quiso ésta que acompañasen a su hijo allí donde fuere "para que no pierdas la inocencia, hijo mío, y recuerdes cuánto jugaste en ellas con tu hermano usándolas de confesonario cuando no de colmado de ultramarinos".

Eran dos sillas de peral ennegrecido, cuadradas, macizas, de aspecto muy sólido. Habían sido tallados sus pies en espiral, las patas se enlazaban entre sí con travesaños esculpidos, y era su respaldo alto y recto. La cobertura de sus asientos era de tela sobre una mullida pero firme masa de crin, de modo que eran muy cómodas para las personas y en demasía creo yo para los papeles que casi siempre vi reposar sobre ellas. Los sobreasientos eran rematados de falsos clavos, lo cuál no era desmerecedor pues era costumbre de factura en aquellos tiempos.

Las veces que estando enfermo se veía obligado a recibir visitas me mandaba bajar al suelo todos los papeles para que se sentasen los huéspedes. Y cuando se ausentaban volvíamos a colocarlos en su sitio.

—Hay que ser ordenado, Lucas, —me recomendaba con paciente insistencia— no olvides que más importante que saber cosas es saber dónde se halla lo que quieres saber. En estas sillas tengo lo principal.

En ningún momento me dijo esto es para ti y esto no, pero me daba detalles precisos de qué era lo que clasificaba y dónde lo ponía. Raudo entendí que lo de las sillas quedaría bajo mi guarda. La última vez que de ello me habló fue como he dicho, en septiembre de 1700, vísperas de su muerte.

—Nimio te parecerá, querido Lucas, pero por ejemplo esta hoja contiene unos apuntes para no olvidarme de lo primero que haremos al regreso de este viaje —y la colocó encima de todo lo que reposaba sobre una de las sillas—. Lo de esta otra son cosas más antiguas que aclaran muchas dudas, pero bueno, esto por ahora no te incumbe –aclaró con gesto confiado dándome a entender que un día su contenido sería de mi competencia.

Nunca más regresó a su habitación principal de Calahorra, así que aquella fue la última vez que movió sus papeles secretos. Cuando ahora los tomo y los toco me huelen a él; instrumentos sagrados me parecen sólo porque él los manejó.

Salió del recinto empujando mi espalda suavemente dejando tras él un silencio que sólo el gemido del viento entre las rendijas de los ventanillos quebrantaba. Volvió su mirada hacia las sillas y dejó entornada la puerta.

—Para los libros es bueno que el aire corra y

recorra todas las dependencias de la casa. Nadie podría vivir cerrado en un mismo lugar respirando siempre el mismo aire. Así vivirán más y si quieren oir que oigan lo que hablamos aquí fuera, que los libros aunque carecen de orejas tienen oídos.

Tenía especial amor por los libros, cualesquiera que fuesen. Su biblioteca era una de las más selectas del contorno y de haberse conocido su contenido más de uno y más de dos hubieran rabiado de envidia.

—Son muy necesarios para estar instruido y poder gobernar la diócesis.

Solíamos repetir conversaciones. Estábamos cenando y de pronto decía que deseaba retirarse pronto a la intimidad de su cuarto. Luego que se hallaba en él movía la documentación arriba y abajo de un lado a otro.

Enredar los papeles le venía de atrás. Como a los cuatro años de estar entre nosotros, la mañana de un día que volvimos de Igea, había estado don Pedro encuadernando personalmente los sermones que tenía sueltos junto a otros fragmentos con notas y apuntaciones varias sobre materias morales que había compuesto y escrito de su mano. Los libros (que eran muchos los que llegó a tener sin clasificar) los dejó encajonados y numerados junto a las sillas. En un arca que tenía a los pies de la cama introdujo muchos papeles sueltos y más legajos atados con cordeles. Puso también sobre el asiento de una de las sillas la última carta recibida de un monasterio de monjas de Badajoz que llevaba metida en un bolsillo interior de la sotana desde que la recibió. Volví a dudar ¿todo aquello estaba disponiéndolo para mí? ¿No habría ido cebando yo dentro de mí una ilusión imposible? ¿Quién era yo para merecer el legado de sus escritos privados? Detallábame en demasía el contenido de aquello, "que no debe salir de ti", que "es cosa mía pero que tú lo sepas", que "nadie lo toque...", "que en ti confío para que hagas el mejor uso de todo ello".

Él no tenía nada que ocultar, sus hombres de confianza eran su secretario de cámara y sus pajes, sin embargo yo era el único al que permitía entrar en su aposento con más frecuencia. Llegué a pensar que todo era fruto de mi imaginación y de mis deseos de sentirme más importante que el resto de los familiares que convivíamos con él. Momento no faltó en que llegó a angustiarme el privilegio de ser destinatario de semejante heredad.

Tenerme por privilegiado beneficiaba mi ánimo. Creyéndolo así vivía un servidor menos inquieto entre los hombres de letras que me rodeaban. Amén de don Antonio Lanada que era uno de sus dos pajes, estaba don Francisco de Torres Navarrete su secretario de cámara que no vivía en casa. Luego los que le atendían espiritualmente. Cada uno de ellos tenía una misión. Don Pedro Moreno el capellán, otro que dormía en edificio aparte, cobraba las rentas de la dignidad obispal y le confesaba (era por cierto buen predicador), luego teníamos a don Eleuterio Martín que lo gobernaba todo actuando de prefecto de la familia; después don Baltasar Bernardo de Velasco, segundo de sus dos pajes que atendían la antecámara del despacho diocesano recibiendo y ordenando las visitas. Finalmente estaba el mayordomo que lo era don Andrés de Herrera cuyo cometido consistía en administrar la casa y el vestuario, regir la servidumbre y cuidar del abastecimiento en la cocina y en la despensa atendiendo las reparaciones. Aunque, todo fuera por Dios, casi todos estos últimos menesteres los resolvía yo.

Con todo y con ello no crean sus mercedes que don Pedro andaba holgado de servidumbre, pues sus antecesores tuvieron más, en especial el obispo González del Castillo que tuvo por familia ocho capellanes, doce pajes, un caballerizo, un maestresala, un repostero, un cocinero, dos criados y tres cocheros. Pero sin que sea justificación, que no soy quien para defender a nadie, eran los tiempos de aquel obispo, tiempos en los que el obispado llegó a tener 20.000 clérigos entre los que se mezclaban los que eran como Dios manda con los inmorales entregados a la gula o a las armas, o los violentos que se metían en lances. Para todo daba un pueblo metido en hambres.

En aquel tiempo una cosa era el palacio donde se daban las audiencias y otra muy distinta la casa donde vivíamos: en Calahorra eran edificios adyacentes mientras que en la Calzada y en Logroño tanto el despacho como la vivienda se hallaban en el mismo edificio. El de Logroño se componía de una planta a piso llano con sus caballerizas, bodegas, despensas y comedor donde comíamos pajes y sirvientes. En el primer piso se hallaba la cámara particular del obispo, la sala de recepción, la capilla y una librería con cinco estantes llenos de libros. En el segundo piso vivíamos la servidumbre, que de fijo lo fui yo y ocasionalmente algunos otros.

Cuando don Pedro llegó de Badajoz trajo con él alguno de los susodichos familiares. Con ellos tenía previsto venir un seglar que atendería a todos en lo cotidiano, pero unos días antes de partir murió y viose obligado don Pedro a acudir a la silla diocesana de Calahora sin tal asistencia. Aquella desgracia fue la causa de que yo entrara a su servicio.

El primer día que le vi turbose mi ánimo y sólo de pensar en aquella voz grave y pacífica que brotó de su garganta en su primer saludo, enmudezco.

Más adelante el tiempo modificó el tono de su voz haciéndolo más débil, pero siempre mantuvo su recio timbre.

Más que otras cosas me place sobretraer a vuestra atención la gran preocupación que por su diócesis tuvo don Pedro de Lepe. Era de tradicional doctrina, pragmático en sus escritos y en extremo honrado pues jamás a mi modo de ver hizo gratuitas concesiones a la retórica. No habría más que leer su ortodoxo "Catecismo Católico" editado un año antes de su fallecimiento o su forma de administrar y gobernar la diócesis.

El catecismo que escribió lo escribió en sus ratos libres. Lo hizo teniendo como modelo el de San Pío Décimo. En su comienzo citó a Bartolomé de los Mártires, arzobispo de Praga y a Francisco Reinoso, obispo de Córdoba, a quienes admiraba y tenía por maestros. Lo dividió en cuatro partes. La primera la tituló "Lo que el cristiano debe creer", la segunda, "Lo que debe saber para rezar", la tercera, "Lo que debe hacer para cumplir los mandamientos", y la cuarta, "Sobre los sacramentos que debe recibir". Se imprimió en 1699.

Cuando el señor obispo murió estuvimos cinco días sin entrar en su aposento. Yo instaba a su secretario a hacerlo pero no me respondía. Inevitablemente el día llegó.

—Lucas, ven —gruñó don Francisco.

Sus ojos claros sostuvieron mi mirada, luego fue hacia las sillas y un paso antes de llegar a ellas se dirigió hacia el armario, recogió del mueble sus últimas voluntades, el inventario de los libros y los sermones que se hallaban bien encarpetados. Salió de la habitación y dejome solo. Quién sabe si por cumplir la voluntad explícita de don Pedro o porque adivinó en mi semblante la decisión de no salir de allí sin los papeles, me dejó libre para hacer y deshacer.

Vacío de sensaciones afloraron en mis ojos unas lágrimas que retiré de ambos pómulos con el dorso de mi mano. Al tragar un buche de saliva me dolió la garganta. Frente a mí tenía papeles viejos, notas simples, apuntes de sermones inconclusos, pliegos arrebujados y vueltos a estirar con la premura de un error enmendado a tiempo... confesiones escritas (¡Dios mío!) que me han hecho ver la suprema santidad de su ilustrísima porque según he podido comprobar con mis propios sentidos, don Pedro era un hombre santo, un hombre con las mismas mundanas inclinaciones de cualquier siervo de Dios sobre la tierra, pero santo.

Entre aquellos papeles hallé documentos jamás hechos públicos, una mezcolanza entre impresiones o reflexiones de interés general y privado. Casi todo estaba escrito de su mano y lo que no, había sido suscrito por personas de las que yo en alguna ocasión había oido hablar o había visto. Entre las cartas recibidas había alguna que de haberse hecho público el nombre de su remitente y su contenido Dios sabe cómo hubieran sucedido los acontecimientos. La más extensa, firmada de su puño y letra, era una de las dirigidas a mi persona y hablaba en ella de cosas que hubieran escandalizado a cualquiera en cuyas manos hubiese caído.

Sus escritos más difíciles de descifrar por su mala letra eran los que yo imaginé que correspondían a las ocasiones en que le sorprendí escribiendo acostado en la cama. De todos aquellos borradores el primero que descifré sin pedir ayuda fue el referente a las procesiones y rogativas a iglesias y santuarios de devoción, que coincidía en casi todo con lo que en su día predicó. Decía que había que destruir los excesos y desórdenes que se cometían en las procesiones.

Entre enmiendas y tachaduras quedaban al descubierto frases que debieron servirle a él de recordatorio para los textos definitivos.

(...) que no se hagan romerías a lugares ni ermitas muy distantes porque suele suceder que aunque la rogativa se empiece con concierto, a los pocos pasos se descompone y de ello resultan gravísimas irreverencias. Tampoco son menores los gastos que ocasionan los convites que en ellas se hacen.

Hallé otros muchos edictos manuscritos dirigidos a la extirpación de diversos abusos y pecados. Todo aquello había salido de su mano; item más hallé una nota en la que se recordaba a sí mismo que debía entregar un docto tratado sobre el Génesis al reverendo Padre Mexos de Ariza, de la Compañía de Jesús que se lo había solicitado a don Pedro con todas sus ansias.

¡Qué amargo fue el momento en que su alma voló a los cielos! Sucedido el postrero tránsito se comunicó su muerte a las santas iglesias de Calahorra y la Calzada. Aquella por estar más próxima envió a la villa de Arnedillo seis capitulares, dos dignidades, dos canonigos y dos de sus ecónomos, así como cuatro capellanes para la asistencia y el acompañamiento hasta la iglesia. Vistiose su cuerpo con el ornato que correspondía y en la tarde del domingo se le llevó de Arnedillo hasta Arnedo en cuya iglesia de Santo Tomás se depositaron sus restos. El lunes por la mañana se condujo el cuerpo hasta Calahorra donde se le depositó en un túmulo elevado situado en la casa episopal. Allí se le vistió con los sagrados pontificales y se expuso con múltiples luces. Luego se ordenó darle sepultura en la capilla de Nuestra Señora del Pilar.

El cuerpo de don Pedro fue llevado por las calles de Calahorra con el acompañamiento del cabildo y de las parroquiales. Cuando le depositaron en la capilla de destino muchas personas llegaron a besar sus pies venerándole como a varón piadoso. Se le dio tierra en el lado de la derecha del pavimento de la capilla junto al túmulo del obispo Castañón donde quedó bajo la leyenda: "En ella iace el Ilustrissimo Señor Don Pedro de Lepe. Requiescat in pace. Amen".

Aquel día quedaron sin consuelo las almas de riojanos, cameranos y vascos hasta el confín del mar Cantábrico.

Don Pedro había sido nombrado obispo el 12 de agosto de 1686; Su Majestad firmó la Real Provisión de su nombramiento, previa la presentación de un poder, el 26 de septiembre; el 11 de octubre tomó posesión mediante un procurador en Calahorra, y el 14 del mismo mes en la Calzada, mediante otro procurador; el 30 de noviembre de aquel mismo año se le consagró; entró en la diócesis por Inestrillas el día de Nochebuena; pasó aquella Navidad en Aldeanueva y el día 26 llegó al palacio obispal de Calahorra. Entre nosotros estuvo 14 años menos 19 días porque el Señor se lo llevó a su santa gloria en Arnedillo el día 5 de diciembre de 1700. Para entonces había recorrido todas las leguas del episcopado. En aquel tiempo en que nadie daba un paso sino para comer o guardarse del frío o de la miseria él lo anduvo todo.

A estas alturas de mi relato podrá decirse que soy como un niño que comienza la comida por el postre, pero discúlpese mi defecto por mi ignorancia que si fundo y confundo sus últimos con sus primeros días entre nosotros es porque digo lo primero que me viene a la mente. No soy escritor y se nota, ni tengo la cabeza para ruidos por quién sabe qué albedrío de mi cuerpo, de modo y manera que el recuerdo de hechos, situaciones, gestos, miradas y palabras vividos junto a él se me acumulan desordenadamente y por más que lo intento no puedo sino pensar entre paréntesis.

Sépase que aquellos fueron años de infortunio y desdicha que algunos remediaban metiéndose en conventos o a soldados y las mujeres engañando hombres con los que casarse mediante la denuncia de estupro. De tal envergadura eran estas falsedades que llegaron a ser reguladas por las leyes civiles para que "no se puedan pedir (los estupros) sin probarse fuerza real con violencia, probada promesa y palabra de casamiento"

Las maldades que en su mayoría trascendían eran las recaídas en matrimonios mal avenidos, en mujeres de vida licenciosa y en amancebamientos, pero sólo cuando recaían en gentes de menor condición se castigaban, porque si los sujetos pertenecían al clero o a las clases poderosas poco llegaba a saberse.

La violencia nacida por la necesidad o el exceso abundaba, los muertos y heridos por enfrentamientos en las tabernas llevaban a muchos a los tribunales que no abarcaban a solucionar los pleitos, y las licencias de la concupiscencia de la carne habían ido saliendo de la intimidad de las casas. Yo había oido decir que más al norte, en jurisdicción de nuestro propio obispado, hacía tiempo que las gentes habían perdido la vergüenza de sus cuerpo habiéndose corrido la voz de que uno de Armentia, de edad de 26 años poco más o menos, hacía poco que se había desnudado completamente con una desnudez escandalosa delante de una casa, permaneciendo así largo tiempo hasta que los vecinos consiguieron traerlo preso no sin antes alborotar a todos los habitantes inmediatos. Cuando le tomaron declaración dijo que poca diferencia había entre lo que el hiciera y bañarse en cueros en los ríos, cosa que estaba permitida por la autoridad. Enseguida una y otra cosa fueron prohibidas.

Ya estarán advirtiendo vuestras mercedes que don Pedro de Lepe tuvo aquí sus más y sus menos. Vino a sustituir a don Gabriel Esparza que falleció el 6 de enero de 1686 no sin antes cismar lo suyo pretendiendo que fuese Logroño el lugar permanente de la residencia episcopal. Según decía era el lugar más idóneo como lo confirmaba el hecho de que ya hacía casi 100 años que se había trasladado a Logroño el Tribunal de la Inquisición. De no haber mediado los dos cabildos titulares que se opusieron y porque dos decretos de la Sagrada Congregación así lo dictaminaron, quién sabe si don Gabriel no se hubiera salido con la suya.

Don Pedro tenía su propio criterio acerca de aquel intento de don Gabriel.

—No les falta razón a los defensores de lo antiguo que dicen que este obispado —recordó don

Pedro— es obispado desde el Concilio de Trento y no hay por qué abolirlo.

Don Pedro pasó así a disponer de un palacio en Calahorra, de otro en la Calzada y de una casa que usaba de fijo en Logroño, situada frente por frente a la puerta de San Martín de la Redonda y que fue a la postre la que más utilizó porque también a él le gustaba más vivir en Logroño que en ningún otro lugar.

Tal era la situación cuando vino aquí mi señor don Pedro, quien por cierto, a causa de su excesiva humildad trató de evitar su nombramiento para el episcopado.

Sepan sus mercedes que para recibir tal honra era preceptivo, y aún hoy lo sigue siendo, presentar una terna a su majestad el rey, de manera que a la muerte de Esparza la Cámara de Castilla propuso primeramente a don Domingo de Uzueta (que murió al poco sin tiempo no ya para ocupar su silla si no incluso para ser elegido), luego figuraba el doctor Campuzano, y finalmente don Pedro de Lepe que diz que fue puesto con precipitación para cumplir la ley de la terna.

Consultado el rey pidió consejo al fraile agustino don Tomás de Carbonell, obispo de Sigüenza y confesor suyo que había vivido muchos años en Badajoz mientras don Pedro era canónigo. Conociendo aquel como conocía la gran literatura, el gran juicio y las heroicas virtudes del candidato advirtió a su majestad que: "sabida su virtuosa humildad de ninguna manera aceptará". De similar modo se expresó el jesuita padre Espinosa cuando le pidieron opinión sobre don Pedro.

—Cansarse en vano es elegirlo —dijo Espinosa— que se tendrá por indigno de tanta dignidad.

Nadie supo la razón por la que su majestad puso todo su empeño en que fuera don Pedro el elegido y está por ver porqué instó a su secretario de cámara para que le suplicase el acatamiento.

Coincidían en la Corte por entonces algunos militares que habían servido en Badajoz y entre ellos el excelentísmo señor Duque de San Germán, Conde de Echarri, General de Caballería del ejército del que igualmente se auxilió el rey para convencer a don Pedro.

Este noble caballero cruzó con el propuesto varias epístolas referentes a su nombramiento, pero debió mi señor disculparse muy cortesmente porque al fin éste desistió de continuar escribiéndole.

Quien mostró más tozudez fue el susodicho obispo de Sigüenza, don Tomás de Carbonell, varón doctísimo adornado de todas las virtudes como se manifiesta en su biografía escrita por Fray Tomás Ruiz, de la orden de Predicadores. Este prelado escribió varias cartas a don Pedro dándole razón de la decisión real y de por qué debía consentir en ello.

No sé si por pudor o por respeto aún tiemblan mis manos cuando toco cualquier minúscula porción de su legado epistolar.

Esa es una de las cartas que se halla en mi poder.

Ilustrísimo Señor D. Pedro de Lepe. Obispo Electo de Calahorra.

Ilmo. y Rvdo. Señor:

Aunque a V. Ilma. le amargue el título no se lo debo excusar, ni puedo excusar escribir esta que llegará al mismo tiempo que el aviso del secretario don Iñigo Fernández del Campo, de cómo Su Majestad que Dios guarde se ha servido nombrar a V. Ilma. para la Santa Iglesia de Calahorra.

No puedo decir que me complazco pues no dudo que esta novedad no ha de ser de placer para V. Ilma. (...)

Prevengo a V. Ilma. prontamente acepte; así en caso que V. Ilma. recusase tomar esta carga sobre sí su majestad no desistirá y sólo resultará el perjuicio de aquella Iglesia que tanto mayor mal padecerá cuanto más dilatare tener presente su Pastor. (...) Tome sobre sí la cruz que le envía el Señor fiando de que el mismo que se la carga se la ayudará a llevar.

Yo fío en que Su Majestad ha de inspirar a V. Ilma. se aquiete a esta disposición del rey que en todo, y más en este género de cosas, a ninguna otra atiende que al mayor servicio de Dios. Y es premio de su tan cristiana intención aún a los que por ventura no eran tan cabales y los nombró por tales, Nuestro Señor toma la mano en hacer que lo sean. Puede esta consideración también alentar la confianza en los temerosos. Yo la tengo grande en que V. Ilma. ha de servir a Dios y a su Iglesia en este ministerio a que le llama y por mi parte aunque tan ruin se lo suplicare a V. Ilma. ruego me encomiende a su Divina Majestad que guarde a V. Ilma. con la salud y larga vida que deseo.

Madrid, Marzo, 21 de 1686.

Beso la mano de V. Ilma. su mayor servidor.

Fray Tomás. Obispo de Sigüenza.

Pero don Pedro se hallaba decidido a no concederse la posibilidad de ser nombrado obispo y le escribió a su confesor pidiéndole favor de que apoyara su negativa. A lo que éste respondiole.

Ilustrísimo Señor D. Pedro de Lepe. Obispo Electo de Calahorra.

Ilustrísimo Señor:

Aunque la carta de Vuestra Ilustrísima me causó buena parte de desconsuelo no he perdido la confianza en nuestro Señor que tiene en su mano el corazón de los reyes y le ha puesto en el empeño de no admitir sus designios, y así lo ha entendido en su misiva el secretario del rey don Iñigo Fernández del Campo que me dice que en su Real Nombre le escriba y le encargue que no dilate la aceptación so pena de crear con su decisión gran perjuicio a aquella Santa

Iglesia de Calahorra. Y me dice que le diga cuán de su Real desagrado sería que no se aquiete a admitirlo, que no hay que recalcitrar ni substraer la cerviz al yugo con el que Dios nos quiere yuntar. Tened presente la divina voluntad. (...) Sírvale de consuelo que tengo advertida la experiencia de algunos que antes de ser prelados no se mostraba en ellos la perfección con que después se ha reconocido ejercieron sus ministerios; dando en ellos muy buen cobro; y yo lo atribuyo a la eficacia de la consagración y la humildad conque se dispusieron para recibirla. Mas, ¿para qué molesto a V. Ima. con cosas que tendrá mejor sabidas? Basta decirle que el rey es un ángel y su intencion sincerísima, y su deseo a mayor servicio de Dios: y pues V. Ilma. reconoce en esto la determinada voluntad del rey, piense que por medio de este ángel Dios le da ha entender la suya, y no la resista.(...) La Divina Majestad guarde a V. Ilma. los años que deseo.

Madrid y Abril 11 de 1686.
Beso la mano de V. Ima. su mayor servidor
fr. Tomás Obispo de Sigüenza.

Pasada una semana recibió otra epístola del secretario de su majestad el rey don Carlos Segundo que tambien conservo en perfecto estado. Item más poseo otras con la misma pretensión, mas no viene al caso su transcripción por provenir de personas que yo no conocí ni siquiera de oídas, por lo que supongo que no eran importantes.

La del Secretario Real dice así:

Ilustrísimo Señor D. Pedro de Lepe. Obispo Electo de Calahorra.

Ilustrísimo Señor:

Habiendo puesto en las reales manos de su Majestad, que Dios guarde, la carta que me escribió V. Ilma. excusándose de aceptar el Obispado de Calahorra en que fue servido de nombrarle, me manda diga a V. Ilma. no se le admite su excusa y que encarga su Majestad a V. Ilma. no dilate la aceptación por el perjuicio que aquella Iglesia se sigue de estar sin Prelado, teniendo entendido será de su Real desagrado el que no lo ejecute así prontamente y de mucho gusto el que se resigne a ir a cuidar de aquellas ovejas, que harán mucho fruto la virtud y caridad de V. Ilma. según las noticias que tiene su Majestad, y que será del servicio de Dios el sacrificarse a este Ministerio. (...) espero su respuesta para dar cuenta de ella a su Majestad: Dios guarde a V. Ilma. dilatados años como deseo.

Madrid a 18 de abril de 1686.
Beso la mano de V. Ilma. su mayor servidor
D. Iñigo Fernández del Campo.

Algún otro debió decirle que la honra del obispado no era comparable a la de canónigo y que aceptara. Fue cuando dijo:

—No será buen obispo el que ama el presidir, sí por el contrario el que ama el aprovechar.

Pero como no hay mal que por bien no venga obedeció don Pedro al monarca y aceptó el obispado recibiendo la mitra y el báculo, de modo que la diócesis de Calahorra puede hoy glorificar a Dios por aquel desenlace.

Otros papeles que recogí de las sillas negras eran apuntes privados, máximas y notas sobre determinados sucesos. Figuraba todo ello en un paquete de 22 folios apartados con una cuerda enlazada. Y no faltaba alguno referente a su nombramiento.

(...) Con el cuerpo encogido y más bien corto de ánimo he recibido una carta del secretario del patronato real junto a la cuál vienen la instrucción y los despachos para solicitar la gracia de su Santidad. He vuelto a la ciudad entre medroso y cobarde, pero tam-

bién con el alma deseosa de hacer la voluntad de Dios. Esta tarde he acudido al palacio episcopal donde he dado cuenta de mi aceptación al señor obispo don Juan Marín de Rodezno. Me ha venido repentinamente una angustia al oir sonar las campanas de la catedral, de las parroquias y de los conventos repicando para dar la noticia.

Yo he discurrido mucho sobre aquello y pienso que su acatamiento fue debido a la lealtad y cariño que sentía por el rey, pruebas poseo, pero ignoren sus mercedes mi pensar porque de ningún modo quiero imponer a nadie mi criterio.

Él jamás consideró a nuestro rey como la mayoría, seguramente porque la confianza que aquel le había mostrado cuando su nombramiento para la silla episcopal le había movido las entrañas. Pude comprenderlo en el instante en que conocí el contenido de sus papeles secretos.

Don Pedro de Lepe mostraba, como tengo escrito repetidamente, especial afecto por el rey de España del que decía que tenía tal mágica mentalidad que los ciudadanos interpretaban su modo de ser como maleficio hasta el punto de llamarle "el hechizado". No era por tanto de extrañar que muchos monarcas extranjeros urdieran la posibilidad de sustituirle en el trono.

—Bastante ha tenido, Lucas, nuestro rey — llegó a sincerarse el señor obispo conmigo al relatarme las peripecias de su nombramiento— con su supuesta debilidad mental como para que yo me obcecara en la negativa absoluta del cumplimiento de sus deseos. A esta monarquía nuestra le viene de atrás el mal, en ella es la aristocracia la dueña del poder que hace tiempo renunció a cumplir su misión en los campos de batalla y quiere ganar la guerra en las alcobas. La administración pública lo mismo, en las oficinas cada uno hace su antojo y nadie pide cuentas.

—Pues no falta —le repliqué con respeto— quien culpa de todo al clero.

—Alguna razón asiste a los que tal piensan si se refieren al alto clero, Lucas, cuya fuerza al igual que la de la nobleza es patente desde que nuestro rey Felipe Cuarto así lo propiciara en un testamento que sólo pretendía velar por la reina madre. Pero estas son cosas que aquí lejos de la Corte no se viven del mismo modo, todo tiene su explicación aunque en malahora le quedaron estos restos a don Carlos el Segundo que hoy nos gobierna —concluyó en lamentable tono.

La cosa es que don Pedro respondió a su madrileña majestad sacrificando su obediencia a lo que le mandaba y lo mismo al señor obispo de Sigüenza al que dijo que aceptaba la silla episcopal de Calahorra.

He dicho que madrileña majestad porque han de saber vuestras mercedes que nuestro rey, que era siete años más joven que yo, había nacido en la capital del reino, del vientre de la segunda mujer de su padre, doña Mariana de Austria, y tengan por cierto que según mi entender fue el rey más joven de todos los vivos. Recién cumplidos los cuatro años ya reinaba bajo la tutoría y gobierno de su señora madre. Y por más que entre las ambiciones de su madre, de su hermano bastardo don Juan José de Austria, y de otros muchos innombrables, borrascosa hicieran su minoridad, aún se mantuvo en la silla regia toda la vida.

Don Juan José y don Carlos eran hermanos de padre. Éste, hijo de Mariana de Austria, la reina regente; aquel, de María Calderón, llamada la Calderona, cómica de la legua (como quiso serlo mi madre) que lo inscribió en el libro de bautismos de Ocaña como Juan Hijo de la Tierra. Cuando su padre lo reconoció tenía ya don Juan José cumplidos los 13 años, momento en que le nombró infante y gran prior de Castilla y León por la orden de San

Juan. A los 18 años le nombró general de las tropas que marcharon a Flandes y a los 27, gobernador de los Países Bajos.

Cuando murió don Felipe el Cuarto, padre de ambos, volvió don Juan José a la Corte y, encumbrada su vanidad por los éxitos anteriores, pugnó por lograr más poder. A ello se opuso el jesuita padre Nithard que le acusó de conspirar contra su madrastra la madre de nuestro rey que era a la sazón tanto o más ambiciosa que todos los demás.

Don Carlos tenía en aquel momento 17 años y era muy consciente de las ansias de poder y riquezas de todos ellos: de su madre, de su hermanastro y del padre Nithard, consejero real que odiaba a cuantos le impedían hacer de su capa un sayo.

Quiera Dios que no se juzgue mi cultura por lo que refiero que no es más que fruto de lo que nuestro culto señor obispo me contara en tantos atardeceres en los que su salud le obligaba descansar y en cuyas horas parecía relajarle el referirme historias de aquí y de allá, amén de lo que acopié en sus papeles privados.

En medio de estos vaivenes y algaradas, agravadas por una desastrosa situación económica, llegó a establecerse una alianza con el reino de Francia con el que en 1679 convínose el matrimonio de nuestro rey y señor. La princesa María Luisa de Borbón, sobrina de Luis Catorceno, fue la elegida.

Cuatro años llevaba entre nosotros don Pedro de Lepe cuando don Carlos volvió a contraer nupcias con doña Mariana de Neoburgo.

—Bodas de conveniencia, Lucas, —musitó sin mirarme desde junto a la lumbre el señor obispo— bodas de conveniencia —repitió alargando las últimas palabras— que no harán sino empeorar la situación si acaso puede empeorarse porque el panorama exterior de España cada vez se ensombrece más, las guerras se suceden y duras paces arrancan poderío y territorio a la corona que, doloroso es decirlo, se muestra en franca decadencia. Te diré lo que ahora se estará viviendo en palacio: el rey se encuentra enfermo, y la reina, ya sin esperanzas de sucesión, gobierna. Y sin embargo de ambas realidades, o quizá por ellas, los conjuros caen sobre un hombre que parece endemoniado pero que yo creo que es, sencillamente, un hombre de salud débil, un enfermo endémico físico, no mental.

Al morir la reina nuestro rey no tenía descendencia y como si intuyera que nunca la tendría entró en pesadumbres que deformaron su aspecto. Enseguida comenzaron los rumores sobre el enreciamiento de su hechizo.

II. Ni sacristanías ni vino impropio

Golfos, bohemios, espíritus inquietos, gente fantástica de puro imaginar la gloria de la abundancia discurrían calle arriba y abajo, ignorantes de quienes en su casa silenciaban la necesidad.

Una tarde (con razón deducirán sus mercedes que este suceso tuvo lugar antes de que don Pedro fuera nuestro obispo) me pareció que Clara era seguida hasta el mercado de San Blas por un hombre alto, delgado, más bien flaco y de ojos negros que no le quitaba la vista de encima. En un movimiento rutinario volvió ella la cabeza al tiempo que se esforzaba en alcanzar unas manzanas de un tenderete. Él saltó hacia un lado para esconderse de su vista. No pude evitar en ese momento la mordedura de los celos. Aún no había cruzado con ella más palabras ni roce que el de sus dedos bañados en agua bendita y ya notaba como si fuese mía, como si un servidor de vuestras mercedes fuese o hubiese sido suyo toda la vida. De algún modo lo fui desde aquel instante, propiedad sin nombre de aquella llama de antorcha sobre luces de velas.

Yo era joven, encontrábame viudo pero joven y por lo que tenía probado no tenía tan mal ver. Tampoco me consideraba presumido ni decidor, conqueridor mucho menos pues mi arma predilecta fue siempre un mirar sosegado por naturaleza y el respeto al verbo de cualquiera que hablase con discreción. Cuando ella me miró un temblor placentero recorriome el cuerpo y sentí un extraño calor en mi vientre y cierta dureza en mi garganta. A fe que era bella, con una guapura entre sencilla y descarada. Tras una apariencia vulgar y humilde se escondía una personalidad digna de la mujer más noble. Amé a Clara desde el primer día en que la vi.

Al llegar a casa sentime feliz esperando el momento en que pudiera volver a tocar sus manos. Me quedé dormido en la cocina con el crepitar de las últimas ramas de carrasca con las que alimenté la lumbre y soñé despierto antes de perder el sentido que roba la noche.

Pasados algunos días sin verla mi pensamiento se mostraba indeciso entre vivirla en mi mente u olvidarla. ¿Cómo era posible tener que olvidar algo que nunca me había pertenecido? Los pensamientos son tan ciertos como las realidades. Amaba a Clara profundamente, gracias a ella había vuelto a alentar mi vida.

Otros días volví al mercado mas no siempre la hallaba. Cuando ella no acudía tampoco el hombre flaco, que debía ser otro enamorado en silencio o quién sabe si algún comisario del Santo Oficio en actitud vigilante. Sorprendíame sobremanera que cada día en que Clara acudía, allí estaba él y cuando no, el hombre flaco tampoco, cosa que afianzó mi idea de que alguna relación común tenían. El flaco se movía lejos de ella con cautela ocultándose de su mirada. Yo debí descuidarme porque noté que algunos transeuntes observaban mi caminar ausente con la vista puesta en el horizonte de aquella hermosa silueta que aparecía y desaparecía entre las cabezas de la gente. Cuando menos lo esperaba, la multitud ocultó a mis ojos la presencia de los dos y el sonoro bullicio del mercado pareciome distinto, como si, inesperadamente, me hubiese despertado de un sueño profundo, tal que si los minutos anteriores jamás hubiesen existido. Clara y el flaco desaparecieron no sé si juntos o separados, dejándome enervado a punto de llorar de rabia.

Movíame a grandes pasos. En torno de mí abundaban allí más los truhanes que los discretos. Elegantes autores de comedias se cruzaban con ancianos labradores de roto y grasiento jubón. Tropecé con uno de luenga barba y más años que la orilla del Ebro al que casi derribé. Servidores de principales señores, niños harapientos y mujeres cargadas me transportaron a otro espacio, a otro tiempo.

Atando cabos caí en la cuenta de que los días en que el hombre acudía solía platicar en el puesto de venta de un joven curtidor con pelo de color de mies a punto de siega al que yo había comprado tiempo atrás unos cobertores para el baúl de la antesala de mi difunta. Una mañana en que ni ella ni él aparecieron me dirigí hacia el tendero.

—Vengo buscando dónde para un hombre al que conocéis. He de darle un recado del alcaide —mentí utilizando un cargo público como argumento— es alto, delgado y de ojos negros. Me han dicho que suele venir por aquí y creo que vos le conocéis.

No fue necesario continuar hablando, el hombre me dió pronto razón de él. De tanta desmesura fue mi sorpresa que riesgo tuve de desmayar allí mismo.

—Supongo que será para algo bueno —dijo el curtidor despidiéndose y volviendo a sus quehaceres.

El flaco era hermano de mi amada, y ambos parte de una familia cuyos rostros, hasta bien entrados todos en años no conocí, quizá por haber vivido mi infancia en el ámbito doméstico de mis abuelos. Del flaco conocía su nombre por haberlo oído nombrar pero para mí había sido hasta entonces un nombre sin rostro.

Por alguna desconocida razón él vigilaba a su hermana. Pensé que si lo fuese mía tampoco yo la dejaría desprotegida de los deseos de cualquier desalmado desordenado de los placeres sexuales, exageradas inclinaciones que por cierto no consideraba mías.

Tres años después, o sea uno desde que llegó don Pedro a nuestra diócesis, quiso el destino para mi desgracia que el flaco y yo tuviéramos que enfrentarnos a un pleito que terminó en tablas y en un camino más ancho a costa de los dos como servidumbre al paso de unas tierras comunes en la vega del Iregua. Aquello nos enemistó tanto que cuando conoció los amores de su hermana conmigo determinó confinarla eternamente en casa.

No es de extrañar lo feliz que me hizo el señor obispo cuando al referírselas comulgó con mis penas de amor.

—Mejor es casarse que condenarse.

—Pero ¿cómo, don Pedro..? su hermano...

—Si ambos os amais Dios os ayudará, que Él puede más que ningún hombre y más que ese... flaco o como le digais, aunque tendrá nombre, supongo.

Desde el momento en que don Pedro lo supo arreciaron mis deseos de estar con Clara y sentime liberado, como si el hacer partícipe al obispo de mis quereres conllevara su autorización para seguir amándola.

Hubo un momento en que creí que él me animaba a acrecentar mis viajes a Logroño.

—Mejor es casarse que condenarse, querido Lucas —repetíame a todas horas con aquel aire de bondad y amor infinito que transmitían su voz y su mirada.

Don Pedro amaba a sus súbditos sobremanera y, cuando lo consideraba menester, se distraía adrede para evitar dolores de corazón ajeno. De él aprendí: " las críticas en privado, los elogios en público". Y así lo practicaba en el ejercicio de su ministerio.

A los pocos meses de asentarse en el obispado mandó que a ningún sacerdote llevasen preso sin más, y ordenó la moderación que habían de tener las autoridades con los curas encarcelados. Vista la situación de los delitos de sus súbditos mandaba pagar por muchos el carcelaje de los que eran pobres sin considerar los delitos cometidos. Perdóneme el Señor pero de todo ello deduje que muchos curas eran delincuentes.

Años más tarde legisló mediante las constituciones sinodales las formas que habían de observar el alguacil mayor y su alcaide con los seculares encarcelados. Y yo me llené de escándalo porque una cosa es que se hiciera la vista gorda por ciertas cosas de las que los curas usaban y abusaban, y otra, condescender de aquel modo con ellos.

Pero aúnque me tembló la fe en el señor obispo tomeme tiempo para ver en qué desembocaba aquella caridad. Y, como se verá, no me sentí defraudado.

Nunca perdió don Pedro su acento aúnque los años de Badajoz primero y los de Castilla después suavizaron algo su natural ceceo.

—Olvidas, Lucas, que existe el sol —empujaba la lengua contra sus dientes exagerando su origen andaluz cuando decía sol— y que el sol es un primordial instrumento del Señor, el sol madura los frutos y la lluvia madura los hombres. Puede Dios privar del sol a los hombres durante varios años y eso traer el hambre, y el hambre traer la muerte; y como la muerte abre los ojos de los hombres a la vida, tan sólo es menester que esa vida se oriente hacia Dios.

No fue casualidad que aquel hombre terminase dedicado a la santificación de las almas pese a que bien pudo haber hecho carrera mandando un cuerpo de ejército. Su abuelo materno era militar y un hermano de éste llamado Juan, también. Quien más insistió en que vistiera el uniforme de la milicia fue este Juan, su tío abuelo.

—Pedro, la carrera de militar es la más noble de

todas porque haciendo con su ejercicio el bien al prójimo satisfaces virtuosamente el amor propio —le dijo cuando aún niño—. Y te vuelves provechoso —añadió sin darle tiempo a responder—. Si quieres mantener el rango familiar y te gusta, ya puedes ir preparándote.

—Yo quiero ser sacerdote, tío, y considero deciros si me lo permitís, que es tanto o más digna dedicación que la de ser soldado —respondiole con una entereza impropia de su edad.

El aguerrido militar era persona recta y honrada como lo habían sido todos sus antepasados. Gustaba de repetir que el pequeño Pedro debía vestir el uniforme militar. Más no lo quiso así el Señor. Prefirió la divina providencia que su tío enviudara y contrajera segundo matrimonio con doña Catalina de Lazcano, en Guipuzcoa, de modo que poniendo Dios tierra por medio espació las insistencias del viejo capitán.

Tampoco se dejó deslumbrar el pequeño Pedro por los significados de tan importantes oficios ni por su pertenencia a ilustres linajes. Gozaba su familia de nobles blasones. El escudo de armas de una de sus ramas familiares se hallaba en la principal capilla de nuestra Señora de la Soledad en el Convento de la Victoria que regían los religiosos de San Francisco de Paula en Sanlúcar. Sentíase orgulloso de su familia pero jamás apeteció honras de nobleza, así que casi todas recayeron en su primo Juan Cayetano.

—Túvele gran cariño a mi abuelo Bartolomé —recordó una vez con nostalgia junto al fogón de una casa ajena en las que nos hospedábamos durante la visita pastoral acostumbrada —como tú Lucas le guardas al tuyo. En esto los dos coincidimos.

Solía contarle su abuelo historias de sus antepasados, orgulloso de pertenecer al ilustre linaje de Lucas de Lepe uno de los primeros descubridores y navegantes españoles que en diciembre de 1499, a los 39 años de edad, se embarcó con parientes y amigos para navegar hacia las Indias Occidentales seguramente porque había visto iniciar el mismo viaje a Colón y a los Pinzones unos años antes desde su pueblo.

—Has de saber, Lucas, que este tatarabuelo mío de tu mismo nombre de pila, era de Palos. El viaje fue un fracaso económico porque carecía de la suficiente experiencia marina pero fue el primero en llegar a lo que hoy llaman cabo de San Agustín algo más al sur de La Española. Un año después regresó y murió en Portugal.

No ocultaba don Pedro las deshonras de su familia. Dicho me tuvo que aquel navegante antepasado suyo no debió ser ejemplar siervo de sus reyes porque aúnque su abuelo omitía decirlo, don Pedro reconocía que Lucas de Lepe violaba con frecuencia las capitulaciones que tenía otorgadas cada vez que capturaba algún esclavo, impulso que al parecer le costaba dominar.

Abuela de don Pedro era María Herrera, una guapa dama con asiento de nobleza en los libros del cabildo de Sanlúcar que pertenecía a una familia cuyos miembros habían sido recibidos por caballeros hijosdalgo hacía casi 200 años.

De algunos aconteceres de su vida tardé a enterarme. A los cuatro o cinco años de hallarme a su servicio, estando de visita pastoral en Gomecha cerca de Vitoria, nos vimos obligados a resguardarnos en un corral abandonado por una tormenta que a él le puso nostálgico. Hicimos fuego para calentarnos y púsose a hablar de su familia de sangre.

—Mi tio abuelo Juan —comenzó a relatar— había emparentado con otro linaje de soldados. Su primera esposa Bernarda Castaño era hija del capitán Alonso Castaño, Regidor Perpetuo que fue de Sanlúcar, y de Juana de Villanueva. Tuvieron estos un hijo al que llamaron Juan como su padre —enreció don Pedro la voz al decir padre para aumentar la atención de los que con él nos hallábamos— que aunque Caballero de Santiago fue un tarambana. Más adelante nació una hija, cuya gracia es Josefa, que contrajo nupcias con Fernando Pérez, Conde de León, también Caballero del hábito de Santiago y paje de su majestad don Carlos Segundo desde que éste era un pequeño infante. Ya ves, Lucas, qué familia —concluyó con fingido orgullo dirigiéndose a mí por entender que era a quien de todos los presentes más interesaban las cuestiones genealógicas.

Los antepasados más antiguos a los que llegaba su recuerdo eran andaluces; de tanto atrás eran andaluces que de ahí debió venirle a don Pedro su resistencia natural a perder el acento y gracejo de la tierra en que nació.

¡Con cuánta cristiana prudencia debieron gobernar la casa sus padres! ¡Y con cuánta más debieron instruirle en el santo temor de Dios lo mismo que a su hermano Bartolomé. Así salió él tan austero y mortificado para sí mientras que para los demás era de talante abierto y generoso, jamás excesivo. Poseía escudo de armas familiar que nunca usó, ni tampoco quiso lustrarse del ornato y la dignidad que le correspondía por ser obispo de Calahorra, que por serlo era Señor de Arnedillo con blasón y privilegios de nobleza.

—Las armas materiales —solía argüir— son buenas para palacios de príncipes seculares pero a nos deben bastarnos las armas espirituales.

Juan de Lepe Dorante y Juana López, sus padres, eran cuando él nació, vecinos de Sanlúcar, población antigua del obispado de Sevilla cuyo peculiar paisaje lo es por su variada vegetación mezcla de estepa y marisma, abundante de matorral de jara, de romero y de retama. ¡Cómo don Pedro no iba a tener la variedad de virtudes y luminosidad de su tierra! Su padre era de Huelva, población muy próxima a la ciudad en la que vivían. Su abuelo paterno se llamaba García de Lepe, y su bisabuelo,

Cristóbal de Lepe. Todos ellos habían sido patronos de la iglesia parroquial de la Purísima Concepción de Huelva. Esta iglesia, así como un hospital y una capellanía, la fundó su bisabuelo Cristóbal. La línea genealógica de este abuelo suyo también gozaba de escudo de armas despachado en la audiencia arzobispal de Sevilla el 26 de mayo de 1515 que era un campo en azur con un castillo y una azucena con tres flores en medio de él.

Por lo que algunos conocidos suyos me dijeron grande era la mansedumbre y buen ejemplo con que sus padres trataban a todos los familiares y criados. Con frecuencia recibían los sacramentos y con devoción y asiduidad diz que asistían a los oficios divinos y a los sermones. Era aquella casa un vivo ejemplo para los vecinos. El único hermano que tuvo don Pedro se casó y llegó a ser un rico hacendado, empero vivió en la virtud y desnudo de bienes temporales con lo que se ve ser cierta la educación que ambos recibieron en su infancia.

A don Pedro le bautizaron con los nombres de Pedro y José porque nació el día 29 de junio de 1641. Pedro por el santo del día, y José porque sus padres mostraban especial devoción por el padre del Salvador. Le bautizaron en la Iglesia parroquial de Sanlúcar el 22 de julio día de Santa María Magdalena.

Quienes le conocieron decían que fué un niño singular de sano sentido y de vivo ingenio, asentado y maduro en sus juicios, virtuoso en sus inclinaciones, de corazón generoso y de ánimo esforzado. Gustaba de pasear por las callejuelas y trechos escalonados de su ciudad, mirando ora al cielo, ora a los edificios trazados de mudéjar, ora a las ensoñadoras coronas del castillo de Santiago.

Su educación fue confiada a los padres jesuitas. Para cuando cumplió los 16 años ya le consideraban algunos un adelantado gramático, buen latino y florido retórico.

Él no acostumbraba a hablar de sí, pero no por ello desistí de tomar noticia de su pasado.

Dije que siendo obispo casi todo su tiempo lo pasó en Logroño por considerarlo más útil al gobierno de la diócesis aunque su sede principal se hallase en Calahorra. A cuenta de esto diré que los obispos anteriores a él residieron siempre en Logroño hasta que el rey don Felipe Cuarto ordenó en 1639 que dejasen Logroño y fuesen a vivir a Calahorra o a la Calzada. Por esto se armó gran alboroto y así el día 22 de marzo de 1652 las dos ciudades entablaron un pleito sobre cuál debía ser la residencia del obispo. En 1657 les escribió el rey ratificando su orden y en1658 lo hizo el Santo Padre para que el obispo viviera "en unas de las dos o en las dos catedrales".

Más adelante, en 1674, el Papa Clemente Décimo sugería por escrito que el obispo tomase por residencias principales Calahorra y la Calzada, con lo que se ve que se demoraron en obedecer. Don Pedro de Lepe obedeció aunque más que en ningún otro lugar habitó en la casa diocesana de Logroño, donde le acompañaban de continuo cuatro oficiales a sueldo, que lo eran el provisor, el secretario de cámara, el fiscal y el vicario general.

Hallándonos un día en la casa diocesana de Logroño llegó un amigo suyo camino de Zaragoza. Llamábase don Antonio Cordero Ochoa y había convivido con él y con otros estudiantes en el convento de San Agustín de Sanlúcar. Ambos fueron compañeros de don Francisco Lozares que luego fue canónigo de Segovia, de don Andrés de Meraso y de don Manuel de Rivera, todos ellos muy significados en España.

Don Pedro quiso obsequiar a don Antonio llevándole a casa de Mateo, antiguo ventero de la Rúa Vieja, para beber juntos una jarra de cierta ambrosía que el mesonero había ideado para festejar a don Pedro cuando cumplió los 50 años (que los cumplió entre nosotros). A cuatro partes de vino le ponía tres de Rioja y una de dulce de Jerez, añadía unas pasas secas y una cucharada de miel y lo dejaba reposar en tinaja (me daba a mí que algo de huevo y leche debía añadirle aúnque jamás se le escapó el secreto). Al probar un vaso don Antonio no pudo remediar exhalar un suspiro placentero, sacó la lengua y la deslizó lentamente por los labios.

—Bueno, bueno —repitió.

—Celebro que os plazca —dijo a su amigo el señor obispo— con gusto os obsequiaré con una pequeña tinaja para que la disfruteis tranquilamente cuando volvais a vuestra tierra.

—Vive Dios —cortó el ventero— que ninguno de los dos la pagará. La casa les convida.

—Si hubiéramos tenido este delicioso brebaje cuando jóvenes —se dirigió don Antonio a su amigo al par que agradecía con un gesto la generosidad de Mateo— no me habríais aventajado un curso.

Al parecer don Pedro nunca estuvo ocioso. Poco debió gozar de su juventud. Cada dos por tres se recluía en casa de don Francisco Lozares para estudiar. Mientras los demás paseaban por el campo o se divertían pasaba él allí las horas muertas. Al final formó una academia a la que acudían muchos para aprovechar sus conocimientos. Les explicaba alguna lección de filosofía o declamaba unos versos. Llegó a decirse que así se les venía la noche encima siendo él el último en marchar.

Algunos corrieron la voz de que todo lo hacía por la merienda porque doña Inés Bermúdez madre de su amigo Lozares, complacida de escucharle, le agasajaba a diario con dulces; tanto era el placer que tenía por verle en tan provechoso ejercicio en favor de sus compañeros. Pero aquel era un natural modo de proceder nada interesado.

Qué cierto es que lo que pronto se aprende tarde se olvida. Toda su vida continuó cumplidor, puntual y muy caritativo, gustando de socorrer a los pobres aunque a él más le hubiera gustado darles con qué ganarse el pan que echarles migas.

Estando ya entre nosotros jamás faltó a la limosma obispal que daba personalmente en cada visita pastoral. Lo hacía con gusto y no sin cierta azimez porque siempre soñó con formar una fundación similar a la que según me contaba habían promovido los franciscanos en Italia. Teníame contado que en aquel reino los frailes menores o franciscanos que no habían logrado extirpar los grandes intereses implantados por los prestamistas crearon instituciones de crédito destinadas a prestar dinero sin interés alguno, admitiendo tan sólo a cambio una limosna al devolver lo prestado.

Era muy instruído.

—Mira, te lo diré en breves palabras —me dijo— fray Bernabé de Terni y fray Miguel Carcano era dos italianos franciscanos que fundaron no hace muchos años el primer Mons Pietatis en Perugia en 1642. Esta institución es allí muy ejemplar para socorrer al prójimo necesitado sin ofender su dignidad, ¿comprendes? Y es que en general los franciscanos, además de grandes oradores, también son caritativos y buenos razonadores —continuó hablándome aquel atardecer de verano en el zaguán de la casa en la que solíamos parar al pasar por Navarrete— porque eligen a los prestatarios en función de sus verdaderas necesidades, cosa harto difícil hoy en día. Te lo dice tu obispo, Lucas.

Otro día me habló de los frailes frumentarios que hacían lo mismo pero con semillas. Prestaban grano y otras especies para la sementera a los labradores pobres para que la devolviesen en época de recolección con un pequeño interés destinado a gastos de administración.

—Pero no creas por esto que te digo —añadió— que sólo los italianos se preocupan de socorrer al necesitado. Aquí tuvísteis un noble con sangre riojana, el Conde de Haro que allá por 1431 creó las

Arcas de Limosna para socorro de los pobres de toda Castilla.

Mientras don Pedro creaba o no creaba una institución para el menester de practicar la caridad sin dolo para los desgraciados, continuábamos dando limosna a los pobres ¡qué remedio!

—Pedro —dijo que le dijo un día su padre después de convocarle en el comedor— ahora vendrá tu madre para que hablemos los tres. Con ella tengo convenido que dentro de dos meses irás a Sevilla a continuar tus estudios. Nos gustaría tu complacencia. ¿Qué dices?

—Bien sabéis padre que quiero ser sacerdote y que quiero serlo como Dios manda. Haré lo que vos digais.

Cuando terminó sus primeros estudios con los jesuitas sus padres le llevaron al colegio de Nuestra Señora de la Concepción de Sevilla, fundación del Cardenal Espinola.

Su salud por entonces ya era débil pero no lo acusaba la vista de nadie, bajaba por la alameda de aquel colegio de jesuitas que llamaban de las Becas, con grandes y firmes pasos. Desde la puerta de entrada sus maestros, el padre Bernabé de Medina y el padre Alonso que le daban clase, le veían llegar con quién sabe qué misteriosos o esperanzados pensamientos en la cabeza.

Más adelante al quedar vacante una beca de teología en el Colegio Mayor de Maese Rodrigo de la universidad de Sevilla (que era en realidad el de Santa María de Jesús) el joven clérigo la pidió. No era fácil el ingreso pero el rector le admitió en el registro el día 10 de agosto de 1664. Tenía entonces 23 años. Allí mismo se graduó en teología un año después, el 21 de mayo de 1665, y tres días más tarde le doctoró don Manuel de Villalón y Torreblanca que era rector, juez y canciller tanto del colegio mayor como de la universidad.

El día 9 de abril de 1666 fué ordenado presbítero y celebró la primera misa el día de la Pascua de Resurrección.

Su vida en Sevilla continuó siendo de trabajo y sacrificio. Si algún entretenimiento tuvo fue el de pasear conversando con alguno hasta la puerta de la aduana, asomar la cara al mercadillo extramuros de la puerta del arenal y despedir el día en la costanilla luego de ver mecerse las galeras en el río mientras soñaba con las andanzas de sus antepasados marinos.

Cuán cierto es que azarosamente el destino hace confluir algunos acontecimientos porque el mismo día en que don Pedro celebraba su primera misa encerraban en la cárcel a mi abuelo Julián por blasfemo, aunque gracias a sus amistades con los del Santo Oficio pronto se vio libre. Aquella vergüenza tardé lo mío en olvidarla pues yo le acompañaba al tiempo de darle el alto. Habíamos ido a retirar unos aperos prestados a unos vecinos cuando una pesada albarda se le vino encima arrancándole el daño una imprecación que oyó otro vecino que no le quería bien y le denunció. Puede extrañar que mi abuelo paterno, dedicándose a lo que se dedicaba y teniendo dineros como el que más, hiciera labores de fuerza, pero le gustaba encimar en todo. En esto se distinguía poco de sus convecinos; todos vivíamos en una economía de uso de las cosas hasta dejarlas inútiles. Casi todo estaba fabricado artesanalmente y era difícil reemplazarlo. Nada se tiraba porque volver a disponer de ello costaba una gran esfuerzo. La ropa se zurcía, se arreglaba, se componía, se le ponían petachos y remiendos, se añadían piezas, se adaptaban a un nuevo cuerpo e incluso se heredaba lo que de cotidiano habían usado los difuntos, que el heredero recibía como un objeto de valor, "Y así mando —decían los testamentos— que dicho Miguel, mi hijo, se quede con el calzón que yo traía a diario y quiero que se lo entreguen. Y así también mando igualmente que la capa de paño de color, que yo traía a diario, sea entregada a mi hermano menor Gonzalo, luego que yo falleciere".

Habrán observado sus mercedes que ni estábamos ni estamos aún para derrochar, pero esa no fue la causa de que yo terminara sirviendo a don Pedro porque aseguro que por mi carácter no me hubiera faltado con qué vivir. Díjele que sí porque una fuerza irrefrenable me hizo acogerme a su propuesta. No quiero decir que mi gesto fue milagroso pues nadie me obligó a decir sí pero ni mi cabeza ni mi corazón son capaces aún de dar razón del porqué de aquella decisión que tomé el día que le curé la mula, aniversario por cierto de la primera vez que a hurtadillas entré en casa de Clara, que sus mercedes verán ahora mismo cómo fue.

Acceder a quel recinto fue tormentoso. Desde que me ofreciera sus dedos bañados en el agua bendita de la iglesia de Santiago el Real ya no podíamos vivir ausentes uno del otro. Entre que aquella noche me dormí tarde pensando en el lance, y que a las cuatro de la mañana quería hallarme en pie, me desperté sobresaltado. El hermano flaco de Clara y su esposa se hallaban de viaje fuera de la ciudad con la hermana menor de los Medina a la que le había brotado un mal que le privaba del sentido y que decían que curaba un sanador de Clavijo hacia cuyo lugar habían partido antes de amanecer.

En realidad la casa de los tres hermanos eran dos casas. Al morir sus padres, ya casado el hermano varón, abrieron una nueva puerta a la calle y dividieron la una en dos para que Alejandro (que ese era el nombre del flaco) viviera con su esposa, cuyo nombre era Lucía. Desde que quedaron huérfanos era él quien administraba la economía y costumbres de Clara y de su hermana menor.

No recuerdo un amanecer más frío y más desangelado, que en aquella hora ni el de la Guarda me acompaña según me pareció.

Al amanecer, entre dos luces, escurrí mi cuerpo desde la calle hacia el interior de la vivienda por el estrecho hueco que dejó Clara al abrir la puerta. Era la primera vez que dispondríamos de tiempo y de reservado espacio. Hasta aquella fecha habíamos venido hablando en secreto en callejas y callejones. Fue aquel el primer día en que nos veíamos sin la angustia del miedo a ser descubiertos.

—Subamos a la cocina. En ella está el calor asegurado —díjome Clara amorosamente.

Como la mayoría de las cocinas, salvo en los días grandes, aquella hacía las veces de cuarto para todo y comedor. Los muebles eran escasos, la cacharrería se guardaba (quien sabe desde cuándo sin utilizar) en dos alacenas con puerta de celosía y un vasar. Una mesa grande de pino con tablero liso sobre patas atirantadas y otra más pequeña para uso en el auxilio de guisar, estaban arrimadas a la pared frente al hogar. Clara se disculpó y salió de la cocina diciéndome que esperase. Senteme en el escaño e imaginé lo que su cajón guardaría: manteles y comestibles. Trataba de guardar en la memoria el contenido de aquel escenario: en el hogar ardían unos troncos de carrasca. Del cañón de la chimenea de campana pendía inmóvil un llar de eslabones circulares planos sobre dos trébedes apenas arrimadas al fuego. Un guardapuchero antiguo y varios asadores y morrillos parecían arrinconados bajo la boca del horno detrás del llar. Debió ser aquella una familia pudiente, pensé, quizá lo seguían siendo. Tomé las tenazas y me quemé, luego un fuelle y avivé las llamas para iluminar la estancia y continuar imaginando la vida de mi amada.

Sobre las paredes aumentaron los fantasmas de luces y sombras. Junto a la mesa situada a mi izquierda y debajo de una ventana, una tinaja cubierta con una tabla y un cacillo...

—Temo Clara que hayan olvidado algo y regresen. ¿Cuanto tiempo hace que salieron? —le pregunté con la voz apenas alentada.

—Era noche profunda, hace más de una hora. Si algo importante les hubiera faltado ya se hubieran dado cuenta y habrían regresado —tranquilizome ella.

Sentose junto a mí y sentí su calor más fuerte que el del fuego, mi gozo era incontenible, aquel abrazo nuestro fue el más amoroso, dulce y tierno que recuerdo. Así estuvimos cosa de una hora, luego arrimó al fuego un puchero bajo y calentó leche que tomamos compartiendo tazón. Haciendo un gesto confidente volvió a dejarme solo y me incorporé. Acerqueme a la alacena: una chocolatera, fuentes, platos, una espumadera, una escurridera, un puchero culón y otro de sopa. Por sus formas parecían pertenecer a gente de alcurnia, más tarde supe por ella que tres generaciones desde su abuela habíanse dedicado a servir en casas infanzonas, de manera que todo eran donaciones de personas tan pudientes como influyentes. Cacharros de barro de textura lisa y color tostado, suaves, sin un caliche, sin una impureza, se adelantaban en la primera línea de cada estante.

—Este talabarte era de mi padre, se lo dio un caballero al que sirvió muchos años. Mi hermano cree que se halla perdido, guárdalo tú, quiero sentirme tuya todo el tiempo, es lo más preciado para mí por haber pertenecido a mi padre, a nadie lo daría que no fuera a quien tanto quisiera como a ti te quiero, Lucas. Cíñetelo cuando lejos de mí me añores y piensa que a los tiros de este talabarte me hallo prendida, tuya me siento, tuya soy.

—Me gusta el lunar de tu frente —alenté hundiendo mi sentimiento en sus entrañas al par que mis labios rozaban sus párpados.

—Mi corazón te pertenece, Lucas —respondió con un rubor que sofocó hasta casi asfixiar sus palabras.

Tres semanas después nos volvimos a ver dentro de la iglesia de Santiago el Real. A partir de entonces muchas horas pasamos allí arrodillados, sin hablar, sin rezar, juntos hasta que salíamos desparejados. Por largo tiempo fue la iglesia lugar de nuestras citas. Me remordía la conciencia al utilizarla más de lugar de cortejo que de oración: tan pronto en la iglesia, tan pronto en la cama, un día en una vaguada de la ribera del Ebro, otro...

Tan feliz me sentía junto a su cuerpo que, fuera de su cama o de su casa mi corazón se anegaba de tristeza. Una vez sentí crecer dentro de mí el temor de no poder llegar a ser nunca suyo y caviló mi mente en contra de mis deseos. Tampoco faltaron momentos en que tuve la seguridad de que el flaco jamás consentiría nuestro casamiento. Tanto deseaba unir mi vida a la suya que no veía el modo y comencé a perder el ánimo. Ni siquiera me sentía capaz de apartarme de servir al señor obispo a cuyo servicio caí sin saber causa ni razón.

Ya anticipé a quien esto leyere que al poco tiempo de hallarme a su servicio en Calahorra pedí dispensa a don Pedro para volver a Logroño a resolver algunas cuestiones particulares. Entonces mismo conoció su ilustrísima que mis asuntos eran más del corazón que de la intendencia. Al pedirle licencia, que me concedió sin tardanza, dudé de mi propia lealtad. ¿Cómo había consentido en entrar a su servicio sabiendo que debía comenzar engañándole para no perder la relación con mi amada, a la espera de que día llegase en que pudiera casar con ella? Le mentí a sabiendas de que diciéndole la verdad no consentiría tenerme a su servicio. Yo por un lado deseaba servirle, mas por otro...

—El fuego dominado dura más —me dijo— y produce más calor.

Mi pulso se aceleró. No me importaba lo que fuera a decirme sino su manera de decirlo, sin embargo cada palabra suya animaba mi espíritu. Mientras le oculté mis amoríos me sentí culpable, luego, avergonzado y más tarde comprendido. Clara era la mujer más hermosa, la doncella de más concertada armonía que había en Logroño y yo deseaba casarme con ella. Cuando la conocí reconocí en mí a un mozo lleno de grandes pensamientos, de grandes deseos y de sueños grandes. Los días negros comenzaron a ocultarse detrás de otros grises, y éstos, tras otros de más vivos colores y luminosidad. Pero una voz interior me decía que mi lugar se hallaba sirviendo al señor obispo.

Se puede herir a uno profundamente culpándole de cosas por las que su conciencia no le remuerde, de manera que sus palabras tuvieron para mí la fuerza de un martillo y la suavidad de la brisa.

—Debes verla con justeza temporal, el sacrificio será grande, lo sé, pero los ecos de tu renuncia en la tierra satisfarán al Señor en el cielo y se fortalecerá tu voluntad —recomendome don Pedro—. Fuimos creados —continuó después de una pausa— para vencer nuestros impulsos de modo que encontremos en la lucha todo lo que de Dios llevamos dentro.

No es que no pudiera dejar de ver a Clara, es que me sentía enloquecer deseoso de unir mi cuerpo al suyo, piel con piel. Por otro lado una fuerza invencible me atraía hacia el obispo.

Participando de mi sufrimiento, un día, cuando don Pedro y yo llevábamos juntos la mitad de nuestra vida común, díjome con una seriedad que apagó el silencio.

—Lucas —hizo una larga pausa— sean cuales fueren tus temores te digo que aunque te casaras seguirías a mi servicio si tú así lo deseases. Buscaríanos un nuevo modo de vivir ambos. No temas perder tu puesto.

Yo le respondí aliviado:

—Gracias ilustrísima, pero ya conoce cuál es el verdadero obstáculo, es el flaco quien en esto tiene la sartén por el mango. De él y sólo de él dependemos. Gracias don Pedro.

III. País de celestinas

Antes de venir a Calahorra había ocupado don Pedro sus últimas jornadas en Badajoz preparando su viaje sin distraer por ello sus horas de lectura, oración y oficios. En aquel tiempo no solía tener correspondencia más que de tarde en tarde en que recibía alguna noticia sobre la salud de su madre, pero un día llegaron por vía de Madrid dos cartas. Alguien que callejeaba reparó en el anverso de una de ellas: "Don Pedro de Lepe Dorantes, canónigo de Badajoz Obispo electo de Calahorra, y la Calzada"; de modo que se llegó a conocer públicamente la noticia de su nombramiento.

Muchos de los pobladores de la ciudad salieron dando voces por las calles clamando que el señor don Pedro de Lepe había sido nombrado obispo de Calahorra. Tanto le querían sus convecinos de Badajoz que pronto juntáronse muchos para aclamarle. Así me lo refirió el propio don Pedro temblando al recordarlo. Mas donde los ojos de las gentes se hicieron fuentes fue en los conventos de religiosas. Todas lloraban con amargura imaginando su partida para siempre. Diz que algunas dudaron de enfrentarse a la despedida, pero por no perder su bendición bajaron y aumentaron sus sollozos.

Unos días antes de llegar aquellas cartas su nombre ya andaba en lenguas.

En un país de celestinas cómo había de faltar

quien dijera que conocía las cosas antes de suceder. Venía la noticia de la venerable religiosa Juana Marignia hija de confesión de don Pedro que diz que dijo a otra mujer que, enterada de que su confesor sería propuesto para obispo y de que éste no quería aceptar, tuvo una revelación, a lo que ella se dirigió a él para decirle que no debía faltar a la voluntad de Dios y que debía aceptar porque por su medio habían de cogerse abundantes frutos para las almas allí donde estuviese ejerciendo su ministerio. Pero don Pedro, pese a los consejos de sor Juana se mantuvo en la negativa, que ni por asomo era de los que fácilmente fiaban de revelaciones de mujeres.

En Badajoz estuvo viviendo don Pedro desde 1665 hasta 1686. Allí se inició en la práctica de tantas virtudes como en nuestra diócesis manifestaría más adelante. Mucho de lo que un servidor sabe de su estancia en aquel lugar lo sabe por un sacerdote de Aldeanueva de Cameros que beneficiaba en aquella diócesis.

Díjome aquel reverendo, de nombre don Miguel, que teníamos con nosotros un varón de singular virtud: "... te lo digo, Lucas, pese a que no ha de extrañarte por lo mucho que tú le tratas. Cumulosos son los elogios que del señor obispo de Calahorra continúan diciendo en Badajoz. Todos coinciden en que ninguno tuvo ánimo para pedirle favores porque no era amigo de conceder prebendas ni por razón de amistad ni de consanguinidad".

La lectura de sus papeles secretos vino a confirmarme todo aquello. No quiera saberse cuánto tiempo tardé en leer aquellos folios escritos en recto y vuelto en los que de su puño y letra había descrito hechos y sucesos de su vida. Y menos quiera conocerse lo que sufrí hasta que tomé la decisión de penetrar en su contenido, tan indigno me sentía de conocer sus intimidades. Desde su fallecimiento, cada día que amanece tomo entre mis manos alguna de aquellas hojas y las contemplo como si fuesen sagradas escrituras (y aún pienso que lo son). Sujétolas con tanto temor que aún se me caen de las manos cada dos por tres. Tiempo pasó hasta que les quité el miedo, o el respeto, que al principio parecíame como si por tocarlas, y más por leerlas, fuéseme a condenar.

En uno de los folios escribió:

Badajoz. 1671. Había aquí un gran caballero que vivía escandalosamente. Mis voces le arrojé para ver de lograr su conversión, pero era echar grano sobre piedra. Cuando el señor obispo le amonestó él ofrecía enmienda mas nada cumplía. Tomé yo el medio de remediar el escándalo y así poder dar cuenta al presidente de Castilla. Hecho lo cuál éste mandole llamar a la Corte. El sujeto era de muchos méritos en lo humano pero olvidadizo para lo divino. Creyó que era llamado para ser premiado y acudió presto, pero le detuvieron. Ya suelto volvió a Badajoz, avergonzado, en donde murió. Así y peor tenemos la iglesia de Dios (...) Y qué hacer, Señor, si pocos años ha que tuvimos un obispo en Badajoz que tenía previsto pasar una tarde con los suyos dentro de la clausura de un convento de monjas para lo que dispuso un extendido banquete para todos. Cuando tuve noticia del exceso que se haría en el banquete me ofrecí para predicar antes del día señalado y hablé con el señor obispo lamentando al máximo mi voz para mejor disuadirle, diciéndole: Señor es obligación del verdadero pastor cuidar vigilante de sus ovejas para que no peligren cayendo en las garras de los lobos carnívoros, ¿cómo llamaremos al pastor que no las aparta, antes bien las pone en las bocas de ellos llevándolos a la gula? ¡Oh, no permita Dios haya tan malos pastores!

El prelado, más creo que por la gracia de Dios que por mis palabras, reparó en lo que acaso no había reparado, se retiró a su palacio y mandó que ni dentro de la clausura ni fuera de ella se había de eje-

cutar lo dispuesto sobre aquel banquete (...) ¿pecado de gula? (...) cerrarse unos cuantos clérigos en una clausura de monjas no empece el estímulo voluntario de la concupiscencia. (...) Tuve noticia de que en la casa de campo de don Manuel de Siveira viven unos caseros de tan escasa consideración que admiten comercio de hombres y mujeres de esos que llaman ociosos y perdidos, y por consiguiente relajados y escandalosos; unos se divierten en juegos prohibidos y otros en diversiones deshonestas. Un día lo prediqué: No desaparecerán de esa casa los actos inhonestos empero tampoco el castigo: esa casa vereis hecha zaburda de perros y animales inmundos. Así sucedió al pie de la letra y paró en verse del todo arruinado el edificio (...) En este mes he predicado por las tardes en todos los conventos de religiosas filiadas del obispado. ¡Me place tanto que el prelado me lo solicite!

Era su ilustrísima muy consciente de las malas costumbres. A todas ellas aplicaba las mas exactas y secretas diligencias.

Más por no querer que se me vaya el hilo, permitan sus mercedes que vuelva a lo de las cartas.

Si acaso recibía una epístola pidiendo limosna, con cara alegre la recibía y la concedía según la oportunidad; y si para favores innecesarios, la repudiaba.

Siempre la misma canción: carta que llegaba, tos y fatiga que le venían, sobre todo cuando comprobaba las rúbricas de los recomendantes que lo mismo era de un servidor del rey que de la Sagrada Congregación. Tan pronto le pedían intercurso para conseguir gracias en pleitos contenciosos como intercesión en desavenecias vecinales. En éstas es en las que ponía más cuidado y sentía el prelado mayor repugnancia.

—Quien pide razón del porqué se negó la tonsura a quien sólo buscaba un beneficio... —suspendió la frase— malo.

Yo mismo puse un día en el correo una misiva suya dirigida a la Sagrada Congregación en la que solicitaba que no abundaran más las cartas de recomendación. Se la oí dictar para sí en voz alta mientras de su puño y letra la escribía.

...pídannos lo que honestamente y según nuestro buen orden podemos hacer pero no otra cosa. Por fuerza entré en el obispado y me lo podrán quitar cuando gusten, que nada tendré que sentir por ello...

No era amigo de favorecer a nadie sin pago de esfuerzo y merecimientos previos, pues no hacía mucho aconteció que un ajeno solicitó gracia para un sacerdote primo carnal de don Pedro, que aspiraba a cubrir la vacante de un canonicato en la santa iglesia de la Calzada.

—No vine al obispado —respondió negando— para beneficiar a los míos.

Habiendo acudido en otra ocasión a la visita de la villa de Zarratón entró a visitarle un sujeto acusando a su propio hermano.

—¿No ha oído decir por ahí —le respondió con firmeza don Pedro— que no hay más que un obispo en Calahorra? Pues —continuó sin darle tiempo a replicar— mientras éste viva no levantará su imperio contra otro. Salid en paz y meditad sobre las virtudes de vuestro hermano y no sobre lo que creéis que él os perjudica.

Y así lo despidió.

Otros pretendieron ganarle la voluntad como sucedió con la villa de Autol cuyo ayuntamiento le envió al palacio episcopal de Calahorra unas cargas de leña para unas preces con el pretexto de la necesidad de agua que padecían sus campos, mas él ordenó que toda aquella leña fuese pagada a su justo precio y repartida entre los tres conventos de la ciudad.

En otra ocasión, al quedar vacante un beneficio en la villa de Heredia de la provincia de Álava optaron a él dos sacerdotes de iguales costumbres y ciencia, obteniendo igualdad de votos. Uno de ellos, cuyo padre era conocido de don Andrés de Herrera que administraba en Salvatierra los bienes pertenecientes a la dignidad eclesiástica, era también beneficiado en esa villa y pretendía la prebenda de Heredia. Cuando el mayordomo general insistió para que le fuese concedido a su recomendado, don Pedro le respondió.

—Los servicios a la iglesia no deben cobrarse, sino pagarse. O ¿acaso es cristiano beneficiar a uno con doble beneficio cuando hay quien no tiene ninguno?

Y se lo concedió al otro.

Con motivo de quedar vacante un beneficio en el Camero Nuevo vino a su presencia un caballero de Vizcaya. Como era pobre y sincero de corazón no se abochornó al pedir que se ordenase a uno de sus 11 hijos porque tal era el remedio para su casa y su familia.

—Mirad, caballero, por encima de la necesidad de nuestras casas y familias se halla la iglesia —contestole don Pedro— y yo debo atenderla dándole ministros que la asistan y no poner a otros más preocupados por resolver su propia manutención que la conducción de las almas.

Aquel beneficio dióselo a otro sacerdote con título de cura.

También le vi negarse a conceder la gracia de un beneficio en la provincia de Álava a un sujeto por quien intercedió la iglesia de Badajoz pidiéndoselo con toda instancia. La respuesta que dio fue negativa después de hablar con el sujeto y llegar a la certeza de que no serviría a la iglesia como Dios manda.

Todos estos contratiempos venían de atrás, de cuando los beneficios se concedían en favor de los poderes y las heredades de sangre sin atender ni a la necesidad de la iglesia ni al bien de los parroquianos que es para lo que fueron instituídos. Hasta que don Pedro llegó se repartían los beneficios al poderoso, al colegial, al canónigo, al beneficiado en otra iglesia, o por parentesco, dejando a los pobres diezmados.

También en lo que pudo negose a tonsurar a hijos de gobernadores y a sobrinos de beneficiados, de modo que gracias a su ilustrísima dieron en ser sacerdotes muchos que mereciéndolo nunca lo hubieran conseguido con las costumbres al uso.

Pronto algunos le llamaron injusto porque decían que más quitaba que daba.

—Hagamos nosotros lo justo —respondíase en voz alta— y digan ellos lo que quisieren. Grave ignorancia es juzgar que los beneficios se establecieron para los beneficiados y no para las iglesias; de ningún modo han de servir para enriquecer a amigos y parientes a costa de las almas.

Marcos de la Villa, que quería ser ordenado sacerdote, era hijo de una aldea de Ezcaray y natural de su madre por serlo de soltera. Llevaba tiempo escribiendo al obispo por la mano de un anciano justicia de Madrid.

—A cuantos hijos naturales, que no son pocos, haya que responderles, dirémosles por lo general que no. El carácter de esos jóvenes suele ser irregular por culpa del desamparo a los que les somete la sociedad. La mayoría contrae en su infancia vergüenzas en demasía, su carácter sufre mermas y tanto suelen crecer sus temores que se encuentran luego tarados para ser buenos ministros. Para ejercer de sacerdote hay que ser de recias convicciones y férreo carácter —se justificó ante don Francisco que fue quien le había buscado la boca con lo del joven espurio.

Después de aquello aún tuvo valor de acabar con el poder de las sacristanías a las que llamó “de título falso”, y no le faltaba razón pues que lo eran todas por no ser cargo eclesial reconocido. Menudos eran algunos de los sacristanes que yo conocía. Uno había en San Asensio llamado Pelayo que era bajo, flaco y de mirada atravesada. Con el único fin de ahorrar solía traer para celebrar el vino más barato de cuantos hallaba, que como sabrán sus mercedes siempre es el peor, o lo compraba en la taberna en donde es común que lo den aguado. Otro, de nombre Manuel, al que apelaban Morrobarbo y ejercía en San Román de Cameros, hacía acarrear desde tierras marítimas un vino que le decían chocolín, que era de fruto no maduro e impropio para celebrar misa. Todo por ahorrar.

No fue extraño pues que don Pedro de Lepe ordenara un día que en su diócesis se comprara el vino para las misas con preferencia en la Rioja, en Castilla o en Navarra, y que no se guardase el sobrante de un día para otro y que siempre se enjuagasen las vinajeras.

Muchas de aquellas composturas levantaban quejas, como sucedió con el rito de las ordenaciones.

Dispuso que el mismo día de hacerse públicas las matrículas de los ordenados, que normalmente coincidía en viernes, se llevasen a su habitación privada los títulos para firmarlos con el fin de que aquel mismo día los ordenados pudiesen partir a sus casas.

—Les ahorramos muchos cuartos pese al deseo de los mesoneros. Menos gasta la juventud en casa propia que en fonda, mesón o posada ajena. Cuanto antes vuelvan a pernoctar a sus casas menos se resiente la bolsa de sus padres.

Si alguno quedaba hasta el día siguiente eran los de las órdenes mayores que debían estar presentes en la procesión acostumbrada.

Tenía una gran memoria, nada escapaba a su aguda conciencia.

—Ayúdame Lucas. En las cédulas de los aprobados he puesto la letra a; en la de los no aprobados, la erre. Sepáralas y llévaselas a don Francisco.

En una de aquellas ocasiones en que había más de ciento equivoqueme en el reparto y una con la letra erre fue a parar con las de la a. Cuando se las devolvió su secretario le llamó.

—Repárese —le dijo— este título corresponde a uno que tenía una erre. Este sujeto está reprobado.

Así actuaba la justicia divina por su celosa mediación.

Otro día cazueleteaba yo en el fogón del palacio de Calahorra cuando vino don José Martínez, vicario del Camero Viejo, cura y beneficiado en la villa de Muro, al que Lanada había mandado llamar para reprenderle por su supuesto malhacer con un feligrés.

—Vos no sabéis que por muy beneficiado que seáis —gritole don Antonio— no podéis hacer de vuestra capa un sayo. No queremos pleitos con la autoridad civil así que tenga por cierto que no consentiremos que ponga al clero en evidencia.

Aquella reprensión fue tan aspera que el sacerdote, con humilde rendimiento, lloró en un rincón del zaguán antes de salir a la plaza del palacio episcopal para ponerse de camino a casa.

—No es porque yo quiera ser juez —le dije en un aparte a don Pedro— pero el cura de Muro tiene fama de ser el mejor pastor de sus ovejas y según parece el altercado con el alguacil de su pueblo fue por la defensa de los derechos de la iglesia frente a los del ayuntamiento.

Y le conté el suceso.

Bien informado don Pedro de la falsedad impuesta contra el de Muro previno a don Antonio de que a los que lo merecieran, o aunque no lo merecieran, tratase con benignidad, caridad y amor sinceros.

Temeroso otro clérigo de ser capitulado por sus oscuros actos buscó tiempo y lugar para hablarle, porque bien sabía que el señor obispo conocía su modo de obrar.

—Señor, de mi mala vida podrán hablar muchos a vuestra ilustrísima pero quiero hacerlo yo antes que ellos lo hagan. Con todo rendimiento me pongo a sus pies conociendo mis culpas, vuestra ilustrísima disponga de mi lo que fuere.

Mi voluntad —le respondió— no es la muerte de los súbditos sino su vida. El principio de las buenas obras —añadió— es la confesión de las malas, apártese del mal y seremos amigos.

Así lo cumplió y tuvo a su prelado muy complacido en adelante, que hasta después de muerto favoreció su alma.

Digo y repito a vuestras mercedes que mi señor don Pedro sabía muy bien sus obligaciones y procuraba dar con justicia y merecimiento los ministros más cabales a cada iglesia. El Santo Concilio Tridentino tenía señalada la edad que habían de tener los ordenados, y así previno a los obispos para que supieran y entendieran que no todos los que llegan a la edad deben ser ordenados no siendo dignos de ello y de vida probada. "No basta —dice el Santo Concilio— que tenga 22 años el que se ha de ordenar de subdiácono, 23 el aspirante a diácono y 25 para presbítero; que es necesario que se junte a su edad una vida muy probada y un juicio bien maduro". Y así lo hacía don Pedro.

Nuestro obispo se negaba igualmente a dar prebendas a oriundos o domiciliarios de otros obispados quienes solían pedirlas para gozar beneficio en éste. Para tal conseguir solían acompañarse de elogiosas epístolas de prelados para que el nuestro concediese favor. A ello don Pedro solía responder que lo más preciso es que sea legítimo, de vida probada, costumbres conocidas y llamado al estado. "Todo lo demás dudable es", terminaba la frase con firmeza.

Don Pedro fue nombrado obispo por su sabiduría y no por pertenecer al estado noble o por contar con buenos padrinos como otros. Tenía un prestigio adquirido en un colegio mayor, siendo por lo tanto de los que el Santo Padre recomendaba "para desterrar de la Iglesia la lacra de la incultura y custodiar al pueblo frente a la herejía". De modo que don Pedro de Lepe accedió a la silla diocesana por su ciencia y su conciencia; no por ningún empeño.

Su reforma hubiese sido total si no hubiese sido porque los que habían de corregirse acostumbraban a usar como escudo protector el recurso de la apelación en evitación de que cayera sobre ellos el poder episcopal. Apelar era dilatar y dilatar equivalía a tomarse tiempo para librarse del poder de la justicia.

Volviendo a las cartas de los recomendantes direles que unas venían sin firmar y otras firmadas por disimulados sujetos; unas, cargadas de amargas quejas en materia de poca sustancia, y otras, colmes de insultos y acusaciones.

—Y si tienen de qué quejarse hablennos cara a cara de modo que podamos al menos asegurar nuestra conciencia y defender nuestro juicio.

Él fue el primero de España que acabó con los exámenes fingidos. No se satisfacía con las diligencias comunes, sino que escribía a los maestros de las catedrales, ciudades, villas o lugares donde se enseñaba, solicitando los nombres de los estudiantes que tenían más virtud y aplicación a las letras. De sus informes ponía razón en un libro que luego consultaba y tenía presente para cuando llegaban a pretender primera tonsura en el obispado de Calahorra.

En los lugares donde concurrían muchos estudiantes tenía puestas personas de su confianza para que fuesen celadores de su modo de vivir así de noche como de día, y a qué diversiones se aplicaban. Consideraba mucho a los que andaban de noche con armas, escalaban huertas, paseaban con mujeres, usaban instrumentos lujuriosos u otros pasatiempos, porque han de saber vuestras mercedes que muchos clérigos y aspirantes a serlo se portaban como pícaros, mequetrefes y mundanos, de lo que vino que a los pocos años de estar entre nosotros nuestro señor obispo ya comenzó a devanar en su cabeza la idea de celebrar un sínodo para meter a todos en vereda; un sínodo diocesano, porque en la iglesia los sínodos son de distintas clases: generales, ecuménicos y diocesanos a más de otros distintos por razón de conveniencia.

—Nacieron los sínodos con la misma Iglesia — le explicaba a sus pajes un día que quisieron saber lo que no sabían—. En aquellos tiempos se denominaban Sagradas Juntas, y nacieron para conservar la disciplina y resarcir las faltas de la Iglesia. Probado está que cuando se frecuentan los sínodos florece la disciplina y cuando no, se enfría el fervor y se llena de cardos y espinas el campo de la Iglesia.

Luego que esto dijo pareciome que se contradecía pues en otra ocasión culpó al cuarto concilio toledano de la relajación, negligencia y descuido en congregar y celebrar sínodos, dándose el caso de que en la diócesis de Calahorra no se había celebrado ninguno desde el seis de mayo de 1620. Pero ya digo que pareciome que se contradecía pues seguro que no, porque en el entrar y salir yo del comedor a la cocina y viceversa, alguna palabra se me escaparía. Digo yo.

—No debe ser la Iglesia encubridora de malas costumbres para sus ministros —decía— un sínodo es una era pública en la que se coge el fruto de todo el trabajo: se trilla cuanto hay y se aparta lo escogido de lo nocivo.

Cómo no iba a morir don Pedro con fama de santo si aparte de sus apariciones después de muerto celebró un sínodo por cuyos efectos sobre los fieles ya lo merece, amén del bien espiritual que produjeron sus 18 cartas pastorales que en opinión de don Francisco de Torres son auténticos tratados de teología. También emitió cinco edictos sobre cinco cuestiones muy principales, además de un catecismo.

Entre los escritos suyos que poseo figuran bastantes que hablan de la ignorancia doctrinal de pastores y rebaño.

(...) Parejo es el comportamiento de los fieles de aquí y de allá. O tienen escasa formación religiosa o gustan de no practicarla. Entre los sacerdotes que pastorean lo mismo; no sé si habrá algún sabio y ningún santo. Debiéramos los curas enseñar más doctrina los domingos y fiestas de guardar y animar a que en las escuelas y por las calles se cante la doctrina, y que no se absuelva a quien no se sepa el catecismo, y que los prelados prediquen con lenguaje acomodado al hablar de las provincias, y que se haga un catecismo, y que los sermones sean en vascuence allí donde convenga.

Cuando me hice cargo de sus papeles hallé que estaban clasificados, unidos por bramantes anudados de forma que no ofrecían dificultad para soltarlos y volver a aprovechar la agujeta. Uno de los paquetes contenía varios folios con letras muy corregidas que interpreté como notas para no olvidar o pensamientos para poner en práctica. Más adelante comprendí que aquella arpilladura guardaba la esencia de las cartas pastorales que luego publicó y otras que quedaron inéditas.

A los clérigos (...) que no se busquen cartas de recomendación para las órdenes mayores ni menores pues la mayoría sólo busca eximirse con ello del fuero secular (...) que nadie se acerque a esto si no tiene vocación no sea que lo pretenda quien no está dispuesto a negarse a los deleites en que peligra la flaqueza humana. Si no pueden abstenerse de comer la fruta del árbol vedado que pasen a otro estado (...) ?... sacerdotes: para que reformen sus costumbres y las ajusten a su estado. (...) Hacer recuento de sus faltas más graves a saber: castidad, dedicarse a negocios para enriquecerse, asistencia a convites con pérdida de tiempo y pecado de gula, dedicarse al juego con quebranto de sus obligaciones o a la caza, asistir a danzas públicas y tomar parte en elecciones de cargos públicos.

Lejos se hallaba de la santidad la mayoría de los clérigos, aunque casi todos pensaban que alcanzarla era un derechohabido por ser cura. Pocos conocían lo que pensaba su obispo.

—Todos los santos llevaron una vida sencilla, muchos de ellos no fueron sacerdotes ni monjes. Acordaos de San Benito que no se hizo sacerdote. La mayor parte de su vida la pasó entre el trabajo y el templo, misa los domingos y fiestas de guardar, nada más. Y nada menos.

En todo momento dignificó su cargo, mas nunca perdió la humildad, que si en alguna ocasión le tocó pasar la fiesta del Corpus en pueblo pequeño no dejaba celebrar sólos a los curas sino que se unía ellos y asistía a la Misa y a la procesión, y unía su voz a los cantos de los demás. Y todo lo hacía con gran reverencia.

Tampoco era don Pedro ignorante de la vida que llevaban los fieles. Eran y aún son de conocimiento público y tolerados los amancebamientos, las blasfemias, el uso de vestidos escandalosos y la falta de justicia en los tribunales. Las costumbres se habían relajado y robar no era pecado si se hacía por necesidad. Mas ¿dónde comienza la necesidad y a juicio de quién se establecen los límites? preguntábame yo.

Notas encontré sobre su modo de pensar.

¡Grande es la desidia de los prelados en no con-

vocar sínodos. ¡será por el trabajo que dan! Bueno sería convocar un sínodo (...) reformar la vida frenando las pasiones; frecuentar los sacramentos porque quien no lo hace es exclavo de su apetito; escuchar atentamente la palabra de Dios, oir misa diaria quien pueda hacerlo; y donde haya más de un sacerdote que diga una misa de madrugada, nunca de noche, para que vayan los labradores. Que los sacerdotes no multipliquen sus beneficios por ambición y que pidan a Dios por el rey.

Como dije tenía su ilustrísima por el rey especial inclinación. Así volvió a manifestarse en los tiempos de hacer nuestra visita por el norte. Nos encontrábamos en Yurre, en tierras de Vizcaya. Las llamas rojiazules se agitaban en el fogón. Don Pedro se acercó al fuego y echó otro leño sobre los que ya ardían. Observó un instante las lenguas rojas que lamían la nueva presa y guardó silencio.

Todos los familiares se habían ido a acostar repartidos en dos casas de Ceberio, lugar en el que don Pedro manifestome algunos de aquellos íntimos sentimientos que yo notaba que no podía ocultar aunque lo intentaba.

—Pide a Dios por el rey, Lucas, de sus buenas decisiones dependen nuestros prójimos. Don Carlos se encuentra muy solo según se dice. La única persona en la que confía es un extraño llamado don Juan Carreño de Miranda al que nombró aposentador y pintor de su cámara. Un pintor que ya le llegó con fama porque diz que había retratado a muchos personajes de la corte, y diz también que pintó igualmente a una monstruosa niña de seis años. De él recibe los mejores consejos, prueba de lo cuál es que nuestro rey le hizo merced del hábito de Santiago que aquel rehusó con comedidas manifestaciones de humildad y gratitud. Debe ser hombre de suma honradez muy chocante en medio de una corte de corruptos. Dicen que cuando a Carreño el rey le ofreció ser caballero de Santiago y éste renunció algunos de sus amigos le censuraron por no haber admitido aquel honor siquiera fuera en favor de la pintura, a lo que él les respondió que la pintura no necesitaba honores de tal condición, que el arte de la pintura es la que honra al mundo. Así que este Carreño es un hombre de confianza de nuestro rey que al parecer le aconseja con sabiduría y bondad.

En aquel tiempo era misterioso para un servidor de vuestras mercedes de dónde le venía a don Pedro tanto saber sobre la vida en la Corte. Por el conocí que aquel Carreño venía retratando de antiguo a nuestro rey y a Mariana de Austria la reina regente. También había pintado al irreconciliable don Juan José, al privado Valenzuela, a los bufones y a las camareras, al patriarca Benavides y al mismísimo Pedro Ivanovwitz Potemkin, prelado y embajador del emperador de Rusia Fedor Segundo.

A la madre de don Carlos le interesó un día que su hijo contrajera matrimonio con la princesa María Luisa, hija del duque de Orleans, más éste se negaba cuanto más su madre insistía. Carreño fue, al parecer, quien sobre un lienzo de la princesa hizo ver al rey su extraordinaria belleza y éste cambió de parecer, pero entonces a su madre ya no le convenía aquella boda y se arrepintió de haberlo pretendido antes. Pese a la oposición de doña Mariana la boda se celebró por poderes en Fontenebleau, ratificándose después en Quintanapalla con la presencia del patriarca de las Indias y de la mismísima doña Mariana que mandó traer para celebrarlo una flota de América con muchos millones.

A partir de esta boda don Carlos modificó sus costumbres. Inmerso en un ambiente de placeres que compartía con muchos de sus enemigos y con su esposa, cuya hermosura le tenía embelesado, se olvidó de las ruines envidias que le rodeaban. A partir del enlace cuando no estaba enfermo se iba de caza. Mientras tanto a las intrigas de su propia madre se unieron las de su camarera la duquesa de Terranova y las del primer ministro el duque de Medinaceli que esperaba la muerte de la reina para intentar casar al rey con una de sus ocho hijas. Así se atrevió a decírselo al mismísimo don Carlos: "Majestad, con cualquiera de mis hijas os será más fácil tener descendencia, Feliche os lleva cuatro años pero es muy fogosa, y Lorenza es cinco menor que vos y, puesto que vivirá más, dispondreis de más tiempo para preñarla". Así se ve cuánto creían algunos en la idiotez de nuestro rey.

"Pide a Dios por el rey", constituía uno de los constantes ruegos de don Pedro.

Un servidor no sabría decir por qué, pero aquella noche en Ceberio tuve un presentimiento: don Pedro y nuestro señor don Carlos conocíanse más de lo que yo hasta aquel momento venía sospechando.

IV. Desde Cameros al Ebro

Mis padres habían abandonado el pueblo de la sierra de Cameros en el que durante muchas generaciones habían vivido sus antepasados en 1652, año en que se casaron y decidieron venir a vivir a Logroño. Yo, que nací en esta ciudad en 1654 tuve por mío a Trevijano, lugar en que viví largas temporadas, así se comprenderá por qué, pese a hallarse cercanas nuestras casas en Logroño, no supe de la existencia de los Medina hasta que conocí a Clara. No recuerdo haber pasado más de un mes seguido en casa de mis padres, tanto era mi apego por el pueblo serrano de mis raíces maternas.

Aquellos pagos de mi infancia los alumbraba el sol con recatada tibieza. Sus rayos triscaban sobre los húmedos regatones de la margen derecha del riachuelo que terminaba en el término de Valdecaldes, camino de Luezas. Un rocío gris humedecía en silencio todos sus amaneceres.

Mi abuelo Daniel miraba cada mañana el avellano que había plantado su padre en el desvío de la vereda que daba acceso al molino del tío Feliciano. Era aquel un edificio pequeño de tosca construcción de ladrillo y mortero bien armado. Saludaba al molinero sin perder el paso, quien le devolvía un gruñido apagado sin dejar de atender la limpieza de la arqueta sobre la que cada mañana descargaba solícito el pegajoso engrudo de los restos de la molienda.

Cada día la misma labor: mi abuelo llegaba a tan pedregoso como agradecido huerto, abría la compuerta del regajal, y cuando la sombra del moral se espesaba sobre los juncos de la orilla apuntando al poniente alzaba la pesada chapa forzándola con un herrón, y el agua se precipitaba corriendo desde el álveo del río hasta el pequeño hortal. El eco recio de la última campanada de las nueve sonaba en la ermita de Santa María, se signaba con la señal de la cruz y regresaba después de regar las patatas y acopiar dos berzas de regular tamaño. Ya en el hogar se cambiaba de calzado atento al crepitar de las olagas en la lumbre, tomaba un tazón de leche con sopas de pan y entornaba los ojos dejando caer hacia atrás la cabeza sobre el respaldo de la caponera.

Apenas suspiraba un par de veces el campanillo de la iglesia repicaba. Corría de nuevo escaleras abajo como alma que el diablo llevara afirmando los pies en la penumbra de cada peldaño y salía a la calle.

Diré a vuestras mercedes que así recuerdo a mi abuelo Daniel en la modesta casa que había heredado de mi bisabuelo.

Para él, a esas horas, el día no había hecho más que empezar. Siendo como era cabrero y alguacil ejercía de suplente el buen oficio de sacristán siempre y cuando el titular de la parroquia se indispusiera. No fue rico pero me dejó por herencia dos cosas de provecho: la profunda melodía de su voz y el tono pícaro de sus consejos.

Mis días en la sierra con mi abuelo Daniel los recuerdo de sol cuando no de nieve.

De las noches de mis primeros inviernos junto a él guardo en la memoria su hablar ante el fogón. En los ojos del gato acurrucado en mi regazo veía reflejadas las palabras de mi abuelo que se desvanecían cuando la humedad lacrimosa del frío mirar del felino las hacían caer a la lumbre, prendida ya su llama en lo más caliente de mi corazón.

Contábame con orgullo haberse carteado de joven con un político, poeta y aventurero con el que había entablado relación en uno de sus viajes a Logroño. Se llamaba el personaje Francisco López de Zárate, que había viajado por Europa antes de asentarse en la capital del reino donde fue protegido por Rodrigo de Calderón, favorito a su vez del Duque de Lerma. Por lo que fuere quedó aquel en simple vate.

–Ya lo ves, Lucas, pudiendo haber llegado a regidor prefirió vivir de poeta –concluyó.

Al parecer el tal Zárate murió inútil de medio cuerpo después de escribir innumerables versos que alguna vez me leyó mi abuelo como propios de aquel señor, pero que yo más tarde vi firmados por Lope de Vega o por Góngora, no lo recuerdo con certeza, cosa que no es de extrañar porque en algún sitio he leído versos de aquel paisano nuestro que por su forma y estructura bien podrían haber sido fruto de esos otros que desde las postrimerías del pasado siglo diecisiete vinieron en ser más afamados.

Casi al último polvo reducido.
Tan ya sin mí que estoy de mí en olvido.
Tan ya no yo que soy quien más me infama.

El saber de mi abuelo materno era superior al de otros, y aunque como se ve y se verá anduvo siempre muy cerca de anticlericales, él siempre quiso que yo fuese sacerdote, cosa que ni plugo al Señor ni a mí me sedujo nunca porque no fui clérigo aunque terminé sirviendo a la Iglesia junto a uno de sus más ilustres hombres que, como sus mercedes se hallarán viendo si acaso estoy siendo capaz de explicarlo, fue el más fiel, cumplidor y santo hombre de la iglesia de su tiempo.

También trató mi abuelo cuando era niño a

Juan Adán, que era de Soto de Cameros, pueblo cercano al suyo, que acabó de fiscal de la Inquisición en Murcia. Este fue autor de la Conspiración Herético Cristianísima que escribió en latín y que al parecer ponía a los santos padres de Roma de chupa de dómine, y a los reinos de Francia y Venecia los motejaba de herejes, razón por la que el mentado López de Zárate difería de sus pensamientos.

Era mi abuelo —para que vuestras mercedes lo sepan lo repito— padre de mi madre y más culto de lo que pudiera parecer por los oficios que ejerció.

Por la rama de mi padre, el suyo, al que menté cuando referí lo de la blasfemia, se llamaba Julián.

El día de la Cruz del año en que vine al mundo se celebró en Logroño con incidentes. Resultó que corriéndose en el coso la tradicional corrida de toros, uno de los de la élite hidalga, por más concretar don Lope Ponce de León, regidor de la ciudad y corregidor provisional de ella por hallarse forastero don Jerónimo de Sandoval que era su titular, convidó a la corrida al conde de Aguilar, uno de sus aliados en las luchas políticas. Cuando todos vieron que don Lope cobijaba al conde bajo el dosel que de ordinario era puesto reservado para el rey, se desató un gran jaleo. Aquel detalle cortés contravino lo dispuesto por las leyes, de modo y manera que, puesta la denuncia, los inquisidores hicieron desmontar el puesto donde de ordinario solían ver los toros los reales representantes y cesaron al propio corregidor ausente, nombrando en su puesto a don Alonso Sarmiento.

Pues bien, el año en que aconteció todo aquello vino al mundo un servidor de vuestras mercedes.

Que uno naciera era de lo poco en lo que el Santo Oficio no tenía mano ni podía impedir, pues en todo andaba metida la Inquisición. Han de saber que el Santo Oficio era arbitrario y ejercía el poder de coacción moviendo influencias en las altas esferas. No diré, por desconocer detalles precisos de ello, cómo defendían sus intereses los miembros del Tribunal que solían pertenecer más a la clase pechera recientemente enriquecida que a la élite hidalga.

Uno de los que mejor trato tenían con la Inquisición era mi abuelo Julián, al que en más de una ocasión libraron de ir a la horca o a la hoguera y escribiré por qué. Habiendo ejercido el contrabando toda su vida pasó por ser oficial cantero, cosa que era cierta. El oficio lo había aprendido de mozo en tierras de Burgos, donde le ponían piedras calizas para labrar que es con las que mejor se aprende. Así que el tener oficio conocido sirviole para tapar alguna culpa. Para él la cantería no tenía secretos pero, Dios sabe por qué, prefirió zascandilear con el contrabando que ordenar su vida y al fin entre tanta confusión de quehaceres y holganzas libró su cuerpo, y espero que salvara el alma.

Era Logroño en tiempos de juventud de mi abuelo paterno, aduana de Castilla, tierra sometida a sufrir periódicas visitas de jueces comisionados para reprimir el contrabando. Movía mi abuelo por entonces plata y piedras preciosas aunque pasaba por hacerlo con aceite y harina, de cuyas ilegales rentas pagaba astutamente un canon al Santo Oficio, así que, según me contaron, cuando en 1618 un juez dio en procesar a catorce vecinos entre los que se encontraba él por haber traficado con vellones falsos acuñados en San Juan de Luz, se suspendió su procesamiento por considerarle familiar de la Santa Inquisición.

En honor a la verdad direles que mientras yo he vivido no ha tenido el Tribunal mucho quehacer. Debieron correr peores tiempos cuando sus cabeceras fueron Osma o Calahorra.

Hasta mediado el siglo pasado se contaban en el Tribunal de Logroño dos inquisidores, un fiscal, un juez de bienes, un alguacil, cuatro notarios, un contador, un receptor, un notario de secuestros, un alcaide, un nuncio, un portero, un abogado de fisco, un cursor de fisco, un depositario, dos médicos, dos cirujanos y un barbero, que porfiaban más por su salario que por quemar herejes, lo que hace suponer que o no los había o gracias a Dios.

El edificio de la Inquisición en Calahorra estuvo (cuando estuvo) en una de las torres de la muralla que nosotros veníamos utilizando de almacén. En Logroño vino a asentarse el Santo Oficio en el camino que lleva al convento de Valcuerna, y como dije no le vi en mi vida mucha actividad. Vagamente recuerdo, cuando yo aún era un niño, haber visto colgar algún sambenito delante de la puerta de San Martín de la Redonda.

Los más recientes castigos de la Inquisición de Logroño ha tiempo que sucedieron, pues tuvieron lugar a mediados de julio de 1585 y a finales de diciembre de 1588 en que se determinó negar la vecindad a algunos penitenciados. Más tarde vinieron a enfrentarse el ayuntamiento de la Ciudad y la Inquisición porque los inquisidores quisieron que en la procesión de un auto de fe que tuvo lugar el día de San Matías del año del Señor de 1593, hubiese un intermedio de más de tres personas entre el fiscal que llevaba el pendón y los regidores. El ayuntamiento se sintió agraviado por sentir que a sus representantes se les trataba como apostados y protestó a la Corte. Pero la Corte no le respondió.

Más recientemente, en 1699, sucedió otro hecho del cuál yo presencié el final.

Un atardecer, entre dos luces, vi como de la cárcel de la ciudad sacaban medio a rastras entre dos, como a escondidas, lo que parecía ser un cadaver. Era el de Juan Flores que había muerto en prisión de erisipela. A Juan Flores, cochero del inquisidor don Santiago Hidalgo habíanle hallado en la faja un cuchillo corto con su vaina, propio de su oficio, cuando ya el corregidor de Logroño don Juan Manzano Sagarra y Gamboa había prohibido el uso de armas. Llevado preso desde la Plaza de la

Verdura hasta la cárcel le metieron en un calabozo con un par de guillos. Quiso el destino que de Alguacil Mayor de la Justicia Real estuviera entonces un malvado del que no diré su nombre por no mancillar el papel, el cuál ordenó al portero de la cárcel que colocase a Juan Flores en el calabozo más húmedo de todos y le añadiese otro par de grillos y la cadena mayor que hubiese. Así ejecutolo el mandado y así murió el inocente.

Juzguen pues vuestras mercedes, con estos antecedentes, las prebendas y privilegios de mi abuelo Julián estando tan cerca de aquellas gentes con tanto poder y tan mala saña. A pesar de ello de poco le sirvieron las rentas que obtuvo. Poco antes de morir se hallaba arruinado (una vez empezada el agua del cántaro, con qué rapidez se agota), que tanto tenía la virtud del ingenio como presto el cuerpo a no ejercitarlo y de puro vagar ni para negociar oscuramente se mostró constante. Mi padre (sin embargo de los ejemplos que el suyo le diera) tuvo la suerte de encontrar a tiempo a mi madre y ambos se dedicaron al cultivo de la huerta en la vega del Iregua en los tiempos revueltos en los que Alberite y Villamediana se segregaron del ayuntamiento de Logroño, aconteceres que ahora no vienen al caso. Puede decirse pues, que fui hijo de un hidalgo labriego que sabía las cuatro reglas y más latín que muchos que se las daban de hijos de Quintiliano.

Tenía también mi padre, reminiscencias del suyo, porte de noble caballero, impresión acentuada por su modo de vestir y caminar fuera de las horas de doblar la riñonada. Le recuerdo bajo el ala ancha de un chapeo ajado, acariciando con una mano su enhiesto bigote mientras con la otra me llevaba de la mía. No era ni fornido ni recio pero su gusto por vestir jubones de terciopelo y tahalíes de cuero aumentaban su tamaño dignificando su figura. Ni le movían promesas ni le engañaban halagos. Era de hablar melancólico y amaba a mi madre como no amó a ninguna otra mujer de cuantas dicen que tuvo rendidas a sus encantos, pues a más de cuatro sorbió el seso.

Me tenía contado mi madre que en paz descanse, que tanto la quiso mi padre que permitiole hacer comedias como tanto le gustaba y que, ya casada, representó la primera en el corral de comedias del hospital de la Misericordia junto al coso donde se celebran aún hoy las corridas de toros, bailes y ajusticiamientos, lindante con el convento de San Francisco, contra la muralla noreste de la ciudad. Hasta el día en que por primera vez salió a las tablas trabajaba en el corral de comedias repasando sayuelas, capas, golas y jubones de los actores, pero dispuesta en todo momento a suplir a cualquier cómica indispuesta. Su desmesurada afición por representar sobre tablado, carruaje o carromato le había llevado a saberse los papeles de las comedias más renombradas. Entre 1646, en que el director de la compañía de heredores de Luis de Castro le dió la primera oportunidad, y 1652 en que los celos de mi padre no pudieron soportar sus lágrimas, mi madre había actuado con los más grandes comediantes del norte de España: la compañía de Lucas Solano, la de Miguel Domingo Salas, la de Jerónimo Vallejo; incluso actuó a las órdenes del autor Juan Pérez de Tapia que le pidió el favor de que viajara con él a una representación en Pamplona un año antes de que yo naciera y donde tuvo grandes aplausos. Su despedida fue irremediable porque un pícaro malandrín de la compañía de Lucas José Galindo quiso retozar por la fuerza con ella en el carromato de máscaras y mi padre, no pudiendo soportar sus lloros, que celos jamás los tuvo, la apartó de comedias y comediantes.

Pero ya he dicho que mi padre era de sangre distinta y entiendan vuestras mercedes que lo digo complacido aunque sin excesiva admiración.

De su padre venía a mi madre la sangre de

cómica que, si bien mi abuelo Daniel nunca se encaramó a carromato alguno, siempre mostró gran admiración por el arte escénico; y por todo como ya he dado a entender.

Para todo valía este abuelo mío. Según decía su hermano Jacinto era como el malvavisco, que lo mismo remediaba un mal de vejiga que una inflamación, la tos o un resfriado. Diré sin rubor que de él también aprendí algo del arte culinario y curativo que conozco. "Malvavisco"le decía su hermano pese a no ser como aquel, de planta robusta, ni ancho su cuerpo, ni gris, ni suave al tacto. En fin, que todas las honras salvo las gotas de sangre distinta que diz que debía tener la punta de la espada de cualquier alguacil que quisiera presumir de serlo, tenía mi abuelo atesoradas.

De nada debió faltar en nuestra familia porque Jacinto, el hermano de mi abuelo, fue un varillero perseguido por la Inquisición porque mantenía la creencia de que no solamente era útil aquel instrumento para descubrir toda suerte de cosas ocultas sino que del mismo modo hacía lucir lo concerniente al mundo moral. Poco conocía la Inquisición lo que decía un libro que don Pedro tenía en su biblioteca y que yo leí, intitulado "Tratado del bastón universal", cuyo autor era un tan Aymar, quien describía en él las cualidades de la varilla de fresno que utilizaban los zahorís, y a las que éste no reconocía virtudes para descubrir cuestiones espirituales sino materiales. Yo leí en aquel libro que en 1662 su propio autor había provocado la "conversión" a la varilla de unos cuantos sabios entre los que se hallaban tres jesuitas. La Inquisición en España seguía agarrándose a hechos contrarios que sucedían en el reino de Francia donde decían que usaban la varilla para descubrir muertos y delincuentes. Aymar contaba en su libro cómo él mismo descubrió junto a una fuente el cadaver de una recién casada estrangulada, metida en un tonel y enterrada a varios pies de profundidad. Era una joven de la vecindad desaparecida desde hacía meses y dada por perdida para siempre. En compañía de los jueces personose Aymar, el zahorí, en casa de la familia de la víctima. Todos pasaron airosos la prueba menos el marido de la difunta ante el cuál la varilla comenzó a moverse con gran frenesí. Al verlo, el culpable salió corriendo con lo que probó su culpabilidad.

Sobre estas cuestiones había otro libro en la biblioteca titulado "La física oculta o Tratado de la varilla adivinatoria", del abate Vallemont, quien decía que el instrumento servía para la identificación de ladrones y criminales. Pronto se volvieron contra estas ideas los seguidores del padre Lebrum, logrando que la Inquisición ordenara incluir este tomo en el índice de libros prohibidos. Fue esto por decreto del 26 de octubre del año de 1700, pero yo lo he visto vuelto a editar años después.

Permítan sus mercedes que ignore ya los sucedidos a mi tío abuelo Jacinto el varillero, cuya mención me ha hecho perder el hilván del relato, además de que me queda colateral y ni en el orden moral era como mi abuelo Daniel. Éste, por el contrario de su hermano resultaba muy conocedor de la doctrina cristiana. Y no sé si por esto o por miedo a sufrir heridas en su cuerpo no gustaba de pendencias, más bien las temía sabedor de que su sentido del respeto al prójimo le llevaría a dejarse azotar por cualquier mequetrefe, como una vez sucedió y referiré a vuestras mercedes si acaso se terciara el hacerlo.

—Lucas —me decía mi abuelo— hay dos clases de letanías, mayores y menores, las mayores se hacen el día de San Marcos y fueron establecidas por San Gregorio Papa por culpa de una inguinaria acaecida en Roma que atacaba a los hombres en salva sea la parte de la entrepierna, unos morían de improviso y otros estornudando y bostezando. De aquellos tiempos viene el "Jesús te ayude" cuando uno estornuda. Las letanías menores las estableció San Mamerto obispo de Viena en cuyo tiempo acaecieron muchos terremotos, incendios e inundaciones que sembraron la miseria y el espanto. Una noche, mientras se derrumbaban las casas y los gemidos y las voces eran tan fuertes que acallaban los rugidos de la tierra; una noche en que los aullidos de los lobos y las fieras del campo atemorizaban a las gentes que despedazaban —exageraba para atemorizarme mientras las llamas del hogar agigantaban su sombra sobre dos paredes de la cocina— tuvo a bien San Mamerto mandar que se hiciesen rogaciones por todo el mundo los lunes, martes y miércoles anteriores a la Ascensión para ver de aplacar de este modo a su Divina Majestad, costumbre que adoptó la iglesia en el concilio de Orleans.

Yo debía escucharle con los ojos fuera de las cuencas y enmudecía. Siempre que mi abuelo me relataba cosas misteriosas me quedaba absorto y él: zas, me daba un capón y se reía.

—Vamos Lucas, espabila, que esa es la historia y quién sabe cuál es la verdad, y mañana al campo —añadía incorporándose para tomar el jarro de vino— que cada labor tiene su momento.

Salíamos al campo en Trevijano casi a diario. Un día de San Diego, 13 de noviembre, bien lo recuerdo, hicimos como era menester las labores propias de la época. Aramos como convenía para quitar las malas hierbas, rompimos las ramas resecas de los árboles y plantamos una pequeña viña a la manera de echar morgones de la que jamás hicimos carrera pues jamás hermanaron la vid y los Cameros. Lo digo en plural porque yo con 12 años de edad mi labor hacía y con gusto por cierto, que mi abuelo era como un espíritu que alentaba las fuerzas con su entusiasmo.

Por los primeros truenos que habían aparecido en las postrimerías de aquel otoño barruntamos cómo iba a ser el año siguiente de 1667, falto de ganado ovejuno, abundante de trigo y bueno para la fruta porque la recogimos antes de que cayera al suelo. También fue una año alegre para los hombres, vaya si lo fue.

—El menguante de noviembre, Lucas, es muy apto para hacer cenizas y cortar madera para los cabrios y cumbreros de los edificios; igualmente bueno para baños y sangrías; y malo para brazos y piernas, que las humedades tienden a refugiarse junto a los huesos de las canillas.

Las noches con mi abuelo materno junto al fogón las recuerdo con la claridad de la luna llena. Del otro, como tengo dicho, o sea del padre de mi padre, poco más podría decir de lo ya relatado, sino de oídas pues apenas lo traté. Así se confirma que en las familias cada cuál tiene sus inclinaciones y unas ramas tiran más que otras, y así lo habitual es rutina. Además mi abuelo Daniel era más chiquillero y yo no tenía muchos chicos con quien jugar y menos con quien sentirme a gusto.

—Lucas —derramaba gravemente mi abuelo Daniel sus palabras con ánimo de que yo aprendiera— si la luna de noviembre entrare creciendo en el signo de Sagitario no faltará ni agua ni aceite, pero ¡ay! si entrare menguando... si entrare menguando habrá hambre y hasta puede que peligro de peste.

Yo desconocía si aquel noviembre entraría la luna de Sagitario ni Dios que lo fundara y que él me asista por mencionarlo, pero recuerdo sus consejas, sigo las que comprendí y transmito las otras por si a algún prójimo le interesan. Lo que jamás averiguaré es de dónde le venía tanto saber.

Volviendo a lo antedicho, por si alguien piensa que teniendo padre era como si no lo tuviera, pues ya se ve que en mi boca sólo vive el nombre de mi abuelo Daniel, diré que mi padre no era dado a entretenerme, razón por la que tampoco conseguía de mí que apencara con la parte del trabajo que decía corresponderme si colaborar quería como debía, en las tareas del común familiar. Siempre arrimé el hombro más a gusto con mi abuelo, con quien pasaba las horas haciendo y deshaciendo sin sentir cansancio, que con ningún otro prójimo, salvo con don Pedro; que si mi abuelo se hallaba para mí ante la puerta del cielo, el obispo se la estaba abriendo desde el otro lado. O viceversa.

V. UN OBISPO Y UN REY

La tarde del día en que llegaron a la mojonera de su nueva diócesis unos circunstanciales pasajeros emparejaron su caminar a la de la sacra comitiva. El que parecía el más joven, imaginando quién era don Pedro, se adelantó a notificarlo a los beneficiados de Inestrillas mientras el grupo, confiado ya por la cercanía de su destino, perdió el camino y la caravana eclesial tomó por error el que conduce a Agreda.

—Por ahí detrás viene ya nuestro prelado. Próximo se halla —gritó el improvisado emisario al llegar a Inestrillas.

Muchos vecinos salieron al encuentro y hallaron que se alejaban por un camino equivocado. Desde lejos gritaron a don Pedro.

—Señor, ya vuestra ilustrísima está dejando atrás los términos de su jurisdicción. Vuelva.

Enmendaron el camino y en menos de media hora recuperaron la muga del obispado de Calahorra.

El día 24 de diciembre de 1686 nuestro santo varón pisaba su obispado. Mandó detener la litera en que iba, salió de ella, y puesto de rodillas besó con profunda humillación la tierra imitando a San Francisco de Sales que al ingreso de su obispado de

Ginebra hizo semejante postración.

Yusodicho he que un servidor de vuestras mercedes se encontraba ese día en Inestrillas para asistir al sepelio de un primo lejano de mi difunta Paula a la que Dios se llevó a su reino a los 22 años de edad. Un mal desconocido me la arrebató para siempre.

—Tiene mi mulo una matadura que le hace triscar entre las piedras doblándome los riñones a cada paso, ¿sabéis de alguno que aliviarle pueda el paso restándole sus heridas? —preguntó el obispo al posadero de la única posada donde parábamos los forasteros.

—No hay en Inestrillas natural ni vecino que sepa de sanaciones —le respondió el hombre— pero tenemos hospedado a un tal Lucas de Logroño que por ser de la ciudad más grande del contorno bien pudiera conocer remedio urgente para el mal de vuestra cabalgadura —añadió formulando sin sentido un modo de evadir el compromiso de asistirle.

Amedrentado por la presencia del nuevo señor obispo vime obligado a admitir algún conocimiento de los que tenía y mandé preparar como Dios me dio a entender un ungüento que mi madre usaba para curar mis heridas cuando niño. Eché un ojo al animal que se veía mozo y andariego. Ni llagas de espuelas ni costras tenía en las hijadas, salvo las del viaje reciente. Le desmonté la silla, el freno y las cinchas e hice recoger todo el hollín de la chimenea y pedí vinagre, luego salí a las afueras y tomé del campo tres o cuatro ramas de hierbas comunes a las que nadie tenía puesto nombre pero yo conocía, y entré de nuevo en la casa. Pedí quedarme solo en la cocina y las herví. Al agua que obtuve y al vinagre les añadí el hollín y procuré dejar una masa espesa que coloqué en el culo de la primera escudilla que encontré. Le rogué al señor obispo una encomienda y apliqué el engrudo a aquella caballería de aldaba. Bien se vio que el señor obispo no pudo encomendarse a mejor santo pues a las dos horas, milagrosamente, el animal mantenía la herida pero habíale cambiado el mirar. Para compensarme y sabiendo el ilustre viajero que yo era forastero me invitó a viajar con ellos hasta Calahorra, lo cuál implicaba remediar los males de otras dos caballerías de su cuadra de las que usaba su séquito, que también andaban cojas.

Allí me verían sus mercedes poniendo en práctica lo que de niño escuché en casa de mi abuelo y nunca había probado. Limpié heridas, apliqué claras de huevo y vinagre, cubrí llagas con telas de araña, y apliqueles por sobre todo ello sebo fresco; a todos lo mismo.

Aquella Nochebuena la pasó el nuevo obispo con sus clérigos en Inestrillas: unos en la posada y otros en la casa del cura. Al parecer tenía don Pedro intención firme de continuar su viaje al día siguiente y aunque le invitaron a quedarse dos días más no lo admitió. Dijo que el primer día de Pascua, después de celebrar la santa misa, pasaría a la villa de Aldeanueva camino de Calahorra.

Amaneció luminoso y templado después de la abundante nieve caída durante los días anteriores. El color de la tierra y la hierba iba sobreponiéndose al blanco de la nieve. Parecía anunciarse un tiempo benigno que dejaría a los labradores terminar la siembra y romper las tierras para el año entrante.

—El Señor contigo, Lucas, buenos días —aventó el obispo su saludo al amanecer sacándome de mis pensamientos.

—Con su ilustrísima —respondí respingando mientras se escapaba de mi mano un vaso al fondo de la tinaja de la que trataba de sacar agua para beber un sorbo.

—Tengo para mí que eres hombre bueno y hábil. ¿Tienes familia?

—La tengo, señor.

—¿Hijos?

—No, ni hijos ni esposa, tengo familia pero no de la que comparte techo ni fogón. Mis padres también murieron. Enviudé apenas recién casado y vivo solo, me alimento del producto de unas piezas de tierra fértil que riega el Iregua y que me dan lo justo para continuar soñando con lo que tuve y esperanza de lograr lo que espero.

—Y se puede saber qué es ello.

—Deseo señor sentirme feliz siendo útil, diponer de tiempo libre y poder echar mano, siempre que el destino atormente mi espíritu, de alguien cuyo abrazo me consuele o cuya mirada sea capaz de estremecer mi capacidad de gozo.

—¿Conoces los oficios divinos?

—No más que lo que representa ayudar a misa y poco más, acólito fui en mi niñez y a familia cristiana pertenezco.

—¿Quieres servir a Dios conmigo sin perjuicio de satisfacer las santas ansias de tu corazón?

Mientras don Pedro me hablaba se estudiaba las manos con una mirada entre inexpresiva, inquieta o temerosa. Reservando sus palabras reclamó con sus ojos mi respuesta. Sin voluntad propia ni reflexión suficiente le respondí que sí y desde ese día estuve a su servicio hasta su último momento en este mundo.

En Aldeanueva le cumplimentó el cabildo y un comisariado de la Calahorra. Aquel, representado por don Gil Moreno y un tal Alava, que salieron de Calahorra a las siete de la mañana; y el ayuntamiento estuvo comisionado por los regidores don Pedro García de Jalón y don Juan Gómez. Don Pedro lo agradeció a todos la cortesía prometiéndoles que les devolvería la visita en Calahorra y les convidaría a comer. Los representantes de la ciudad partieron sólos.

El día 26 de diciembre de aquel año de 1686 partimos desde Aldeanueva camino de Calahorra. Salimos todos desde Aldeanueva, a caballo, menos los del cabildo y don Pedro que iniciaron el viaje en un coche. Llegados a la cruz que divide los caminos de Alfaro y Aldeanueva, en la Torrecilla, el señor obispo montó en su mula y continuó el viaje. Además del conde de Amaya, salieron a recibirle dos compañías de soldados a caballo que andaban de paso y quisieron cortejarle. Luego que en esta ciudad tuvieron noticia de la inminente llegada de su prelado le salieron a recibir nobles y villanos, lacayos y escuderos, grandes y pequeños de ambos sexos, mientras las celestiales lenguas sonoras de los campanarios de la catedral, parroquias y conventos clamaban gracias al cielo por su venida.

Cuando la comitiva en la que yo me había integrado por quién sabe qué santa voluntad llegó al puente que está a la entrada de la ciudad, don Pedro se apeó de su mula y se dirigió al hospital y entró en él para vestirse. Allí tomó una capa de oro, y con el deán, el cabildo en pleno y los parroquiales del convento de San Francisco que le esperaban en la puerta, le llevaron en procesión hasta la principal de la iglesia donde hizo el juramento de observar sus estatutos ante la presencia de muchos licenciados entre los que se hallaron don Juan Gutiérrez, don Francisco Mancebo, el abgado don Juan Gregorio de la Fuente y el escribano don Diego González de Medrano.

Acabado el ceremonial el maestro de ceremonias entonó un villancico y en el altar mayor, don Pedro, dijo las dos oraciones de los santos mártires de Calahorra.

Al caer la tarde entrábamos en el palacio. La casa estaba caliente. Una vez descargados bultos y petates, bolsos y baúles, díjome don Pedro:

—Y bien ¿ya has ocupado tu alcoba?

Le respondí que sí, y entendiendo la intención de su pregunta y el gesto de cansancio conque la pronunció, me retiré no sin pasárseme por la cabeza el temor de que podría ser don Pedro un hombre de seco carácter. Mas a fe que no lo era.

Para todos era un acontecimiento tener obispo nuevo. Desde que se anunció su llegada toda los diocesanos comenzaron a preparar el recibimiento. Muchos, guiados por su padre espiritual, habían confesado y comulgado para que lo más celestial posible fuese su entrada. Vime pues de pronto con el privilegio de ser uno de los primeros que rozó la sotana del nuevo señor obispo.

—Dios así lo ha querido —me dijo él antes de retirarse a su habitación aquel primer día en Calahorra—. Te lo pedí y accediste sin rechistar. Designio de Dios.

Más asustado que confuso me acoste y quedé dormido esperando que al amanecer el siguiente día todo fuese un sueño. Elevé mis pensamientos al cielo y los dirigí hasta el lecho en que Clara, en Logroño, intentaría dormirse pensando en mí.

A la mañana siguiente don Pedro predicó en la catedral anunciando públicamente que su venida a la diócesis era para evitar pecados, "y que si eso consigo, los ya cometidos encubriré y disimularé". Era muy capaz y tanto más voluntarioso. Dábale tiempo para todo: para sentarse en el confesonario, para dar la sagrada comunión por su mano, para administrar el bautismo y para dejar en las casas de los pobres copiosas limosnas.

Como quiera que a los pocos días apareció enfermo, sangrando de cuartana, en la cama, el chantre de la catedral invitó al cabildo a acudir a visitarle para lo cuál comisionaron a los señores Berberiego y Ariza, que le dijeron que rezarían y mandarían rezar por su mejoría.

En el transcurso del mes de enero se repuso mientras iban acudiendo a cumplimentar a mi señor don Pedro todos los beneficiados de sus iglesias, catedrales, colegiatas y parroquias de la diócesis, siendo los más tardíos los de las iglesias más lejanas: las del Señorío de Vizcaya y la provincia de

Álava. Todos venían con sus caballerías y sirvientes. Yo ayudaba con gusto a aliviar el trabajo de los curas sin descuidar la faena de sanar la mula de mi señor don Pedro a la que como cosa suya nunca le faltó un mal como a su amo, casi siempre en el cuero de su piel pues era fuerte de menudillos y corvejones. El animal volvía la cabeza cada vez que le aplicaba el ungüento mostrándome una mirada lánguida y una dentadura blanca bajo el frunce de una faz agradecida.

Llamábame la atención la diversidad de ganados de los que usaban los curas que venían de visita: machos, yeguas, mulas, caballos tordos, percherones y algún que otro rozno tozudo. Sobre esto la iglesia no tenía nada ordenado. Y comenzaban a abundar las literas de viaje y sillas de mano.

En medio de aquellas idas y venidas de curas y sirvientes empezáronme a llamar la atención algunos comportamientos. Los clérigos de malos modos y peores costumbres venían enredados con otros de buen ejemplo. De algunos que esperaban y no vinieron oí decir que era porque andaban en presidio.

Una de las primeras misiones que cumplió fue consagrar personalmente los santos óleos en iglesias, colegiales y parroquias de la diócesis. Principió por la santa iglesia de Calahorra el 25 de marzo de 1687; en la Calzada lo hizo el día 15 de Abril de 1688; y en Logroño en la que ahora escribo, el siete de abril del año de 1689. A la villa de Bilbao llegamos para tal menester el día 23 de marzo de 1690; en Durango lo hizo el 12 de abril de 1691; en Oñate el día 3 de abril de 1692; en la ciudad de Vitoria el 8 de abril de 1694, volviendo a consagrar en la Calzada todos los años siguientes desde 1695 hasta que murió.

No he dicho a quien lo ignore cómo se conformaba el obispado en aquellos días. Uno de los libros de la biblioteca de don Pedro, decía que la primitiva diócesis estuvo asentada en la Calagurris Nasica romana y uno de sus primeros obispos fue Silvano, conocido por haber mantenido un litigio por ciertas consagraciones episcopales con Himerio, metropolitano de Tarragona allá por el siglo V de Nuestro Señor. En época visigoda algunos de aquellos obispos suscribieron las actas de Toledo y Zaragoza. Más adelante los obispos de Calahorra vinieron a desaparecer de las crónicas conocidas hasta que el rey Alfonso Sexto favoreció la expansión de esta diócesis que con su intercesión pasó a ser una de las más amplias de España por sus numerosas iglesias.

En 1318 la diócesis de Calahorra cambió a la metrópoli de Zaragoza luego de pertenecer desde sus orígines a la de Tarragona. A partir de entonces comenzaron a construirse capillas y sepulcros, se establecieron nuevas órdenes y se trasladó a Logroño la colegiata de Albelda. Item más, en aquel tiempo se reglamentaron instituciones como las Arcas de Misericordia o los niños de la doctrina.

Para cuando don Pedro de Lepe tomó posesión del obispado ya Calahorra no pertenecía a Zaragoza, sino a la provincia metropolitana de Burgos de la que hoy somos.

Tan pronto como don Pedro llegó a esta vasta diócesis y conoció la tierra en que debía sembrar y labrar los espíritus, comenzó a mostrarse algo enmudecido, cosa que un servidor no entendía. Paseaba ensimismado. Yo le observaba silencioso y agradecido de que no se sintiera turbado por mi presencia que al fin era la única que permitía como si supiera que yo también me sentía como de su carne, como si los dos fuésemos uno. Nunca supe la razón de su actitud conmigo, tan confiada, tan aquiescente; tan de capa y gorra. Pero yo le respetaba mucho. De pronto se dirigía a mí, yo quedaba inmóvil y él reflexionaba en voz alta. Comenzaba disertando sobre qué hacer en lo referente a sus ovejas y cambiaba luego a un discurso sobre cuestiones del alma o de la Corte. ¡De la Corte! Si Dios era su horizonte, el rey, su orilla del río.

—El rey, Lucas, necesita nuestras oraciones. Orar por él es orar por todos sus súbditos que son hermanos nuestros.

Una y otra vez envolvía las palabras para hablar de don Carlos Segundo, como si su real majestad fuera su única obsesión.

Pronto pareció don Pedro antiguo entre nosotros. Antes de transcurridos 15 días habíase informado de personas de sano consejo. De ello resultó que puso una audiencia en la Calzada. Más adelante, reconociendo por mayor conveniencia situarla también en la ciudad de Logroño así lo hizo igualmente: "todo sea por atender a la mayor utilidad de nuestros fieles súbditos", fue la razón que dio a sus contrarios.

A los dos años de estar él aquí acudimos a realizar la visita pastoral a la parroquia de Santiago el Real de Logroño en la que a un servidor de vuestras mercedes le habían bautizado, y hallándola bien dijo:

—Manténgase siempre así que esto aumenta la devoción, en especial cuando ha de sacarse a su Gloriosa Majestad a los campos con ocasión de tempestades o desgracias que son causa de contrición y dc lágrimas.

Tanto en Logroño como en la Calzada o Calahorra vino a residir en humildes aposentos aunque exteriormente las casas que de ordinario habitaba habían sido construídas con sillares selectos.

Desde el principio dispuso que en su dormitorio de Calahorra, que era su residencia de oficio, se instalaran las sillas negras que había traído de Badajoz sin cuya presencia no sentía encontrarse bien en casa. A veces las observaba con la mirada perdida y mediado un rato suspiraba y se removía repuesto de alguna intranquilidad. A aquellas dos sillas avejentadas por el uso se les adivinaba pertenencia antigua a casa rica, noble o poderosa, y se notaba cuánto significaban para él. Y a fe que así era pues ya he dicho a sus mercedes que las compró su padre para comodidad y regalo de su madre.

Su dormitorio se completaba con un bufete, la imagen de un Santo Cristo y una cama de tablas cubierta de basto paño. En un armario tenía disponibles sus manuscritos y seguidamente en la misma pared la biblioteca. Amaba los libros y decía graciosamente que un obispo sin libros no era un obispo, que los prelados y pastores debían saberlo todo para poder asistir a sus ovejas.

—Si vemos que los médicos para curar los cuerpos recurren a los libros de medicina —añadió— más necesidad será leer los libros de los santos que enseñan a curar las almas.

Acostumbraba a utilizar dos servilletas en la mesa, una la ponía en la esquina para apartar las viandas de los papeles y libros en que estudiaba o escribía, y otra sobre sí para su limpieza. En cuanto a la cacharrería usaba un cuchillo, una cuchara y un tenedor de latón, platos de barro y vasos de vidrio. Este era todo su aparador de uso diario.

Tenía el hábito de comer un sólo plato sin principio ni postre, aunque en más de una ocasión disfrutó del buen yantar como todos. Sus cenas eran igualmente cortas: una colación de verduras cocidas y, si fruta, nunca cruda sino asada, para cumplir con el compromiso adquirido cuando sucedió la muerte de aquella monja.

Hacía tiempo que el diablo me tentaba. ¿Cuánto y cómo sería el vestuario de sus baúles? Desde que reparé en las humildes ropas que llevaba puestas me abrasaba el deseo de conocer sus galas, saber qué clase de prendas traía de Badajoz. Supuse que escondía algunas propias de su dignidad, lujosas como correspondían a su rango. Pero no, sus baúles solamente contenían ropas interiores de paño común negro y, que yo lo viera, en 14 años de obispo sólo renovó un calzón y una ropilla. Todo lo conservaba con algún remiendo. Un jubón fue su sempiterna cobertura.

En este obispado continuó con las costumbres de presbítero que adquirió en las tierras del sur. Me tenía referido otro amigo suyo llamado don Juan de Haro, racionero en la iglesia de Badajoz, que tenía ordenado por don Pedro darle sólo lo necesario para su subsistencia distribuyendo a los pobres lo demás y reservando cada año cien escudos para casar a una doncella pobre. De esa preocupación por el prójimo le venía su austeridad en el comer y en el vestir que como acabo de decir a sus mercedes placía de hacerlo con tela del menor coste. Su sotana era de bayeta y el manteo de paño. Don Pedro no venía en usar calcetas ni calzoncillos, sus medias comunísimas y sus zapatos ramplones eran con abugetas de perro, aúnque creo que su desprecio por los calzones pulgueros que nunca usó fue más por higiene religiosa que por austeridad o sacrificio, pues ya se sabe las calenturas que suelen traer las apreturas.

Así que cuando vino a su casa de Calahorra mantuvo las costumbres que pudo, y frente al armario de su alcoba puso las dos sillas negras y el dicho bufetillo que le servía para sostener libros y papeles de uso cotidiano. En su cuarto tenía una cama llana que le servía de asiento cuando venían a visitarle dos personas. A los huéspedes les daba las sillas una vez desocupadas de los papeles que depositaba o me mandaba depositar en el suelo. Por cierto que aquella cama estuvo desnuda por algún tiempo porque su caridad le llevó a desprenderse del cubrecama cuando llegó una viuda cargada de hijos a pedirle una limosna. No hallándose con medios prontos para subvenirla le dio el cobertor, viéndose obligado a usar de cubrecama el mantel de la mesa hasta que un servidor acopió otro.

En nuestra diócesis no quiso tener a su servicio a ninguna mujer pese a que la tuvo en Badajoz. Era la de allí según me contó uno de los familiares, una anciana casada con uno de su edad, pobres los dos, que vivían al cuidado de guisar el puchero y disponer la humilde colación que solía tomar. Aquí fui yo quien hizo muchas veces similar trabajo al que aquella anciana debió hacer en Badajoz.

No he dicho que tampoco mudó nunca ni el mantelete ni la muceta (la que yo siempre conocí con dos botones de falta) de modo que sus colores eran ya entre el suyo propio y un morado envaído, y aunque todas sus prendas llegaron a romperse por algún lugar no consintió otra cosa que remendarlos con la condición de que lo fuesen con la misma tela porque tampoco gustaba de llamar la atención.

No crean sus mercedes por lo antedicho que mi señor don Pedro no era higiénico, que lo era, aunque a veces su aspecto desde lejos daba a entender lo contrario. Alguna vez engañele diciendo que no encontraba alguna prenda y así suministrarle una nueva. Tanta era mi vergüenza porque le vieran así que en alguna ocasión le escondí las remendadas sustituyéndoselas por otras que luego él despreciaba ponerse después de acusarme de descuidado y olvidadizo en mi cometido por no saber dónde guardaba su ropa. Cuando murió, con las mejores que hubo le amortajamos.

Los primeros tiempos a su servicio me costaba dormir. Mi vida había cambiado inesperadamente. El sueño y el cansancio no podían con mis cavilaciones nocturnas, de modo que llegaba velando al encuentro de muchos amaneceres. Don Pedro se levantaba y aunque lo hacía silenciosamente mis agudos sentidos seguían cada uno de sus pasos. En esos momentos yo me dormía un rato.

Antes de celebrar misa dedicaba una hora a la oración, media a dar gracias y un cuarto para desayunar y rezar las horas menores. A las ocho de la mañana se abrían las puertas del palacio y daba audiencia a todos los que la pedían.

—Es tu hora —me decía cuando lo consideraba

oportuno.

No consentía que madrugase tanto como él.

Una de las cosas que más me placía era verle escribir, lo hacía con gran celeridad, su mano era veloz como ciervo joven esquivando la arboleda, y su porte, distinguido con la pluma en ristre.

Hasta casi media mañana atendía con la puerta abierta las obligaciones de su dignidad y luego se retiraba de nuevo a su dormitorio. A las doce dadas tomaba su comida y una vez rezadas vísperas y completas volvía a abrir la puerta para continuar su audiencia. Dadas las cuatro rezaba maitines y laúdes para el día siguiente volviendo a recogerse hasta las siete. Luego el rosario. A las ocho tomaba su breve colación, jamás como he dicho fruta cruda que en mi vida se la vi catar, si bien la admitía en compota o asada y ponía fin conversando en un rincón de la cocina de cosas del espiritu o de moral con el capellán que le asistía como cosa de un cuarto de hora. Recién oscurecido se retiraba a su aposento.

Los viernes de cada semana se añadía disciplina, y los lunes, miércoles y viernes —lo mismo en adviento que en tiempo de cuaresma— continuaba tras el rosario con una disciplina acompañada del miserere. En algunos de aquellos instantes era tan lamentable su voz que yo lo achacaba a que como la disciplina que se aplicaba se componía de hierros, sonaba poco pero lastimaba mucho.

También he dicho a quienes me lean que no consintió que nadie le asistiera ni al levantarse ni al recogerse por la noche; núnca nadie le sirvió por la mañana, ni fue visto en la cama por ninguno como no fuese por su secretario o por mí cuando se hallaba inválido por enfermedad y aún entonces guardaba el mayor recato manteniéndose vestido de medio cuerpo arriba.

Para conferir órdenes con más recato, silencio y veneración mando hacer en el palacio de la Calzada una sala grande. Al acabar cada función platicaba a los ordenados exortándoles al cumplimiento del orden recibido y a conservar el modo de vivir que mandaba el santo concilio. Luego formaban procesión y la proseguían cantando la letanía. Causaba en todos especial veneración el buen orden y compostura de los jóvenes que ordenaba. Lo mas digno de notar era la moderación con que aquellos mozos se portaban en las posadas de la ciudad, pues ni dentro ni fuera de ellas causaban desorden alguno.

—Los amantes de Dios, y éstos lo son, están siempre en su presencia, por eso son recatados, silenciosos y humildes —aseguraba.

No miraba excesivamente ejercer el gasto cuando lo consideraba justo, únicamente deseaba terminar con los excesos. Diré a vuestras mercedes que era obligación de las parroquias y parroquianos, ciudades, villas y cabildos, dar a los prelados y a su familia el alimento necesario cuando se hallaban de visita, mas la norma convirtiose en pretexto para celebrar opíparas comidas a costa de otras penurias. Y como quiera que nuestro cortejo lo constituían: el príncipe, su secretario, un capellán, dos pajes y yo, a más de cuatro caballerías; y por ende, para removernos de una mansión a otra, solicitábamos otras dos mulas previo pago de sus jornales a los arrendatarios, dio don Pedro en decir que tantos eran los gastos que se originaban que si sumásemos en el obispado el cómputo anual de ello saldría una suma enorme, y que aquello había que enmendarlo.

Y lo enmendó.

Llegado es el momento de decir a vuestras mercedes lo del revoloteo de mujeres a su alrededor. En casi ninguno de los lugares en que anduvimos fataban mujeres excesivas. El comportamiento de algunas feligresas a mí me parecía impropio del motivo y la circunstancia. Un servidor llegó a percibir ciertas miradas y sonrisas dirigidas a don Pedro que más que gestos corteses eran insinuaciones de dudosa interpretación. Esto tampoco era de extrañar porque el porte de nuestro obispo era, se viese como se viese, de caballero muy distinguido. No era excesivamente alto aunque lo parecía, ni exageradamente flaco, sino de estilizada figura. Tan sólo cuando le atacaban sus males palidecía más que de ordinario, mas no por ello se perdía el gusto de mirarle. Su rostro era de facciones marcadas, anguloso pero no enjuto, sus ojos claros y la nariz fina. A intervalos dudaba un servidor de mis fantasías, ¿realmente aquella mujeres deseaban interesar a don Pedro, o quien hambre tiene con pan sueña? Andaba un servidor con la castidad muy reprimida, nuestros viajes eran largos y dado que mi cuerpo nunca continuaba siendo de carne y hueso algunos días clamaba más de la cuenta pese a la conformada finura y prietas carnes que cubrían mi esqueleto. No era extraño, pues, que yo viera insinuaciones donde quizá no las hubiera.

Las mujeres le recibían con agasajos y banquetes y se ofrecían de continuo para coser, bordar o zurcir las telas de los ornamentos sagrados.

A don Pedro le dolía que se gastase de más sólo por su presencia. Igual le dolía el gasto de las parroquias por la razón que fuere. Alguna vez dijo que los gastos repercutían en el obispado, y que gastar lo justo en él era mejor administrar la diócesis. Uno de los días determinó cambiar las costumbres y escribió a todos los beneficiados "... porque nada deseamos tanto como el alivio de las iglesias no hemos de comer de la leche de nuestras ovejas ni vestir de sus lanas. Hemos de hacernos cuenta de que al llegar de visita nos encontramos en nuestra casa y debemos alimentarnos con la moderación que lo hacemos en ella..."

A más de alguna mujer censuró por su beatería. No se escandalice quien me lea pero algunas llegaron a cortarse el cabello para colocarlo sobre la cabeza de las imágenes de la Virgen. Y claro, semejante indecencia ridiculizaba las figuras. Así diéronle pie para que prohibiese que en su obispado nadie siguiera tal costumbre y mandó retirar de las iglesias los cabellos y trajes de mujer puestos en las imágenes "aunque sean fruto de promesas, es liviandad y gran osadía tal hábito". Y no habló más de ello.

Tampoco crean sus mercedes que don Pedro era lo que no era. Hay un requisito necesario para ser santo cuál es ser hombre, y don Pedro lo era de carne y hueso, y como tal le costaba el vivir, sufrir y padecer.

Con todo y con ello, volviendo a mis quehaceres, vime pues con él, cuidando su cuadra al principio, y encargándome de muchos quehaceres domésticos y personales, después. Así fui acumulando cargos: mozo de mulas, sanador de animales, cocinero, discutidor y socorro de familiares cuando era menester, pues a más de uno oculté alguna falta para que don Pedro no la conociera. Poco a poco fuí apreciado por los familiares, principalmente como cocinero. Si estábamos en Logroño, en la Calzada o en Calahorra a toda hora cocinaba yo, y si, fuera de la ciudad y la ausencia duraba más de tres días en casa ajena, lo mismo. Unicamente cuando el hospedaje era menor a tres días pasaba yo a gozar como los demás del servicio que la posadera o el ama del cura correspondiente nos daba.

—Si te digo Lucas —me dijo a los pocos días de convivir en el palacio de Calahorra— que hagas algún guiso es porque ya he advertido en ti la virtud de conseguir lo mucho con lo poco.

De todo lo que menos me placía era guisar en cocina ajena porque tal es una labor que puede llevarte a la aflicción.

Guisar en cocina ajena, con mucha más razón hallándonos en ruta, era como andar a oscuras por un lleco anegado de agua. Guisar en cocina ajena era un impedimento porque no en todas se disponía de los utensilios necesarios ni de la limpieza precisa. Tanto la cocina de los anejos al palacio de Calahorra como la que teníamos en la Calzada o en Logroño, no es porque un servidor lo diga, eran ejemplares y cómodas, así que cuando estábamos ausentes me veía a veces obligado a probar mi ingenio e improvisación. Dicho he que me tengo por labrador aunque poseo nociones de cantería, cuento en mi haber con habilidades para aplicar hierbas medicinales y remedios caseros contra algunos males, pero sobre todo téngome por buen cocinero según lo atestiguaron los que componían la casa de mi señor don Pedro. Tanto él como su secretario, el capellán y los dos pajes de la familia saborearon más de una vez con placer mis guisos.

—Los cocineros han de ser gente de economía. Es natural, preciso y necesario el gasto con que la vida humana se ha de mantener pero no por ello se debe desperdiciar cosa alguna —explicome el señor obispo una vez que quiso señalarme el camino del bien aprovechar los recursos—. Lo calamitoso de los tiempos no permite desperdicios a más de que entre los cristianos, habiendo tanto pobre, es más culpable quien más gasta superfluamente.

Compartía un servidor de vuestras mercedes su manera de pensar y aún diré que siempre creí que el cocinero que quiera preciarse de serlo ha de ser extremado en su limpieza, no sólo en lo que viste sino en lo que guisa, pues la limpieza exterior es indicio de la interior y en el cocinero la exterior pulcritud del vestido señala la limpieza que guarda para sus manjares. Este era para mí el primer mandamiento y más conociendo que mi señor obispo era delicado de estómago y blando de fortaleza. En el momento en que un estómago es tan delicado como lo era el de mi señor obispo, la comida menos limpia es suficiente causa, no sólo de inquietarlo y provocar el vómito, sino de quitarle a uno la vida, cosa que sería lastimosa por un mal comer. Item más, que el alimento fue instituído por Dios para conservar la vida y no para castigarla o privar de ella al hombre.

La cocina y el cocinar son fundamentales, como la eucaristía, dijo don Pedro. Pero cada cosa en su momento y en su lugar, respondile matizando.

Por tales principios cuando entrábamos en alguna casa por visita pastoral lo primero era barrer la cocina a lo que siempre había alguna ama de cura dispuesta a mis órdenes, lo segundo era barrer la basura de su oficina y lo tercero que todas las cosas estuviesen en el lugar destinado para que cuando las necesitare poder encontrarlas sin excesivo buscar.

En los primeros días de conocerle y servirle se me iba la mano en cantidad y así don Pedro me reprendía.

—Nota en fin, Lucas, que has de hacerte cargo de lo que has de guisar y para cuántos sujetos, proporcionándote las vasijas y las viandas justas, y advierte que menos malo es que falte un poco de caldo que no que sobre mucho; que el caldo, como otras cosas, ha de ser a proporción de lo que se pone en la olla.

—Ilustrísima —le decía con todo mi respeto— que yo no soy San Francisco de Paula que diz que mantenía con un higo a toda una comunidad dejándola satisfecha, ni pretendo que nuestras comidas sean como la boda del gitano.

—¿Del gitano? ¿Que sucedió en la boda de ese gitano que dices, Lucas?

—La boda del gitano, don Pedro, aquella en la que dicen que ni faltó, ni sobró ni hubo bastante.

Rió sonoramente y me contagió la risa mientras dijo algo que no comprendí.

Yo solía responderle con tanto respeto como confianza, él me miraba reprimiendo con dificultad una sonrisa que parecía pícara o cómplice. Luego volvía a lo suyo. Aquella fue una de las pocas veces que yo le vi cargado con aquella juventud íntima que atesoraba. La risa se le desbocó y por un instante fui feliz de ver su alegría interior.

Con el tiempo todos los que comían de mis guisos me festejaban, salvo alguna vez en que había escasez o me excedía en la sal. Acerca del plato del que más gustaba el señor obispo no era uno sino tres de los que yo no sabría ordenar su preferencia. Ni él supo hacerlo cuando se lo pregunté.

Eran estos platos los siguientes: sopa común, escudilla de ángel (que en cuaresma acostumbraba yo a enviudar) y pernil cocido con vino tinto de la Rioja que dejándolo escurrir era muy propio para comer cuando viajábamos. Éste, si lo comíamos en mesa, lo comíamos con la salsa.

La sopa común la hacía escogiendo el mejor pan que tuviera a mano. Cortaba sopas largas y delgadas, las tostaba en las parrillas con fuego arriba y abajo cuidando de que no se quemasen dándoles alguna vuelta y rayaba el higado de carnero que había cocido antes. Luego le añadía una pizca de queso. Con todo armaba las sopas en la vasija de modo que entre porción y porción de sopas ponía el higado y el queso con especias, clavillo, canela y perejil picado; tenía también preparada una salsa de avellanas machacadas que echaba en la olla y la ponía a cocer. Una vez cocida echaba la mitad de la salsa sobre las sopas para mojarlas y ponerlas a hervir, y después de hervir las sacaba del fuego y les echaba encima la otra porción de salsa; las ponía al fin al fuego por la parte superior hasta que se tostaran. Esta era una de sus ollas preferidas.

La escudilla de ángel solía hacerla cuando nos juntábamos muchos, así que la medida habitual eran ocho libras de arroz, veinte de leche, seis docenas de huevos, seis libras de azucar y dos onzas de canela de la que onza y media ponía en infusión con agua en un pucherito tapado con papel bien doble. La media onza de canela restante la tenía hecha polvos con media libra de azucar. Despues de tener el arroz bien limpio lo lavaba con agua tibia hasta dos y tres veces, luego lo enguajaba moviéndolo y lo pasaba por un cedazo de los de cerner harina. Si era tiempo de calor no me fiaba y tendía la harina sobre unos manteles mirando que la leche no estuviese agria no fuera que terminara afrentado. Tomaba luego una sartén limpia, la ponía al fuego con leche hasta que hirviera que era como conocía si estaba agria, echaba la harina en una cazuela añadiéndole un poco de leche, y la leche restante la arrimaba al fuego con el azucar hasta que se hiciera una pasta; luego echaba la mitad de los huevos con claras y la otra mitad sin ellas y con un cucharón los revolvía sin cesar añadiendo poco a poco hasta que se cociera y quedara espesa.

Confieso que este guiso era muy trabajoso pero a don Pedro era de lo poco que le gustaba mucho. Para servir le ponía por encima azucar y canela y una salsa de cuatro partes de caldo de carne sin especias. Para esta escudilla de ángel lo más importante era que ni la salsa fuera gruesa ni que la olla supiese a rancio, a carne, o a tocino. En la cuaresma hacía tal que lo mismo, santificando el guiso sin la salsa de carne.

No era mi señor don Pedro muy carnicero salvo que yo le hiciera el pernil que al poco tiempo de probarlo por primera vez me lo volvió a pedir.

Para hacer el pernil cocido con vino lo hacía de aqueste modo: de víspera poníalo en remojo, luego por la mañana le tronzaba el garrón y lo cocía con agua como cosa de hora y media, hecho lo cuál lo acomodaba en una vasija con vino tinto de la Rioja hasta que se bañara bien, le echaba unas rajas de canela y media docena de clavillos enteros con unas hojas de laurel y lo servía.

Todos lo comían en silencio: don Pedro, don Francisco, don Antonio, don Eleuterio, don Andrés y don Baltasar. Ninguno hablaba, como si se sintieran pecadores por gozar con la comida. Ni a felicitarme se atrevían si acaso hubiera razón para ello, que debía haberla por lo que en secreto luego me contaban uno por uno, y a veces dos en conjunto, junto a la lumbre.

—Jamás probé sopa como la de esta noche, Lucas — díjome don Francisco una tarde con notoria intención de que don Pedro advirtiera en él un cumplido hacia mí.

Y digo yo que: ¡cómo Dios no nos iba a permitir disfrutar de la mesa después de tan duros trabajos! Y del mismo modo digo que a los curas les gusta comer como a los demás. Y a algunos de más y de todo, que no sólo los hay golosos de comida sino de otras ansias carnales. Muy bien lo sabe cada cuál de sí mismo. Y sabe un servidor que los curas son hombres. Y lo sabía el señor obispo que era lo uno y lo otro.

Nadie ignora sus propias virtudes y sus personales vicios, quizá la cuestión sea qué o qué no es virtud, vicio o característica exagerada; dónde o dónde no acaba la virtud y da comienzo la viciosa costumbre. Y ya ven vuestras mercedes cuánto cavilaba mi cabeza a fuerza de ver lo que veía, mas confieso que nunca nada llegó a escandalizarme porque desde niño me enseñaron que el hombre es capaz de todo aunque en ocasiones a nada se atreva.

VI. Un trinitario misterioso

Fueron de ver las angustias que padecí mañanas, tardes y noches de mis primeros meses al servicio del obispo. Constantemente me preguntaba el por qué hube de dar aquel ciego consentimiento a tan ingenua pregunta: "¿quieres servir a Dios conmigo sin perjuicio de las ansias de tu corazón"?

Dije sí y quedeme sin Clara aunque con ella en mi corazón. Desde que me prendara de sus encantos me venían gustando menos que antes las guapas mozas, ¡tan enamorado estaba de ella! aunque, bien entendido, de ningún modo hubiera podido un servidor de vuestras mercedes llegar llegar por ese camino hasta celibato. ¿Qué sinrazón me había llevado a renunciar a Clara por servir a un obispo? ¿Qué hacía yo de sacristán, de paje, de acólito o mozo para el obispo de Calahorra? ¿Qué extraño aliento me obligó a tomar aquel compromiso? ¿y cómo podría salir del lance? me preguntaba. ¿Fue quizá aquel consentimiento un modo de olvidar o de justificar la imposibilidad de casarme con Clara por culpa del flaco?

El día de la presentación de don Pedro en la catedral fue festivo. Observele mientras se dirigía al altar mayor a pedir la bendición de Dios, con aquella profunda humildad y aquellas pobres ropas que me habían llamado la atención dos días antes: un centón en tonos sobrios, un chaleco para cubrir su pecho bajo la sotana y un manteo gastado. Rindió su cabeza ante el cabildo y puesto en su sitial le rindieron obediencia reconociéndolo por prelado. Como colofón se cantó un villancico a cuyo término llevárονle a la casa episcopal mientras él les bendecía.

Aquella misma noche le pedí mi primera licencia para ausentarme con la disculpa de cerrar mejor mi casa de Logroño.

Transcurridos ocho días y arregladas mis componendas, eché el cerrojo, despedime de Clara, coronada aquel día por un hermoso rodete de flores, y volví a Calahorra dejando atrás dos atardeceres de lágrimas y silencios mientras el sol apagaba sus últimas cenizas sobre nosotros dos.

Por distintos motivos no podré olvidar aquel viaje. Clara lloró pensando que me perdería. Por fas o por nefas no dejaba de llorar en casi todas las despedidas. No acertó un servidor de vuestras mercedes a darle razón del compromiso que acababa de adquirir y muy contradictoriamente le di palabra de casamiento. Ella negaba sin palabras con la cabeza, entre aturdida y confusa. Para colmo de aquel incomodo topeme al regreso con Miguel de Castro el viejo mequetrefe que por un malentendido y por causa del pacífico carácter de mi abuelo Daniel a éste dió la víspera de los santísimos San Felipe y Santiago tal baretazo que por poco le descalabra.

—El día en que a tu abuelo le golpearon —habíame relatado mi madre— amaneció fresco, tu todavía no habías nacido ni yo siquiera había casamentado con tu padre. El atardecer de la víspera se había despedido con un aire limpio alentado sin duda por las nieves del San Lorenzo. Tu abuelo se echó la manta a la cabeza, descorrió el cerrojo de la puerta de la calle y salió dispuesto a cargar con la dula que le correspondía aquellos días. Llegado a la esquina de la calle de la Cantería junto a la casa del herrero del concejo se cruzó con un carro cargado de vencejos podridos que al parecer nadie conducía. Pero no iba solo que tras él salió como una centella

Miguel de Castro y sin mediar palabra le soltó un golpe con una aplanadera. De poco le sirvió a tu abuelo cubrirse que al primer golpe le abrió la cabeza y aunque no perdió la fuerza, enmudeció sorprendido del ataque y se quedó con las heridas. Luego resultó que el tal de Castro buscaba a un vecino casado que se solazaba hacía tiempo, según le habían dicho, con su hija Martina. Parece ser que el amante secreto contaba con el permiso y los plácemes de la guapa moza pero no tenía los del padre, y como quiera que creía que aquella jornada le correspondía echar la dula al otro, sin más y sin menos madrugó para escarmentarlo y cobró tu abuelo lo que nadie le debía.

Pero, retomemos el camino del relato principal.

Nuestro señor obispo comenzó su visita pastoral por la diócesis el día 22 de febrero de 1687, visita que culminó varios años y muchas leguas después. No tengo noticia de que ningún otro prelado de Calahorra ni de otro sitio hiciera hazaña semejante. Este fue quizá el mayor trabajo que se tomó aquel insigne, preclaro y santo varón andaluz que vino a morir donde los Cameros, la Rioja y las provincias vascongadas se hacen uno. Lo más que hicieron sus predecesores fue acercarse a los lugares mayores convocando a ellos a los confirmandos y enviando personas de confianza a visitar las iglesias donde se reserva el Santísimo, pero don Pedro no se contentaba con eso, quería conocer personalmente a su ovejas sin dejar ninguna y ver de cerca los templos y ermitas donde además de reservarse Dios sacramentado se honraba a la virgen y a los santos.

En sus visitas pastorales aprovechaba para dar misiones. La primera la dio en la catedral de Calahorra que fue muy concurrida por gentes de un lado y otro de la ribera del Ebro. Hasta de la ciudad de Pamplona vinieron a escucharle. La segunda gran manifestación de gentes sucedió el 20 de marzo.

Su primer Jueves Santo en la diócesis consagró los santos óleos. Un poco antes de la hora empezaron a concurrir muchas gentes de la ciudad y de los pueblos comarcanos; todos deseaban ver la veneración y devoción con que ejecutaba los oficios. En el lavatorio de los pies de los pobres se percibía un íntimo afecto, una humillación y un rendimiento propios de su santidad: era el Amor el que los besaba. Al salir de la catedral muchos derramaron abundantes lágrimas al rememorar el fervor del prelado.

Concurrieron aquel día doce pobres vestidos de pies a cabeza de camisa, jubón, casaca, calzón, zapatos, sombrero, medias y valonas. El obispo les puso un escudo en las manos e inició los ritos. La emoción nos trajo a todos la presencia de Dios aquel día.

Por aquellos años era costumbre que los peregrinos que venían de Roma trajeran consigo cajas con reliquias de santos para uso propio, de modo que se pudiera disponer en casa de un recinto sagrado donde paliar, rezando ante ellas, las necesidades del alma o las flaquezas del cuerpo. Y como según el Santo Tridentino es necesario presentarlas ante el obispo de la diócesis y con su licencia colocarlas en lugares públicos, cuando este viaje traían él mandaba descubrirlas, quitaba con permiso de sus dueños una parte pequeña de cada una y la ponía en una custodia. Así se fue colmando de reliquias el patrimonio diocesano. Don Pedro fue muy criticado por desprender partes de las reliquias que traían dueño quedándose parte de ellas. Pero ya digo a vuestras mercedes que los trozos que el obispo apartaba eran pequeños, eran para la iglesia y lo hacía con permiso de los dueños, y esto lo permitía el Tridentino.

—Estas reliquias —decía él— deben estar en las aras para que se verifique el *Oramus te Dómine.*

Era muy comprensivo con sus pastores. Un día le pidió audiencia el doctor don Miguel López Espinosa arcediano titular de la santa iglesia de la Calzada, hombre facultado de prudencia y experiencia que ejerció muy poco tiempo. Era de mucha edad y le resultaba muy gravosa la judicatura que tenía otorgada y pidió a don Pedro que le eximiera del empleo. Éste accedió eligiendo para provisor al doctor don Fernando la Mata, que se conservó en el oficio hasta que pasó a la fiscalía de la Inquisición de Navarra.

La primavera de 1688 nos desplazamos a la Calzada con la intención de consagrar unas aras portátiles que habrían de utilizarse como colofón de las visitas pastorales. Para ello señaló tiempo y lugar. Por cartas circulares comunicó su voluntad a todo el clero para que en el tiempo señalado concurriesen allí con las aras necesarias. Se juntaron tantas y tan diversas piedras primorosas que la consagración duró dos meses. En todas las aras se hacían cinco agujeros, mística representación de las cinco llagas hechas en el cuerpo de Cristo.

Por aquellas fechas ya habíamos cubierto la visita pastoral en los lugares de San Pedro Manrique, Magaña, Préjano, Corera, Ribafrecha, Nalda, Matute, Alesanco, Grañón, Fuenmayor, Cuzcurrita y todos sus aledaños.

Una de aquellas jornadas nos vimos obligados a detenernos en un despoblado cercano a Matute porque nuestro señor obispo vino a encontrarse tan mal que no podía caminar. Pasamos la noche donde no hubiéramos querido porque buscando una venta terminamos en un cobertizo. Hízose de noche y tuvimos que dormir a cielo descubierto. Apenas pegué ojo y tuve tiempo de ver como la aurora soplaba y aventaba las estrellas del cielo. Con los párpados cerrados, seguro ya de que don Pedro respiraba con un aliento tranquilo, me pareció que el universo era una fiesta donde las luminarias que volaban sobre mi cabeza daban luz a los toros y a las cañas que yo imaginaba gozar en compañía de mi amada.

Al venir la luz del día siguiente los alrededores de aquel lugar se habían colmado de flores y de pájaros. El campo parecía regocijado por la presencia del señor obispo o quien sabe si mis sueños de amor de aquella noche habían movido la naturaleza.

No diré más sobre aquello a vuestras mercedes, pues recordarlo me lleva a un sinremedio personal. Vengamos, pues, de nuevo, a la crónica que me propuse traer a estos folios.

De tanto viajar llegó el señor obispo a conocer los rostros de muchas de sus ovejas. No había eclesiástico en el obispado de quien no tuviese presente su nombre y apellido, y lo que es más, sabía de las viciosas inclinaciones de unos y de las buenas de otros. Un día cuando un sacerdote al que yo jamás había visto salía de su recepción se le escapó decir en voz alta.

—En la Calzada vi a ése.

Y me dijo su nombre y destino.

Otra vez nos cruzamos con otro desconocido. Íbamos desde la Calzada a la villa de Casalarreina. Cruzamos sin más un saludo pero inmediatamente frunció el ceño y entornó los ojos el señor obispo como pensando, y como una centella dijo en voz alta mirando al extraño.

—Con Dios, Íñigo.

—Con Dios don Pedro —respondiole el otro.

"Ese es fulano vecino de tal parte", me susurró volviendo la cabeza para que el otro no viera de quién hablaba.

Luego caí en la cuenta de que desde la última vez que había visto a aquel habían corrido al menos dos años y todavía recordaba don Pedro su nombre y su vecindad.

En 1689 nuestro rey cayó muy enfermo. Durante su convalecencia determinó don Pedro que se celebrase por él una misa solemne en la iglesia catedral de Calahorra. Al dar principio al *Te Deum Laudamus* enmudeció y sus ojos se hicieron dos fuentes. Acabada la solemnidad retirose a la casa episcopal y estando en su cuarto le pregunté sobre ello.

—Grande sería la amargura y trabajo que a España le vendría, queridísimo Lucas, si la muerte de nuestro católico rey se produjese en estos momentos. Cuánto daría yo por volver a estrechar sus manos y reconfortar sus lágrimas.

Callé sin hallarme seguro de haber oído bien. ¿Por qué habría dicho "volver a estrechar"? ¿Acaso en alguna ocasión se hallaron juntos los dos insignes varones o sus palabras habían sido un lapsus? ¿Cuando don Pedro había visto llorar al rey?

Uno de sus papeles, sin fecha, que poseo, dice:

Apuntes de exorto a todos los sacerdotes y a todas las demás personas así eclesiásticas como seculares: Pedid a Dios que conserve la vida de nuestro gran monarca don Carlos Segundo y le dé sucesión para bien de la iglesia. (...) Dios bendiga a S. Majestad.

Fuera ya de peligro don Carlos Segundo, el señor obispo decidió misionar en Vizcaya donde encontró a faltar tiempo para confesar, costumbre que tenía después de cada predicación. Se sentaba en el confesonario y aguantaba las horas incansable hasta el momento de repartir la eucaristía a los enfermos.

A todos daba consejo advirtiéndoles y persuadiéndoles con centellas de fuego que salían de sus labios. Durante unos años tuvo a su cargo a dos varones apostólicos de la Compañía de Jesús que iban comisionados por él esparciendo el fuego de la divina palabra en todos los lugares a los que él luego concurría en persona.

El primer largo viaje lo iniciamos a los tres años

de llegar don Pedro al obispado. Para entonces ya habíamos caminado por los Cameros y los arciprestazgos de Arnedo y Yanguas. Y en abril del siguiente, o sea en 1690, partíamos rumbo al mar que yo me imaginaba distinto al que encontramos al llegar en un lugar llamado Sopelana, cuyo beneficiado de su parroquial era el cura de mayores bondades que yo conocí. Don Lorenzo Mendieta era su nombre. También en éste llegué a ver la sublimación característica de don Pedro cuando celebraba misa: en los únicos dos vi aquella transfiguración al momento de alzar.

Pues bien, teníamos el pie en el estribo ante el pórtico de la casa diocesana de Logroño a punto de iniciar el viaje, cuando se desató un enorme aguacero. El cielo no cesaba de arrojar, y el agua amenazaba grandes arrastres por la parte de San Gregorio. Tal fue la cantidad caída que a eso de las tres de la tarde y sin que nadie se diera cuenta de ello, una mole de piedra, cascajo y agua sorprendió a los pacíficos vecinos de aquella parte de la ciudad, viéndose muchos de ellos obligados a salir por las ventanas y tejados mientras otros quedaban encerrados por temor de Dios. Los gritos y voces de auxilio y los ayes lastimeros difundiéronse por el vecindario, alguno alarmó al resto y púdose salvar a los más infortunados. Muchas de las casas de la margen derecha del Ebro orientadas hacia la montaña que llaman del León Dormido fueron cerradas por la gran cantidad de barro avenido, hasta la altura de tres varas, en el solano oriental de Santiago el Real. Allí se ahogaron varios cerdos y cabras, se sacaron las caballerías con el agua al cuello y la zanja abierta por la corriente a lo largo de la calle Mayor llegó a ser como de cuatro pies. Los destrozos fueron grandes pero no hubo víctimas.

Todos respiramos tranquilos cuando al día siguiente —víspera de nuestra partida— vimos clarear, mas insistió el cielo en ensombrecerse nuevamente volviendo a caer otro abundante aguacero. La gente se retrajo y quedóse en casa, así que la procesión que don Pedro había ordenado celebrar para pedir al Señor por nuestro viaje tuvo lugar a media tarde. Al anochecer un fraile impreciso y misterioso preguntó por él y tan lastimoso llegó que creímos que milagrosamente había salido de aquel desastre. Don Pedro le recibió y ordenó le diésemos cobijo después de pasar con él más de una hora que pensamos todos que la estaban empleando en confesarse mutuamente. Nada más supimos de él, ni de su presencia ni de su ausencia, porque al día siguiente cuando nosotros partimos hacia el norte el misterioso fraile ya no se hallaba en casa. Era trinitario. Pasado el tiempo nos enteramos que se hacía llamar fray Matías y no pertenecía al convento de Logroño en cuya ciudad regía esta orden una pequeña abadía en extramuros, en el término de San Gil que era de los Cabredo.

Interesándome por el misterioso fray Matías alcancé a conocer los rostros de los 18 frailes que vivían allí y él no era uno de ellos, con lo que deduje que era de otro convento. Aquel mismo día olvideme de él porque no esperaba volver a verle, mas es ello que el encuentro volvió a suceder, y ya verán sus mercedes en su momento cómo y por qué motivo.

Puestos al fin en camino hacia las iglesias del norte tiempo le faltó a don Pedro para decirnos con recias palabras lo conveniente que era auxiliarse en los viajes por las tierras a las que íbamos, de ministros que supiesen la lengua vascongada, "cómo si no —preguntó elevando los ojos al cielo— evangelizaremos a quienes no comprenden el romance".

Esto lo decía para que don Antonio Lanada cesase de criticar "el habla salvaje de esos del norte".

Cierto es que no fue el primero que legisló en la iglesia sobre lo conveniente de predicar haciéndose entender, pues sus dos antecesores en el obispado algo habían dicho y hecho. Pero don Pedro les aventajó diciendo que amén de predicar en vascuence había que hacer un catecismo en esa lengua y que era preferible anteponer predicadores nacidos en aquella tierra antes que foráneos, aunque ambos conociesen la lengua.

En los trayectos más prolongados tomaban nuestros ganados sobre el paisaje toda suerte de figuras, ora en fila, ora desplegados, ora en parejas. Uno de los primeros días de aquel viaje la mula de don Pedro y el macho rucio que yo montaba andaban a la par. Vi que el irregular paso de su mula iba expulsando del pecho de don Pedro unos papeles que él debía llevar adrede cerca del corazón. Estaban para caerse al suelo cuando al percibir el peligro los empujó hacia dentro con precipitación y cerró dos botones más de la sotana. Imaginé, sin saber la razón de mis cavilaciones, que eran papeles que le había entregado el fraile trinitario aquella noche. Ya ven sus mercedes a dónde llega mi inclinación a imaginar historias. En aquel momento se me metió en la cabeza que fray Matías no era una casualidad entre nosotros. Y a fe que no lo era. Incluso llegué a sospechar que fray matías no era tal fraile sino el mismísimo rey, nuestro señor don Carlos Segundo.

Durante varias semanas caminamos bajo el sol de modo que se nos fue olvidando el enorme aguacero de Logroño. Tomamos los caminos de Yécora, Bernedo, Campezo, Antoñana, Maestu, Ibisate, Ocáriz y Eguilaz. Cuando divisamos la ermita de Nuestra Señora de Barria creyó él que era la de San Justo y sólo salió del error cuando llegamos a ella y vió la imagen.

En aquel mismo periplo, u otro posterior no lo recuerdo bien, oí decir a un sacerdote refiriéndose a don Pedro que "antes que este príncipe de la Iglesia viniese a este obispado, si se juntaban veinte hombres diecinueve estaban amancebados y del otro la duda nos quedaría; hoy de esos veinte, diecinueve diríamos que viven cristianamente y sólo de uno sería la duda". Y es que su palabra hizo mucho bien.

No se escandalizaba por nada pero motivos los había. Juzguen sus mercedes. En Araya reprendió a un sacerdote que cobraba con exageración por dispensar los santos óleos a los moribundos y prohibioles a todos a partir de entonces, cobrar dinero por el menester, pues la iglesia tenía regulado que era obligación de quien recibe los óleos o de sus deudos, dar una cantidad igual a la consumida en ellos y nada más. Recuerdo que en otro viaje en el Burgo de Eguilaz le tocó a otro que diz que había sido descubierto en trato deshonesto con una mujer casada, al que le dijo.

—Los sacerdotes son los centinelas de la milicia de la casa de Dios. Si ellos no defienden las normas todo se malogrará convirtiéndose la vida en relajación.

El cura le contestó que no era dueño de sí y que sin darse cuenta andaba en aquello. A lo que don Pedro volió a hablarle.

—Apréndalo para enseñarlo: las malas costumbres no se conocen cuando se siembran, ni al nacer, ni al comenzar a brotar y a crecer; después de muy crecidas se conocen y entonces son muy difíciles de remediar. No peque más.

No había pasado mucho tiempo desde que iniciara aquella visita por Vizcaya cuando nos vimos obligados a regresar a Calahorra porque llegó noticia de que, por justísimos motivos, se hallaba preso cerca de Logroño un eclesiástico, y éste por sus empeños había alcanzado de su libertad gozando de ella. Desde el palacio episcopal mandó don Pedro que al sujeto llevasen al castillo de Arnedillo dando orden pública al alcaide para que le tuviese con gran custodia. Mediante carta secreta mandó que se le atendiese con el respeto debido, "que todos estamos sujetos a semejantes caídas", y que era un sacerdote de la iglesia. Unos meses más tarde dijo a su secretario que pasara de visita a Arnedillo para vestir a aquel eclesiástico en lo interior y exterior, y así sacarle de sus miserias. Le proveyó de dinero suficiente con que satisfacer la fianza y posibilitar su salida de la prisión. Ejecutose así y el cura salió de la cárcel y del obispado, y el prelado quedó liberado de aquella amargura. Luego el clérigo pasó a Madrid donde murió arrepentido santamente.

—El regreso precipitado desde Bilbao mereció la pena —dijo—. Poco importan las leguas recorridas si hemos cumplido el caritativo menester que nos obligó a acelerar el regreso.

A todo esto no veía yo el modo de desposarme con Clara. El tiempo corría y el flaco continuaba siendo el mayor impedimento para que se cumplieran mis deseos.

El hermano de Clara, además de flaco era torvo y me culpaba de haberle robado unos celemines de tierra que eran precisos según la autoridad para camino comunal. Me acusaba de la expropiación de su mitad pues pretendía que el derecho de paso lo sufrieran mis propiedades quedando las suyas francas. Enseguida prohibió a su hermana mirarme a la cara haciéndole sospechar de mi persona: que si yo era viudo joven a saber por qué lo era, y que mi esposa había sido una mujer sana y de buen ver, y que murió sin que nadie conociera causa justa para tal suceso, y que... Con esto verán sus mercedes cuánta era su maldad.

Clara y yo nos veíamos amándonos en cuerpo y alma como ya referí, y más de un día retozamos juntos con tanto placer como contrición de corazón. El día de mi mayor pecado fue cuando una noche nos acostamos los dos en su cama: un servidor tal que a un lado, Clara en el otro, y su hermana pequeña en la alcoba interior. Habíamos engañado a esta diciéndole que nos habíamos casado en secreto porque su hermano no admitía que fuésemos novios y que estando casados pese a que su hermano no lo supiera, no pecábamos. Ella, entre ingenua, mermada de entendimiento que algo lo era, y que yo le había curado unas verrugas por el método de tomar tantas semillas de ginebro como número de ellas tenía y enterrarlas hasta que se pudrieran, callaba. Y aún procuraba inocentemente nuestros encuentros.

Diré que no dejaba de atormentarse mi conciencia a la que yo trataba de aliviar por todos los medios. No comprendía como podía considerarse pecado la fornicación mutuamente consentida cuando con ello ni se injuria ni se hace daño a nadie, pero cuando a don Baltasar hice partícipe de este modo de pensar me devolvió la carga.

—Mira, Lucas, las leyes son para su observancia y no dicen nada de los males consentidos. Puede uno desear que le maltraten por quien sabé que falso sentido de la culpabilidad y no sería lícito complacerle. La fornicación es pecado, y lo es el incesto, y lo es el yacer con una virgen.

Don Baltasar tenía razón, mas no en todo, porque él creía que Clara era un aprovechar y no lo era. Díjome que lo malo era comenzar, y que si se mira lascivamente y se dan besos libidinosos se ve uno, a la postre, incitado a disfrazar pecados mortales. ¡Qué sabría él de nuestro amor!

Mis encuentros con Clara eran escasos. Porque así debía ser andaba un servidor mucho tiempo de viaje y cuando no, el trabajo era abundante. Aún así debíamos procurar que el flaco no estuviera en casa porque lo que es en la mía, día y noche hacían guardia las comadres, cuándo en sus puertas, cuándo en sus ventanas, y no podíamos entrar. Para más dolor todo era atormentarme. Don Antonio me dijo que no podía librarme de la mancha del pecado si no le decía a don Pedro cuánto le había mentido, que del mismo modo que debe restituirse el dinero robado, deben devolverse las palabras fingidas a aquel al que se le disfrazaron.

Así pues nos amábamos a escondidas y a la

sombra de nuestras propias conciencias, ocultos a todo menos a la mirada de Dios.

Nuestro señor obispo perdonó que en lo concerniente a Clara le engañara. Solía platicar de ello conmigo sin recomendarme ni prohibirme. En una de las ocasiones en que nos ocupamos de esto tomó aire por la nariz, inclinose hacia delante, puso sus codos sobre las rodillas en actitud confiada y me habló con palabras y tono inusual, de modo y manera que me inquieté. Fue una especie de sermón primero que se convirtió después en un monólogo reflexivo no muy inteligible para mí. Diome a entender, o así yo lo interpreté, que hablaba de sí, lo cuál comenzó a aliviar mi conciencia, más inmediatamente sentí cierta pena al ver la gravedad de su semblante. Al hablar parecía recordar algún suceso desagradable. Pensando esto empeoró mi ánimo y desprecieme. ¿Cómo podía yo imaginar que el señor obispo ocultaba en sus entrañas algo ruin? Y lo que era más grave ¿cómo podía ser yo tan ingrato de pagar su confianza con dudas tan perversas?

Entre sus papeles secretos encontré explicaciones a su actitud de aquel instante. Aún hoy, al recordar su figura y sus palabras siento en el corazón una enorme lástima, o admiración, no sabría concretarlo. No me equivocaba entonces al sospechar que guardaba un secreto que asomó a sus ojos un instante. Se hallaba sentado en una silla frente a mí. Al concluir tomome las manos y pronunció mi nombre, luego calló, inspiró e incorporose. Algo más hizo mención de decirme pero cerró la boca, dio unos pasos y me quedé con la duda de qué iba a decirme que no me dijo. Dos frases inconexas e ininteligibles dejáronme in albis. Hoy doy gracias a Dios porque ni entonces ni nunca me contara el sucedido de la monja que se cayó por la escalera.

Ya fallecido y leídos sus papeles lo comprendí todo al encontrar en ellos la respuesta a aquellas miradas y a aquellos silencios. Y entendí el trato que don Juan Leal dio en toda hora a nuestro señor obispo las pocas veces en que se encontraron juntos.

—Procura ante todo no cometer pecados de escándalo —díjome— esos son los pecados mayores.

Deseé que sus palabras fueran bula para mi relación con Clara, pero tampoco mi conciencia toleraba la relajación; ni en mí ni en otros, y menos en los clérigos. A medida que mi relación con Clara avanzaba mi intransigencia mermaba. Corrían los años y no veíamos forma de casarnos. ¡Pesaban tanto los principios religiosos que había recibido en mi infancia! ¡Y, por otra parte, había sido testigo de tantas inmoralidades..!

Notaba yo que en esto y en otros órdenes me exigía yo más que muchos clérigos a sí mismos. Quizá era causa de la necesidad. El hambre y el número de aspirantes al clericanato aumentaban a la par, de modo que en muchos lugares llegaban incluso a improvisarse los exámenes. Allí donde estaba don Pedro concurrían jóvenes para pasar las pruebas. A aquellos de quienes tenía buenos informes los ordenaba oportunamente y de los que no, les suspendía. No faltaron ni las protestas ni los agradecimientos pues muchos iban obligados por sus padres que querían sobre todo aliviar su necesidad. Así sucedió que muchos penalizados manifestaron más tarde no tener más vocación que la de casarse, con lo que se demostró que sus vocación era falsa.

Viene al caso que un religioso premostratense le pidió audiencia para darle gracias por haberle negado un día la ordenación que pretendió.

—A su ilustrísima debo este santo hábito que hoy llevo y que no hubiera llevado de no ser por vos, pues si me hubieséis ordenado cuando a su ilustrísima se lo pidió mi padre no lo tendría ahora y me hallaría muy apesadumbrado. Lo que hoy poseo es es lo que mi alma pedía. Vuestra negativa de entonces maceró mi voluntad, de modo que no soy cura sino fraile, cual era mi deseo. Gracias ilustrísima.

Don Pedro le respondió.

—No saben los padres el mal que hacen obligando a sus hijos a elegir el estado eclesiástico sin atender si son o no llamados por Dios y por qué cauce—concluyó la frase elevando la mirada.

Era muy amigo del orden, la disciplina y el método. No me consta que los que le precedieron en la silla episcopal lo hicieran, pero él costumbraba a convocar y celebrar las órdenes generales por el mes de septiembre de cada año. Se publicaban en edictos que mandaba clavar en todas las iglesias de la diócesis, " y que no falten especialmente en las de Calahorra y la Calzada así como en las colegiatas de Vitoria y de Logroño".

El primer día del mes comenzaban los exámenes que dirigían cuatro sinodales en presencia del prelado. Era él quien personalmente solía examinar de gramática fundamentando sus preguntas en la sagrada Biblia o en la lección de la vida de algún santo. En el momento en que alguno de los comisionados preguntaba sobre la doctrina cristiana mirábales agudamente para que recordasen que no debían tocar en las pruebas ninguna delicadeza teológica por no ser importante para el ministerio.

Este fue siempre su modo de examinar tanto para órdenes generales como particulares.

Otra de sus notas que poseo trata del arte de predicar y de los predicadores.

La general predicación que hoy se practica en España es, sin ponderación alguna, de lo más fino y precioso que pueda producir el entendimiento humano. En el estado presente ninguna nación iguala a los españoles en idear los sermones, en la alteza y viveza de los conceptos, en la elegancia del estilo y en la colocación de las voces. Mas por lo que mira a ganar almas para Dios es hoy la predicación inútil y sin provecho alguno.

Hablaba directamente sin galas ni retórica para hacerse entender.

Cuán cierto es que no están reñidas la justicia y la caridad. Don Pedro era justo pero se ponía siempre de parte del examinado especialmente en lo tocante a los exámenes para confesores.

—No se llevará ninguno mal rato sin motivo —decía dando a entender la amargura que se ocasionaba a un reprobado sin causa.

Diose el caso de que en una ocasión rechazaron a uno con justo merecimiento, pues yo mismo estaba más acondicionado para obtenerlo que él. Luego que no se oyó nombrar en la publicación de aprobados, engañado de sí, se dirigió iracundo al obispo. Entró al patio de palacio episcopal como un basilisco incapaz de reconocer su propia ignorancia. A medida que avanzaba por el camino iba degradándose. Primero quitose el manteo y lo dividió en partes menudas, prosiguió con la sotana y la hizo tiras quedándose el pobre desnudo de manteo, de sotana y de paciencia. Mi señor don Pedro disimuló y no se sintió aludido por sus insultos.

—Puede ser que se arrepienta —expresó don Pedro como para sí— el hambre o la codicia son sinrazones para tomar órdenes.

También cerró la puerta al abuso de aprobar exámenes a los que por hallarse en Roma o en la Corte se encontrasen ausentes. Don Pedro pensaba que era una costumbre contra la Constitución Apostólica admitir recomendados en tales circunstancias por ser camino de acceso para gentes de costumbres y letras desconocidas.

A todo esto no faltó quien formuló quejas por su proceder, llegando a llamar alguno a nuestro señor don Pedro: "delincuente y densa nube que oscurece el sol". Poco lo conocían o le malquerían los que así hablaban.

—Debemos mantenernos firmes. En la diócesis

de Calahorra los beneficios y capellanías son como 5000 según tenemos censados. Estos beneficios los gozan 3000 sujetos, uno arriba, uno abajo; de ellos cuál en puestos altos, cuáles en dignidades o en canonicatos. Y no falta el que tiene hasta dos y tres beneficios o capellanías. Ese que tal me dice "delincuente" tiene un tío que goza de siete beneficios. Discurra vuestra merced —recitó dirigiéndose a don Francisco mientras paseaba lentamente por la habitación— cómo se han de levantar cada amanecer 2000 clérigos que son necesarios para servir beneficios de los que no pueden gozar porque otros los tienen por duplicado.

—Siempre se hizo así, don Pedro —respondió Lanada en defensa de la tradicional rutina.

—Se hizo, don Antonio, se hizo —respondiole con firmeza.

Don Antonio y un servidor hacía mucho tiempo que no manteníamos conversación de fundamento. Él debía creer que yo tenía motivos para negarle el habla pero lo único cierto era, y disculpen sus mercedes el trabalenguas, que yo sabía que él creía que yo sabía algo que aún no sabía. Mis sospechas eran graves y alguna prueba tenía, pero por entonces mi razón no cruzaba la niebla de la duda.

Alguna sospecha y ninguna certeza me hicieron callar y también calleme cuando súpelo todo. Jamás dije a don Pedro nada de las composturas y hazañas de don Antonio al que sorprendí dos días en lugares y actitudes impropias de un clérigo privilegiado como él lo era: uno, saliendo de la habitación privada de nuestro señor obispo, que por el brinco que dió al verme, la subida de color que tuvo su rostro y la celeridad conque ocultó algo entre sus manos evidenciome que nada bueno acababa de hacer; y otro día...

Había viajado yo a Logroño desde la Calzada donde nos hallábamos, a cumplir con el principal menester de mi corazón. Pasé con Clara una tarde a la orilla del Ebro. Cuando el sol comenzaba a caer acompañele hasta cerca de su casa y de regreso a la mía decidí beber una jarra de vino en la Taberna del Carro, como cuando mozo.

No he dicho que don Antonio era de esos que se queda siempre parte y media de lo que entre muchos juntaran, y aunque sacerdote, era de iracunda soberbia, pecado que lo mismo se aloja en corral de pastor que en palacio de príncipe. Gozaba de especial habilidad para embaucar a los ingenuos y amedrentar a los mansos de corazón.

Desde el día en que le sorprendí saliendo de la habitación de don Pedro con tamaña ocultación, desconfié de él. Luego tuve más razones para lo mismo. Determiné mermarle mi trato, no prestarle las manos, ni apartarle la mirada. Me dolía que procediese de una humilde familia. Era su padre calcetero que hacía mediascalzas, también llamadas polainas, al que dejó en tierras de Aragón cuando tomó las órdenes, porque don Antonio, que se sepa, ni tuvo madre, ni hermanos. Mientras estuvo con nosotros poco o nada hizo por su padre al que yo imaginaba cosiendo y llorando el desapego de su hijo. Quiera Dios que no haya llorado él de viejo lo que de joven hizo llorar al anciano calcetero.

Al despedirme del obispado, muerto ya nuestro obispo, perdile el rastro al hijo del calcetero y desconozco qué habrá sido de su persona, aunque creo que se quedó con un beneficio en el arciprestazgo de la Ribera. Mas de ello no ando seguro.

Pero volvamos a aquel anochecer de Logroño. Era uno de aquellos en los que la realidad parecía pregonar la bullanga que duerme en nuestra vida interior. Desde que había soltado la mano de Clara sentía que la felicidad no cesaba de subir en torno mío por la penumbra de la calle del mercado. Me dispuse a refrescar mis pensamientos y mi boca y, como dije, entré en la Taberna del Carro.

El tabernero, de cara rojiza, se acercó a una

mesa situada frente a mí donde tres individuos parecían ajenos a lo que sucedía a su alrededor. Uno de ellos me miró distraidamente. Sus ojos claros sostuvieron mi mirada, una moza puso una jarra de vino sobre su mesa y en menos de un Jesús se la despacharon. Bebían sin parar y lentamente como cargados de melancolía y resignación, indiferentes a lo que sucedía alrededor. Deduje que algo doloroso habitaba sus entrañas, pero a lo que yo creía, y así debía ser, cada uno de ellos sufría penas distintas. El de los ojos claros debía ser tendero empero parecía pordiosero; otro, que llevaba sombrero sin toquilla, bajo de copa y ancho de falda, posiblemente fuera arriero con pretensiones de caballero andante con lo que se hacía cierto que en los arrogantes se halla la vanidad; y el tercero no disimulaba su condición de cuatrero. Todos a juzgar por su tristeza, llevaban encima la penitencia de sus pecados.

El ambiente del lugar reforzado por el olor de los restos de carne asada sobre las brasas abrieron mi apetito de modo que llamé sin dilación al tabernero, saqué las tripas a la bolsa y pagué por anticipado un trozo de queso de Flandes, dos pimientos, un cuarto de hogaza y una jarra de vino, disponiéndome a dar con todo ello.

En el transcurso del ir y venir del mesonero para servirme mire distraído a los de la mesa situada a mi espalda. Estos eran cuatro. De los cuatro uno era cano en los pocos pelos que tenía, otro bigotudo, el tercero, alto y de mal mirar, y el último se ocultaba tanto bajo el chapeo que apenas si parecía hombre. Pero lo era. Al acercarse al mostrador observé su cojera: peculiar ¡como la de don Antonio! Con rabia desee que fuera él. Más a tanto no llegaría aquel aragonés que se escudaba siempre en lo que representaba más que en lo que era. Los curas tenían prohibido entrar a las tabernas y disfrazarse. Y aquel cojo en una se encontraba y no vestía de clérigo.

Cuando regresó a la mesa oculté mi cara y afiné el oído. Pensé (aunque prometo a vuestras mercedes que deseaba que fuera cierto lo que imaginaba) que no era posible que entre aquellos figurantes, pícaros, agoreros y ganapanes se hallase un sacerdote al servicio de un obispo santo. ¿O quizá cualquier cosa imaginada puede llegar a ser cierta?

Me acordé de algunas de las frases de don Pedro: "en las filas del clero hay muchos que jamás debieran haber conocido un templo por dentro", o aquella otra: " es vergonzoso que muchos han sido nombrados obispos y pastores sólo por satisfacer la ambición de los nobles, en lugar de la voluntad de Dios".

El humo de la taberna se mezclaba con la codicia y con el olor de distintas carnes recocidas. Tuve la sensación de que me encontraba inmerso en una aventura espeluznante y degenerada. Fui apurando las viandas y la jarra de vino apenas sin darme cuenta de que había dado con ella antes de lo debido. Más atento al ambiente vime rodeado de gentes con espadas, dagas y cuchillos de más de un palmo, bordones y palos con hierros de más de cuatro dedos. El aire me pareció pegajoso.

—¿Jugais? —dejose oir la voz de un tuerto desde la mesa de enfrente.

Tardé en caer en la cuenta de que era a mí a quien se dirigía. Le miré y sin responder volví a inclinar mi cabeza hacia el pecho y hacia un lado para seguir escuchando la conversación de los de atrás. El tuerto soltó un juramento y lo intentó en otra mesa llevando en la mano unos naipes tétricos de tinta terrosa y olor a azufre que debían ser infernales.

—¿Jugais? —leí sus labios sin oir su voz cuando se dirigió a un borracho soñoliento de mirada fija que vivía inmóvil en otra mesa más alejada.

¡País de incertidumbres donde una gota de rocío puede cambiar el mundo según donde caiga! me lamenté.

Sí, parecía él. La oculta figura bajo la capa tenía el mismo tranco andar que don Antonio Lanada. Dos viajes hizo de la mesa a la tinaja de agua que estaba arrimada al fogón donde el tabernero organizaba su negocio. Muy seca debía tener la boca. El primero me hizo sospechar, con el segundo cercioreme de que mis sospechas ya no lo eran.

Me encogí cuando vi su cara al descubierto, destocado bruscamente por un envión que le dieron en medio de aquel tráfago de gente sorteando mesas y taburetes.

Yo no estaba acostumbrado a aquellas sombras en las vidas de los hombres. Los pobres continuaban siendo pobres y la tosca alegría de las fiestas eran una mascarada casi siempre pecaminosa. Pensé que mi habitación con el obispo me había convertido en medio clérigo y todo lo orientaba a la virtud y al vicio, a la gracia de Dios y al pecado. Pero ¿qué tenía de pecaminoso aunque la iglesia lo dijera, que un cura o mancebo, dama o criada cruzara sus risas con otros jugando a las cartas y bebiendo un trago? Por lo que se veía nin guno de aquellos pecaba en lo que se veía. ¿por qué condenaba yo sin saber a don Antonio a las penas del infierno?

Fingí encontrarme mal y apoyé un brazo sobre la mesa. Encima de él recosté mi cabeza cuidando de tener un ojo y una oreja libres.

Le vi sacar unos papeles de entre la ropa vieja que encubría su verdadera identidad y se los entregó a uno de aquellos. Otro vació una bolsa de monedas sobre la mesa parte de las cuáles don Antonio recogió bajo la precisa mirada de sus acompañantes.

Habíame hablado mi abuelo Daniel de la voracidad de los pitines y de la maldad de los camachuelos. Aquello me pareció entonces un corral de voraces animales. No sabía con qué intención, ni que mercadería, ni a qué precio había vendido algo nuestro familiar, pero estaba seguro de que era algo perteneciente al señor obispo cuyo contenido, por alguna razón interesaba a alguien. Don Pedro acostumbraba a escribir intenciones pero no creía yo que sus proyectos fueran tan interesantes para alguien hasta el punto de llevar a un clérigo al pecado, al mercadeo y a la traición.

Entre los papeles de don Pedro hacía tiempo que a algunos estaban rasgados en su parte inferior donde cabalmente debían figurar las firmas. Pero aquello no eran unicamente firmas, aquella noche don Antonio no entregaba papeles rotos, eran pliegos completos. Deduje que los otros tres no eran ni mendigos ni pordioseros, sino gente importante. Nunca llegué a conocer sus identidades, pero justicias, alcaides, inquisidores o clérigos debían ser quienes parecían organizar su vida con propiedades de un obispo insigne al que un traidor o ambicioso se las iba alijerando; gente seguramente que se preparaba para defenderse de la moral y la justicia que don Pedro quería implantar en el obispado.

Aún vino a mi memoria aquella afirmación de nuestro obispo: "muchos curas no son pastores sino ladrones que rellenan insaciables sus bolsas".

¡Aquellas hojas no eran fragmentos de papel! Debían ser documentos importantes que, por otra parte, alguna vez echó en falta don Pedro.

Cuatro meses antes sorprendí al señor obispo buscando nerviosamente unos documentos que le habían prestado para estudiarlos. Se trataba de un hato que yo mismo había movido alguna vez de un lado a otro de su habitación. De los 28 dijo entonces que le faltaban cinco que por cierto nunca aparecieron. ¿Serían aquellos que vi trasegar en la Taberna del Carro?

La nota que escribió de su mano aclara aquella falta, la cuál está encabezada.

Con el ruego, si aparecieren, de su devolución

a don José Bermejo, comisario del Santo Oficio en la de Viana que me los dejó para su estudio.

Bula del Papa León X por la que extingue todos los hospitales de Logroño y da licencia para celebrar misa diariamente. Año de 1515. Pergamino con plomo.

Cédula Real de S.M. el emperador Carlos Quinto para que el obispo de Calahorra apremie a los clérigos a que contribuyan con la sisa. Era de 1524.

Carta de S.M. el rey Felipe Segundo al Consejo, Justicia, Regidores, Caballeros, Escuderos, Oficiales y hombres buenos de la ciudad de Logroño, en la que manda que los 200 hombres de la ciudad que se han ofrecido servirle acudan al castillo de Pamplona para prevenir el daño que los franceses podrían hacer. Abril de 1597. Firma el rey y el escribano Andrés de Prados. Sello de lacre.

Carta de S.M. el rey don Felipe Cuarto en la que ordena enviar a los presidios de San Sebastián y Fuenterrabía la gente que se les avisó, sin excusa ni dilación. A 10 de junio de 1646.

Carta de S.M. el rey don Carlos Segundo al Consejo, Justicia, Regidores, Caballeros, Escuderos, Oficiales y hombres buenos de la ciudad de Logroño dando cuenta de que el capitán de caballos don José de Armendáriz y Perurena ha ofrecido servirle con 240 hombres vestidos y armados a su costa levantados en las ciudades de Logroño, Calahorra y Alfaro. A 3 de enero de 1695. Firma el rey y su escribano García de Bustamante.

Estimo que este último documento fue el que pudo originar la desparición de los otros por lo que de cierto tiene que nada de lo concerniente a nuestro rey y señor don Carlos Segundo se encontró entre las propiedades de nuestro obispo. Y las hubo varias.

La cosa es que don Antonio parecía traficar con documentos.

Los días que siguieron a aquel de autos, el ladino se portaba en casa como siempre. Así me aseguré de que la noche de la Taberna del Carro no llegó a percatarse de mi presencia.

Un día me decidí a denunciar aquello ante el señor obispo pero cuando a punto me hallaba de abrir la boca nos interrumpió una llamada a la puerta. Era don Andrés.

Éste y don Pedro compartían mesa solos siempre que se hallaban en casa. Comían juntos, a campana tañida y hora cierta. Lo mismo al comer que al cenar leían un libro espiritual y daban luego principio a la bendición de la mesa. En el momento de la conclusión elevaban una acción de gracias y cada cuál se retiraba un tiempo a su cuarto. Como quiera que don Andrés había de salir a la calle para dirigirse a su casa y era hombre de siesta, para cuando llegaba al zaguán ya iba medio dormido.

Nuestro señor obispo amaba mucho el hallarse solo porque decía que así lograba estar mejor acompañado, "no te ofendas, Lucas, que eres muy susceptible".

Uno de los días más calurosos de un agosto de un cierto año que no recuerdo, hube de sacarlo de su descanso como consecuencia de una visita tan inesperada como apremiante. A eso de la una de la tarde llegó un joven malherido que había sido asaltado en el campo por unos desconocidos dejándole como recuerdo unos considerables ojales en la piel.

—No pudieron robarme más que un mendrugo de pan que guardaba de tres días.

Quiso el destino que aquel día nos hallásemos solos en casa su ilustrísima y un servidor, de manera que por fuerza hube de molestarle.

Tenía el chico 13 ó 14 años, se llamaba Luis López, sus ojos eran grandes y muy oscuros e iba y venía vagando desde que quedó huérfano de padres y ausente de todo pariente, en tierras de Valencia. Don Pedro se compadeció y le dio trabajo hasta que se repuso. Así le tuvimos viviendo cerca de casa unos meses. Le recogimos por caridad y le ocupamos de ayudante en la cocina. Un día enfermó.

—Señor —dije a don Pedro al punto de la mañana— debiéramos llevar a ese muchacho al hospital y quitar de la familia el riesgo de contagio que padece.

A lo que él respondió.

—Si del hospital se trajeran pobres a casa del obispo yo estaría conforme, pero llevarlos de la casa del obispo al hospital es cosa disonante. Cuídesele.

¡Cómo no decir que era un dechado de santidad! Cuando celebraba el santo sacrifico de la misa, susodicho he que se transformaba. Más de una vez fue necesario tirarle de la ropa para que volviese en sí y continuase. Era gran devoto de San Andrés y de San Agustín a quienes junto con Santa Teresa tenía afectuosa devoción.

—¡Ah, San Agustín! ya sabes querido Lucas cuánta sabiduría encierra cada una dc sus sentencias. No te olvides jamás de aquella: en la duda, libertad; en lo necesario, unidad; y en todo, caridad.

En lo que se refiere al fervor con que miraba a Santa Teresa basta ver que pagó 40 escudos a un caballero de Vitoria por una carta manuscrita por la santa de Ávila, y así comprenderlo. De esta reliquia usaba cuando se levantaban grandes tempestades, y es carta que tampoco nunca apareció entre los papeles del señor obispo por lo que supongo que aquel fue otro de los objetos con los que comerció quien quiera que fuese el ladrón, que un servidor ya sabía quién.

Veneraba a los grandes santos universales sin descuidar los cercanos. Hizo entrega de 500 ducados para comprar los ornamentos de los santos mártires de Calahorra, e hizo donaciones en su vida por más de 14.000 ducados.

Humilde igualmente lo era. Cuando era necesario él mismo componía la luz del velón y ponía los cendales en el tintero sin consentir ayuda para hacerlo ni al acostarse ni al levantarse. En su recato rechazaba el palio con que le recibían en templos y parroquias y sólo lo usaba cuando el ritual le obligaba.

¿Qué dirían sus mercedes que hizo don Pedro cuando un día de invierno nos vio a Clara y a mi juntos?

Perdí el color y por poco el sentido. Le vimos avanzar acompañado de dos curas hasta la esquina noroeste de la parroquial de Santiago el Real, luego volviose de pronto dejando a los otros y al llegar frente a nosotros se sacudió la nieve de los pies, movió en silencio la cabeza negando, y en su rostro se abrió una sonrisa que se fue ampliando hasta arrancar de Clara la expresión de mayor felicidad que jamás le vi.

—Me gusta ver que el sol y el calor de vuestros corazones os ha hecho olvidaros de vuestros deberes —hizo una pausa que enfrió por un momento nuestro ánimo—. Buenos días, Lucas —sonrió para que recobrásemos el estado anterior—, buenos días, Clara, ¿porque tú eres Clara, cierto? —preguntó por preguntar.

Así era don Pedro.

VII. Fiscal de las conciencias

Don Pedro de Lepe había llegado a la canongía de Badajoz por ascenso de don Juan Benitez Montero a deán de Granada en 1665. Al enterarse de la vacante habló con su familia.

—Sé que quereis para mí lo mejor y que respetais mis decisiones. Ved que el pueblo de Dios es tan grande como la tierra y puede ser uno útil en cualquier lugar de su geografía. En el servicio a las almas no hay distancias, ni el amor se mide en leguas, quizá me vaya más lejos de Sanlúcar, de Huelva, de Sevilla, de vosotros, pero es mi deseo servir a la iglesia en aquel puesto, si Dios así lo quiere —anunció a sus padres.

Don Pedro escogía las palabras con inusitada rapidez, palabras siempre dichas con acierto y discreto estilo, de manera que su familia le animó y no tuvo dudas el tribunal para adjudicarle la vacante. Era el día 8 de agosto de aquel 1665 cuando tomó posesión de su cargo. Contaba 25 años de edad. La concurrencia de sus méritos y sus virtudes para predicar sirviéronle de mucho para obtener aquella canongía.

En menos de un año ya se le reconocía como el mejor orador de Badajoz. Cuando predicaba concurría gran cantidad de gente y gozaba de especial aprecio entre los militares de la plaza a quienes invitaba a la humildad y al amor de Dios con convincentes palabras (bien conocía por sus antepasados el carácter y costumbres de quienes sirven en el ejército). Su fama fue en aumento y con idéntica magnitud regalaban sus oídos con plácemes.

Sus papeles secretos me revelaron parte de su vida en aquel lugar, en cuya ciudad corrió su fama de santo antes que en ningún otro sitio.

(...) 1683. Mayo. Hoy he hablado con don Pedro Toledo a cuyo cargo se halla el cerrar las puertas de la iglesia a la que ambos pertenecemos. Le he dado orden de que especialmente los días que el sermón se alarga las conserve abiertas después de maitines porque son muchos los hombres que concurren a confesarse en esas horas, la mayoría de los cuáles salen de la Capilla del Sagrario hechos arroyos de lágrimas, sollozando y suspirando, tal es su arrepentimiento. (...) Veo que las gentes son amigas de confesiones generales. Pobre pecador. Unos me dicen médico de sus almas, otros, padre, y otros, fiscal de sus conciencias. A Dios renuevo mi amor por hacerme tan útil para las almas.

Tan santo y pacificador de almas le consideraron que algunos obispos le consultaban cuando aún él no lo era. Y lo mismo los más importantes de la ciudad. Por esto algunos llegaron a pensar que era tan rico como aquellos que le frecuentaban. Quién sabe si tal fue la causa del ataque de unos malhechores que un día quisieron aligerarle la bolsa ya de por sí bastante aliviada.

Así dejó testimonio en un papel de aquel y de otros aconteceres.

(...) Volvía yo de maitines una noche a casa cuando me salieron dos embozados y pretendieron una cantidad de doblones que señalaron. Con la integridad que pude les hice frente, y tan eficaces razones debí darles que me pidieron perdón. (...) Esta noche han dado de puñaladas junto a la puerta de mi casa a una mujer que no era de buena vida, la he subido, le he curado las heridas del cuerpo y al despedirla he procurado reparar las de su alma para que no vuelva a sus vicios. (...) Hoy he vuelto a confesar a sor Jerónima de San Miguel, y tengo gran sentimiento por su alma al ver las futilidades y perifollos que las religiosas de su convento usan en los hábitos, ajenos a la modestia y humildad que pide el orden que profesan. Le he dicho que rezaré porque no muera sin el hábito que merece.

Mucho penó por motivo de monjas. ¡Abundaban tanto los que siendo seglares, clérigos o legos entraban en la clausura de los monasterios frecuentando hablar con las religiosas no sólo en los tornos sino más adentro..! Unos decían que acudían al convento al llamado de la prelada para enseñar música o a tañer el arpa; otros pretendían pasar las horas muertas en el torno hablando de cosas valdías o nocivas; y otros llegaban a atravesar la puerta en calidad de médicos del cuerpo o del alma. Todo ello lo reguló don Pedro en el sínodo que convocó, prohibiendo todo lo anterior y añadiendo que ni los clérigos ni los legos llevasen a mujeres en las ancas de sus mulas, ni tuvieran mancebas en sus casas ni anduvieran con mujeres sospechosas, que todo esto y más venía siendo costumbre y aún lo continúa siendo.

Estando en Badajoz hizo los ejercicios de San Ignacio saliendo desengañado por sus frutos de lo que es el mundo y de lo que acarrean sus vanidades. Una mañana de fiesta, después de pronunciar un sermón muy rico de expresiones, vario de símbolos y de imágenes como acostumbraba, los fieles le colmaron de plácemes. Un hombre sencillo se acercó a él y le recriminó diciéndole que seguro que era bueno lo que decía pero que no era lo que sus almas necesitaban porque nada entendían. Mucho le dieron qué pensar aquellas palabras y desde entonces procuró hacer los sermones para las mentes más sencillas.

Un día le vi tan triste que me preocupé, viéndome obligado a sacarle de su mismidad preguntándole por preguntar:

—Don Pedro ¿por qué el obispo de Coria llegó tarde cuando su ilustrísima fue consagrado obispo?

Logré lo que pretendí porque respingó espabilando y respondió con la parsimonia que acostumbraba.

—Menester sería Lucas que así fuera. Si así lo consideró don Juan de Porras así debió hacerlo.

Cuando el día 12 de Agosto de 1686, undécimo año del pontificado de su santidad Inocencio Undécimo, el señor don Pedro de Lepe fue proclamado obispo electo de Calahorra y la Calzada tenía éste 45 años. Luego que llegaron las bulas se dispusieron los pontificales para la concurrencia de los obispos que habían de asistir a los rituales, que fueron: don Juan Marín de Rodezno, obispo de aquella diócesis, y don Juan de Porras y Atienza, obispo de Coria. El de Porras llegó tarde porque creyó necesario acudir antes a la elección del obispo de Yelves en Portugal, de modo que juzgando necesaria su presencia en la del otro, fue tarde a la de don Pedro.

—Menester sería, Lucas, que así fuera —repitió volviendo a justificar la acción del interfecto—. Te aseguro que don Juan de Porras era un hombre de buen criterio, no sólo por sus más de 70 años de edad que entonces tenía sino por su templanza y moderación. A Portugal se fue acompañado de los principales de la caballería del rey que acudieron en representación real. Más no creas que por ello faltaron en mi consagración representantes de su majestad. A la santa iglesia catedral donde estaba señalado el acto concurrieron los primeros y más importantes de la ciudad y los principales jefes militares de los reinos de Portugal y España.

Ya ven vuestras mercedes que a mi señor don

Pedro lo consagró el ilustrísimo Señor don Juan Marín de Rodezno aunque a mí me parece que debió hacerlo un obispo de más edad, mas como han podido comprobar medió una excusa amparada en que la mucha ancianidad de algunos les hace incapaces de aguantar en pie mientras dura un rito por solemne que sea. Gracias a Dios allí estuvieron presentes otras dignidades, canonigos y prebendados de la Iglesia, así como prelados y músicos.

Magnífica fue sin duda la tal ceremonia. Un tocayo mío nacido en la calle Mayor de Logroño estuvo presente y me lo refirió tiempo después del fallecimiento de don Pedro. Lucas Mendo era su nombre, primo segundo de Andrés de Mendo, que también era de Logroño y que era primo a su vez de Rodrigo de Arriaga, un jesuita muy ilustre. Yo no podría dar muchos datos de don Rodrigo de Arriaga que vivió y murió en los confines orientales de Europa, en Praga, pero sí de su primo Andrés fallecido dos años antes de que mi señor don Pedro tomara a su cargo la silla episcopal calagurritana.

Aquel Mendo, tocayo mío, llegó a decirme que Andrés su pariente había sido profesor de latín y filosofía en Salamanca, Oviedo y Valladolid (vaya, una eminencia) y que había predicado para su majestad el rey Carlos Segundo. Por contra tildó a su pariente de algo político, pues diz que hasta el vicario general de los jesuitas llegó a advertirle que moderara sus costumbres palaciegas.

—Mi primo debió vivir más ajustado a la pobreza religiosa —le oí decir con la falsa simulación de quien desea expresar maliciosamente una idea maléfica.

De Rodrigo de Arriaga (primo del primo de mi tocayo) nada sabíamos en aquellas fechas, hoy sin embargo 30 años más tarde, pasa por ser una de las mayores eminencias de la iglesia y en especial de los jesuitas.

Para que sus mercedes sepan más de aquel

Logroño, direles que algunos Mendos y Arriagas tenían trato con los Brocarte, una familia de músicos que llegaron a hacer sonar los órganos de las catedrales más importantes de Castilla. A uno de ellos le vi varias veces en Logroño, se llamaba Marcos, aunque le decían Bernardo. Era algo mayor que yo. La última vez que le vi celebraba él algo en compañía de otros, en la taberna del Carro, uno de aquellos días en que me dedicaba a la observancia de Lanada. Este Marcos Bernardo era organista, arpista, compositor y cantor por lo que en la propia taberna pude oir. Ejerció de arpista en la catedral de Segovia desde unos días antes de cumplir los 20 años. Dos años después tomó posesión de la organistía de la catedral de Burgos, aunque un lustro más tarde volvió a Segovia llamado por su hermano Antonio que había sido organista de la catedral de la Calzada.

La cosa es que aquel Mendo convecino mío, disculpen sus mercedes la evasión del hilo de mis recuerdos, encontrábase en Badajoz por causas circunstanciales, y al enterarse de que iba a ser allí consagrado el nuevo obispo de la diócesis en la que él había nacido, acudió a los solemnes actos.

—En la capilla mayor estaba erigido —contome— una especie de teatro hermoseado con diversidad de pinturas. Ante él resplandecían dos altares con una pontifical magnificencia —se le llenaba el pecho de sonoras sílabas al describirlo—. En el altar mayor: aquí los vasos sagrados, allí el misal... Dieron tiempo a que llegase el señor obispo de Coria y ante él se arrodilló don Pedro. Aquel habló en nombre de la Santa Iglesia Católica para pedir que quien había sido hasta ese momento presbítero fuese promovido al cargo episcopal. Luego se leyó la bula apostólica y se procedió a tomarle juramento.

Don Pedro debió escuchar aquel día los más hermosos motetes y las más celestiales campanas que cantar y sonar pudieren.

El ilustrísimo señor don Juan Marín de Rodezno corrió con los gastos, que fueron muy crecidos por la multitud de convidados que concurrieron.

Luego que don Pedro se vio constituído en pastor, prelado y juez de su diócesis remitió poder para que en su nombre y mientras él viajaba a Calahorra se nombrase aquí un gobernador diocesano de ínterin a modo de vicario general anticipado y provisional, para que no se suspendiese el curso del despacho en Calahorra. Despidiose de su obispo y del cabildo de Badajoz, hizo elección de su séquito y púsose en camino.

Llegado el día y para excusar aplausos, pretendió cautelar la hora de su salida pero no lo consiguió, pues nobles y plebeyos de la ciudad le acompañaron gran parte de su primera jornada hasta que a fuerza de instarles a regresar terminaron retirándose.

Salió la comitiva a la calle antes de amanecer por la salida norte de la plaza del Tendillo donde ya extendían su mercancía los mercades del mercado de los martes trasegando canastos y serones cargados de higos secos, castañas y cerezas almibaradas. Al pasar por delante de la calle Mayor ajustó el gentío el compás de su paso al de la comitiva, mientras arreciaban los gritos de despedida de algunos. Él, silenciosamente, hacía gestos de despedida deseándoles salud con las manos.

La sonora llamada a la primera misa de la catedral también quiso repicar su adios a don Pedro, y tan lánguidamente llegó a sus oídos el eco de las campanas que se le soltaron unas lágrimas. A las dos horas de camino se había hecho la luz definitivamente y la comitiva dirigió sus pasos por la ruta ordinaria del santuario de nuestra Señora de Guadalupe. Detúvose dos días en aquella santa casa y celebró misa en el altar de Nuestra Señora a cuyos pies puso el más precioso pectoral de los que consigo llevaba. Prosiguió su viaje durante varias jornadas hasta Vallecas donde le instaron a quedarse más días, a lo que respondió con alguna seriedad.

—A Calahorra vamos, que no a Madrid. Previsto está no obstante que hagamos noche aquí, así que, abajo.

Al amanecer recordó que le habían hablado de un cuadro sobre el Entierro de San Lorenzo pintado por uno nacido en la tierra a la que venía de obispo y del que se decía estaba cambiando los modos de pintar, de modo que determinó hacer en Vallecas una noche más. El pintor se llamaba Juan Fernández de Navarrete y le apelaban el Mudo, y el cuadro se hallaba en el monasterio de El Escorial. Así que allí se desviaron para, según diz que dijo el obispo, atemperar su espíritu al de la gente de la diócesis a la que iba, pues "si todos desprendemos algo de la tierra en que nacimos, el espíritu de ese pintor, por ser artista, se habrá derramado a través de sus pinceles".

Pero algo más misterioso llegó a suceder en Madrid pues, pese a su intención de no demorarse mucho allí, el segundo día dijo que se quedarían un tercero.

—Es posible que regrese tarde. Espero hacerlo antes de que anochezca. No os preocupeis por mí. El Señor me proteje. Jamás es tiempo perdido el ganado para Dios. Y ya veis de qué se trata. Y se alejó con un fraile que había venido a buscarle.

Ninguno rechistó.

Aquel segundo día hallose ausente de sol a sol. Nadie de su comitiva supo qué hizo ni dónde estuvo aquellas horas. Al caer el día volvió y encontró a los de su séquito intranquilos. Díjoles:

—Mañana partiremos hacia Calahorra, lo que aquí debía hacer ya lo hice.

Nadie se atrevió a más. Todos hubiesen dado una soldada por conocer el motivo de aquella secreta ausencia, pero el firme tono de don Pedro, y la paz y el sosiego que transmitieron sus palabras fueron conclusivos.

Aquella desaparición fue la más prolongada de su vida aunque no la única, y vino a contrastar con la divinidad de sus múltiples apariciones, pues tanto en vida como en muerte a nuestro señor obispo se le consideró aparecido.

El año de 1708, hallándose abadesa de su monasterio sor Jerónima, se le apareció don Pedro de Lepe. De su propia boca me contó el suceso don Victor Armendáriz, cura que tenía noticia de ello de primera boca.

—Se hallaba la religiosa en el convento —comenzó el sacerdote a explicarme— cuando le vino un accidente mortal que hizo concurrir a muchos médicos de la ciudad y entre ellos don Juan del Carpio que era el que asistía por médico a aquella comunidad. Él fue quien determinó que se le diese a la monja la extremaunción, pero sin llegar a dársela diz que a la religiosa se le apareció don Pedro de Lepe diciéndole: "de este accidente no morirás, a ti te quiere Dios todavía para muchas grandes cosas en este mundo". Sor Jerónima volvió en sí, contó su visión y todos lo celebraron.

Contaron otros que también se le hizo presente a Juana Marignia, aquella que había pedido a don Pedro que consintiera en aceptar el obispado de Calahorra cuando él se resistía a hacerlo. Esta aparición se produjo estando ella en Badajoz y nuestro señor obispo en Calahorra. Hallándose en oración se sintió presa de un arrebato y se encontró de pronto en medio de la catedral de la Calzada en cuyo lugar nunca había puesto los pies. Relató cómo se le apareció el obispo con semblante muy sereno, vestido con capa plubial de color carmesí muy subido, tachonado su pectoral de unas piedras brillantes y rodeado de sumo esplendor, y que le habló sobre varias cosas pertenecientes al alma.

Este milagro púsolo en duda don Juan Ramírez

de la Piscina que había sustituído a don Pedro como confesor de aquella monja, y quiso probarlo. Le preguntó qué forma tenía la catedral de la Calzada a lo que la religiosa respondió describiendo con minuciosidad el templo como si en él hubiera estado personalmente.

—Si sor Juana no estuvo con don Pedro allí –dijo don Juan– una revelación divina le ha descrito el templo con soberano detalle. Milagroso es el caso.

Grande fue la huella que por doquier dejó don Pedro de Lepe, especialmente en los conventos de religiosas. Unos días después de su muerte llegó a mis manos una carta. Venía de Badajoz. Era de doña Clara de San Lucas, lega en el convento de la Madre de Dios: "... me veo con tantos remordimientos y amarguras de conciencia –escribíale a don Pedro sin saber que éste acababa de morir– que me considero próxima a perder el juicio y desesperarme. Me hablan mis hermanas del gran consuelo que consiguen consultando a su ilustrísima, por esto voy a su encuentro mediante estas letras. Ayudadme rezando por mí y por mi alma."

La que más solía escribirle era la susodicha Juana Marignia. Poseo letras suyas que deben ser respuesta a otras de don Pedro. Por lo que parece se le apareció a ésta en más de una ocasión.

(...) y me decís que rece para que hagais bien en ese obispado lo que es menester a la dignidad, pues os diré que rezo a diario por vos y por ello, y por vuestra salud para que Dios os mantenga. Estais ya lejos de aquí, lejos de nosotras y de mí, quizá para siempre, pero seguís con nosotras, conmigo. Os he visto aparecido en mi celda, os vi con ese semblante amoroso en el que Dios se refleja...

No era fácil explicarse de dónde sacaba tiempo para santificar a su fieles y hacerlo consigo mismo. Por ende administraba las rentas como el mejor administrador. Un día le sugerí que diéramos a los pobres unas humildes posesiones que teníamos en la casa diocesana de Logroño; ropas de cama y manteles que una noble dama había donado para nuestra casa.

—Ay, Lucas, Lucas, a Dios lo que es de Dios y al Cesar lo que es del César. Necesaria es la defensa de los derechos, bienes y rentas pertenecientes a la dignidad. Dar por dar nada remedia, ¿qué y qué no es necesario para cada uno?

No sabría un servidor decir qué consideraba él necesario y qué no. De modo y manera que no insistí.

Tenía muy presentes las canónicas disposiciones sobre los derechos de su cargo, que procuró preservar valiéndose para ello de don Andrés de Herrera su mayordomo, sacerdote industrioso de especial habilidad y gran coadjutor. Don Andrés era muy razonador. Tomó primero el medio de saber las rentas propias diocesanas y la formalidad con que se repartían los frutos. Consultó después con don Bernardo la Mata, provisor de su ilustrísima e inquisidor más tarde de la Inquisición de Logroño, y con don Pedro Antonio de Ortega, hombre erudito qué el obispado tenía a su servicio. Luego recurrió al archivo en busca de los papeles que declaraban los derechos del obispado sobre cada uno de los cabildos e iglesias donde la dignidad tenía sus rentas. A la conclusión de las consultas y comprobaciones se encontró conque "los diezmos pertenecen al párroco" de cuyo razonó que en el obispado de Calahorra y la Calzada párroco de todas las parroquias lo era el obispo. Dispuso pues inmediatamente el cumplimiento de lo documentado y así se vieron aumentadas las rentas en más de 4000 ducados al año, que hasta entonces no salían de las manos o gustos de los párrocos.

A mí aquello pareciome acaparar por acaparar riquezas para el obispado mas no me pronuncié.

Igualmente lo advirtió don Francisco de Torres y se lo insinuó.

—Obvia es la elección —le explicó don Pedro a su secretario cuando éste puso en duda de palabra lo que yo ya había pensado—. Entre disponer de sobra para el uso que hacemos de los dineros en favor de los pobres, o que algunos párrocos lo malgasten o lo metan bajo el celemín ¿qué es preferible?

Miren pues sus mercedes lo que era la vida de los pobres. Sobre el pueblo recaían, aménd e otros secundarios, tres impuestos principales: el de la Corona, el del Estado y el de la Iglesia. Al Estado se le pagaba la mayoría en especie, trigo y vino; lo que menos en moneda. Se componían algunos impuestos de la alcabala, lo que es el 10 por ciento de todas las compraventas y permutas que se pagaba a los recaudadores reales; y seguido estaba el montazgo, un tributo que se abona por el paso de los ganados por los puestos reales. La moneda forera se tributaba cada siete años aunque sólo en Castilla. En fin que todo eran gravedades para los pobles.

Porque nada debe ocultarse direles que la Iglesia por un lado cogía y por otro estaba obligada a dar, pues los eclesiásticos también estaban obligados a contribuir a las tercias reales. Esto venía a ser como dar al rey dos novenos de los diezmos que cada beneficiado cogía. Sobre lo que los curas recibían diré que los canónigos entraban en el reparto capitular con mayores frutos, y gozaban por añadidura de derechos de administración. No digo nada de los derechos de los obispos que solían cobrarlos en especie aunque don Pedro, que yo sepa, no los efectuó. Como ejemplo diré a vuestras mercedes que, no ha demasiado tiempo, los vecinos de Inestrillas pagaban religiosamente, lo que les cobraba el obispo de Calahorra don Lucas Fernández de Córdoba, a cuyo provisor daba cada vecino: 10 gallinas, ocho capones, cuatro conejos, cinco perdices y dos perniles de tocino.

Hablando de viandas, a un servidor de vuestras mercedes mucho tardaba en cocérsele el pan en lo referente a Clara. Con un buen arrepentimiento se perdona cualquier culpa, me había inculcado mi madre.

Y dispúseme a hallar la paz a través de su ilustrísima haciéndolo sin uso de cautelas.

—Ya conoce las circunstancias —le recordé con intención de encontrar de nuevo en su respuesta, palabras de compasión—. Clara es huérfana de padres y vive junto a Quica, su hermana menor, puerta con puerta con el hermano mayor de ambas que ejerce de su carcelero.

—Lo sé, Lucas, lo sé —respondiome con lentitud exagerada mientras me miraba entre compasivo y paciente.

—Quiero recordarle don Pedro —comencé tartamudeando— que tantas cuantas veces le pedí dispensa para ir a mi casa de Logroño le mentí. Amo de corazón a esa moza desde hace cinco años.

—Lo sé, querido Lucas —volvió a repetir— lo sé. Pero por más que me lo digas una y otra vez no ha de llegar el remedio.

—No puedo olvidarla. Conmovió mi corazón y revolvió mi alma el día en que por primera vez me miró a los ojos —retuve un instante el hilo de mis palabras con intención de agravar mi estado de ánimo para compadecer al obispo—. Deseo, como bien sabéis don Pedro, sus carnales prendas, que el amor mío no es a medias —me atreví a decirle no sin cierto rubor—. Su ilustrísima sabe cómo me casé y cuán pronto quedé viudo. Cuando menos lo esperaba el alma de esta mujer confundió la mía, y sufro, don Pedro. No quiero vivir en pecado y tampoco puedo vivir sin ella.

Con pocas palabras y algún que otro gesto diome el señor obispo a entender que quién sabía si en nuestra relación había acampado la concupiscencia, pero como era hombre sensible, caritativo y misericordioso esperó a que yo concluyera. Fue la primera vez que me dijo:

—Lucas, mejor es casarse que condenarse. Si culpándote sientes alivio, hazlo, pero no dejes de intentar ponerle remedio, que, con San Pablo te digo que mejor es casarse que condenarse.

—Deseo hacerlo don Pedro, pero el flaco... —le respondí elevando mis hombros y mostrando el anverso de mis manos— el flaco no lo consiente. ¿Qué hacer?

VIII. Cañonazos en Bermeo

Hallándonos de visita por tierras de más al norte me desperté a media noche de uno de los días que por allí andábamos y ya no pude dormir. Con los codos sobre el alfeizar de la ventana respiré el aire fresco y oscuro de un lugar que llaman Elgoibar que es una villa grande con parroquial nominada a San Bartolomé. A lo lejos se oían los cascos de unos caballos caminando al paso, miré al cielo y me maravillé de la infinidad de las estrellas. No pensaba en nada cuando se me escapó una lágrima. Volví la espalda a la luz de la noche y de nuevo en el lecho decidí confesarme con don Pedro en cuanto amaneciera.

¿Confesarme? ¿De qué modo hacerlo? Una persona que sólo se venía confesando una vez al año necesita para averiguar sus faltas más tiempo y más diligencia que quien se confiesa con frecuencia, y eso aunque a diario intervenga en asuntos corrientes. Item más, no estaba seguro de tener suficiente dolor de corazón pues no podía engañar mi conciencia. Yo sabía que no basta examinarse interiormente y darse cuenta cabal de los pecados; es necesario, para obtener el perdón, arrepentirse de ellos, haciendo brotar en el alma el sentimiento de haberlos cometido.

Pueden comprender sus mercedes cuáles eran mis reincidencias. Clara era agua pura, ardor y pasión, y un servidor, un hombre natural y enamorado. Por regla general no hay obligación de manifestar al confesor la costumbre de pecar pero ese era mi pecado: la costumbre. ¿O era recaída y no era costumbre?

—¿Cuántos son los mandamientos de la ley de Dios? —me espetó.

—Diez —respondí.

—Nada me has dicho, Lucas, de los cinco primeros. Has comenzado por el sexto. ¿Te parecen menos importantes los anteriores? El primero es el primero de todos, y los demás consecuentes con aquel. Si cumples el primero estarás guardando los diez, pues en él estan todos los demás compendiados.

En este razonamiento andaba mi mente mientras desayunábamos. Al concluir nos dispusimos a visitar los lugares precisos, que fueron muchos porque en aquel lugar hay cinco ermitas advocadas a San Pedro, San Llorente, San Vicente, la Trinidad y la Magdalena, más tres hospitales, y una casa de San Lázaro, siendo los hospitales, uno de la villa, otro se llama de Arriaga y el tercero es el de Alzola, amén de los monasterios de San Francisco que es de hombres, otro de monjas encerradas de la orden de Santa Ana y otra casa de beatas de la orden de la Merced. En estas dos últimas entramos por la buena crianza de don Pedro puesto que el de Santa Ana estaba sujeto al provincial de Burgos, y el de beatas al comendador del monasterio de Bruceña.

El arciprestazgo de Léniz es amplio, y toda su extensión es de montes lejanos desde cuyas cumbres se derraman hacia el valle largas faldas de un verde luminoso e intenso. Conocimos aquellas tierras con muy buen tiempo pero la salud de don Pedro no le acompañó. Las jornadas más endurecidas fueron las de visitar Ganzaga, Echagüen y Arriola. Se encontraba muy cansado despues de unas avenidas de tos que tuvo.

Al dar por concluída la misión en aquel valle

nos dirigimos al sur del arciprestazgo y descansamos un día en Goronaeta, a la orilla del río Urculu. Subimos en silencio a lomos de las caballerías y partimos hacia otro territorio. Llevábamos como un media de hora de camino cuando al remontar un pequeño cerro pasado Mendiola, púsose el señor obispo a ilustrar el viaje contándonos algo que un servidor ya sabía acerca de cómo fueron en Badajoz las horas siguientes a su nombramiento episcopal. Fue la ocasión en la que más recia oí su voz. El día era luminoso y el sol todavía no calentaba. La comitiva iba precedida por la mula con don Pedro, él sobre ella, luego don Francisco y don Antonio Lanada el cojitranco, que era un cojo aparente, pues de haberlo sido por defecto no le hubiesen admitido a cura. Detrás, todos los demás. Don Pedro tomó la palabra y dijo.

—Llegado el momento escribí a su majestad mi aceptación del cargo sin saberlo persona alguna más que mi confesor. Me retiré al convento de San Gabriel de San Pedro de Alcantara que dista de Badajoz poco más de un cuarto de legua porque necesitaba darme a Dios en aquel retiro, así que gasté unos días en oración y en penitencias —dijo bajando la voz y mirando desde su mula la hilera de familiares que venían detrás.

Absorto por el paso triste de las caballerías y cuando don Pedro iba por aquella parte de su relato vino a mi mente el recuerdo de su entrada en Inestrillas. A fe que aquel día sí que venían cansados; más que comitiva ilustre de la iglesia parecían desmejorados vagabundos. Aparentaba mi señor aquellos días más años que los suyos propios, y mostraba su cara el aspecto de un enfermo lamentablemente grave. Más adelante mejoró y montaba enhiesto y firme. En nuestra tierra se rejuveneció. La primera vez que compartimos mesa para cenar me encontré con cinco pares de ojos fijos en mí. ¿Cómo serían, me pregunté, aquellos clérigos con los que tendría que convivir después de mi sí a don Pedro?

—Mi nombre es don Antonio —poco menos que arrojome el primero resaltando el don.

Fue el aragonés el encargado de presentarme a los otros.

Mientras hablaba tuve la impresión de que no me recibía bien. Por unas palabras que tuvo con don Baltasar, que era hombre de alma profunda y madura mente, deduje que Lanada, además de terco y oscuro se mostraba pronto y excesivo a la vehemencia, si bien se dominaba más que otros, posiblemente porque era consciente de su soberbio carácter.

La noche primera de Inestrillas fue muy negra. A la hora de la cena sonó un trueno y se puso a nevar. Los candiles palidecieron en un instante.

—Mi nombre es Lucas, Lucas Morente, señor —respondí sin apenas voz a su pregunta.

—Lo importante en esta vida —díjome de primeras como desconsiderando mi identificación— es no tener conflictos de conciencia, Lucas.

Al incorporarse de la mesa nuestras miradas se enlazaron unos instantes. Cuán distinto de los demás parecía el obispo. Sentí descansar mi espíritu al recibir de sus ojos un brillo de amistad proveniente del fondo de unas cuencas exageradamente hendidas aquella noche.

Recordé las palabras de mi padre: "ni los más valientes dejan de sentirse débiles ante sus propias decisiones cuando éstas son superiores a su envergadura". ¿Habría yo despreciado mis capacidades al decir que sí al señor obispo cuando me invitó a entrar a su servicio?

Aclaró el astro y decidí salir a las afueras del lugar. La noche se encendió de záfiros azules. Transcurrido como cosa de media hora fuime a la posada y me envolví entre las sábanas, que más debían ser de sarga que de seda.

Con una especie de profunda y sosegada tristeza, nacida según me pareció en lo más profundo de su corazón, al día siguiente me explicó, no sin cierto aire melancólico, cómo unas religiosas de Badajoz le habían rogado que en su ausencia las consolase dirigiéndoles algunas cartas, suplicándole les dejase algún directorio o regla que cumplir, para lo cuál debía yo tener en todo momento papel a mano en el que escribir. Esa fue su primera encomienda.

Muchos fueron los días que por tal causa tuve que correr para alcanzar al correo que llevase las cartas que mi señor don Pedro solía escribir de madrugada, siempre de madrugada, dirigida a una de las religiosas de Badajoz porque principalmente escribía a Juana Marignia. Tal como deseaban les daba reglas para su mejor gobierno interior, "cuyos dictados a ti mismo te aprovecharían, Lucas, pues has de saber que Dios no distingue hábitos sino voluntades", me dijo.

Varias notas muy corregidas hallé entre sus legajos, notas que coincidían con aquello que me dijo al poco de llegar:

Preceptos que doy a instancia de las religiosas. (...) Me pedísteis, esposas de Jesucristo, cuando partía de esa ciudad, que os dejase algunas reglas para gobernaros en vuestro estado, cosa que no hubiera hecho sino por las muchas instancias que sobre ello me hicísteis. ¿Cómo podrá ser acertado que hable del estado religioso quien no lo ha profesado? ¿Cómo podrá dar reglas, y armas para pelear en la guerra quien nunca militó en ella? Una religiosa no es otra cosa que un tabernáculo de Dios, mientras que yo, un pobre cura...

Atrévome a decir que don Pedro no era lo que decía ser sino algo distinto, que a su vez no es contrario sino otra cosa: no un pobre cura, más sí, un cura pobre. Ese fue mi señor don Pedro.

Tanto afán mostró en consolar a aquellas santas mujeres que incluso les enviaba las bulas proclamadas en nuestro obispado (en especial les mandó las proclamadas con motivo de su nombramiento como obispo de Calahorra).

—Esto, Lucas, lo hago para calmar su desasosiego pues me consta el dolor que sienten desde que dejé de socorrerles espiritualmente.

—A fe ilustrísima —le dije— que le dispensan las monjas un apasionado cariño.

—Tanto como yo a ellas —convino emocionado.

Ahora recuerdo el mucho dolor que le produjo lo acontecido al llegar a Bermeo. Quién sabe si llegó a considerarse culpable de aquella desgracia. Corría 1690, y tráemelo a la memoria la mención de las monjas que, como ya anticipé a vuestras mercedes, y desconozco por qué razón, don Pedro tenía especial cordialidad con las mujeres. Procedíamos de hacer la visita en la vicaría de Uribe donde nos cumplimentaron, como Dios les dió a entender, don Juan del Espunco, comisario del Santo Oficio, cura y beneficiado en la iglesia de Basigo y don Domingo de Suzunaga, beneficiado en la anteiglesia de Derio. Y digo a vuestras mercedes que como Dios les dió a entender, porque apenas podían suplir con su cordialidad y sonrisas lo difícil que a ambos les era expresarse en romance; tan cerradamente hablaban el vascuence. Direles que a un servidor le parecieron en exceso amables sin que con esto quiera decir otra cosa que lo que digo. Aquel don Domingo fue de quien aprendí a lavar las paredes con jugo de adormidera revuelto en agua de cal para que las moscas desaparezcan de casa, que lo hacen como por ensalmo.

La cosa es que entramos en la villa de Bermeo donde sus vecinos nos obsequiaron mandando disparar piezas de artilleria.

Los cañones tronaban en el interior de nuestros cuerpos empujando un aire inexistente desde abajo. Entrábanos su fuerza por el vientre y llenándonos el pecho ahogaba nuestras gargantas como si fuese un aire hecho de ruido: tan cerca teníamos las armas de los que nos daban la bienvenida. Todos los de Bermeo festejaban la llegada del señor obispo y yo mismo comencé a sentir el orgullo de pertenecer a su familia. Y sucedió que por no usadas o por indiscretamente cargadas, una de aquellas piezas de artillería reventó al dispararla y mató a dos casados dejando viudas a sus mujeres y huérfanos a sus hijos. Luego que don Pedro entendió la pena de todos, hizo materia su fuego caritativo y señaló una limosna diaria para que se diera a las mujeres e hijos de los fallecidos con toda puntualidad, todos los días de su vida.

La sangre le impresionaba mucho y excesiva la hubo el día de los cañonazos. Don Juan del Espunco al verle tan impresionado le instó para que fuera a su casa en Basigo y así lo hicimos. El horizonte se había teñido de rojo y de oro y don Pedro tuvo una gran angustia. Cuando vió que yo le observaba su sonrisa tomó un cálido aspecto. Me miró y le sonreí idiotizado por el contraste de los acontecimientos. Por el camino nos propuso descansar.

—Nos sentaremos junto a esa fuente.

Todos los de la comitiva bebimos agua y quedamos luego silenciosos no sabiendo de qué hablar; tan impresionados estábamos por aquellos hombres muertos y amortajados en hollín y sangre. Tan sólo oíamos de lejos las zumbas y esquilas de los rebaños.

—¿Se encuentra bien don Pedro —le pregunté por romper el silencio.

No respondió.

Los demás comenzaron a deambular por entre los chopos que rodeaban la fuente, con ánimo de descansar el cuerpo. Tampoco hablaban. Tan sólo se oía el bostezo de alguno.

—No podrías ser tú, Lucas, buen diplomático —

habló ignorando mi pregunta— ¿a quién se le ocurre decirle a don Antonio que es más desordenado que yo mismo? —añadió cuando el renombrado no podía oirle.

Seguro que se me encendió el rostro. Lanada le había contado nuestra conversación de unos días antes. El aragonés me había reprochado por intervenir en algo que, por no ser yo clérigo, decía no incumbirme. Díjele que si tal no hubiese venido haciéndo ni él mismo tendría en orden ropas ni papeles, ni el estado de los muebles de sus dependencias serían de recibo, que tal parecía que para poder encontrar un hueco en su mesa donde escribir una línea, era obligado remover todos los aparadores. Recriminó mi desvergüenza y volví a replicarle.

Cuando más se inflamaron las venas de sus sienes fue en el momento de decirle que era más desordenado que el señor obispo. Desconozco si le supo peor la comparación que la censura, pero salió de la cocina y me dejó solo.

—No quise ofenderle don Pedro —me disculpé.

—¿A quién? —inquirió haciendo una breve pausa— ¿A mí o a él? —concluyó.

—A su ilustrísima, digo.

—¿Es acaso don Antonio menos prójimo que yo para que no te duela ofenderle a él? Recuerda que la gloria de Dios solamente recaerá en aquellos capaces de acumular pequeñas bondades, leves sacrificios y los más ligeros actos de caridad y generosidad. Amor y caridad, Lucas, amor y caridad.

Durante mucho tiempo no pude olvidar aquellas palabras. Hoy de vez en cuando vienen a mi memoria y me parecen la forma más sencilla de entender el amor al prójimo, pero don Antonio continuaba con sus impertinencias conmigo.

Pedí perdón a ambos en aquel mismo lugar y cambié de conversación mientras acercaba mi boca a la teja de la fuente. Tratando de distraer mis preocupaciones volví a criticar el comportamiento del obispo de Coria cuando don Pedro fue consagrado en Badajoz obispo de Calahorra. Lo de obispo de Coria era una involuntaria reincidencia mental que afloraba espontáneamente a mi boca cada vez que no sabía qué decir o me veía obligado a romper una situación. Don Pedro, que me conocía muy bien y comprendió que hablaba por no callar, ignoró mi impertinencia. Con un gesto de su mano invitome a tomar asiento junto a él.

—Erre que erre, Lucas. Siempre lo mismo. Dime, ¿cuánto tiempo al día dedicas a la oración —preguntome.

—Algo más de lo que mi voluntad pide y menos sin duda de lo que su eminencia me suele recomendar—respondí.

—Prueba a hacer la novena de Jesús Nazareno. Luego de ello te será más liviano dedicar más tiempo diario a la oración. ¿Por qué no te propones al menos un padrenuestro y un credo por Él?

Aquello de Jesús Nazareno le venía a él del obispo que tuvo cuando vivió en Badajoz.

El eminentísimo señor don Luis Manuel Portocarrero, arzobispo de Toledo, había concedido 100 días de indulgencias a los que, de uno u otro sexo, rezasen un credo y un padrenuestro ante la imagen de Jesús Nazareno e hiciesen su novena ante la presencia de la imagen que se venera en la capilla de los trinitarios descalzos de Madrid. Don Pedro no me exigió tanto porque era suficiente, me advirtió, la invocación a la imagen de Jesús Nazareno en cualquier lugar en que uno se hallase sin tener que ir a Madrid.

La novena estaba inspirada en la efigie que se hallaba en la iglesia fortaleza de la Mamora en África que por otro nombre tenía el de San Miguel de Ultramar. No se sabe de dónde fue llevada allí aquella figura venerada desde la antigüedad. Sucedió que en 1681 los moros tomaron el reino de Fez y se llevaron a la corte de Mequinez todas las imágenes que hallaron en la iglesia. Los padres trinitarios descalzos, redentores de cautivos, dispusieron al rescate, y a costa de muchos trabajos cumplieron sus deseos al año siguiente en que recuperaron todas las imágenes incluida la de Jesús Nazareno, así como a 220 cautivos que los infieles tenían en su poder. Trajeron todo el botín rescatado a Madrid y con gran devoción comenzose a venerar su imagen por todo el reino de España. De aquellos acontecimientos vino que el cardenal Portocarrero alentara a uno de sus más queridos canónigos, don Pedro de Lepe, a tener devoción al Nazareno.

Al hilo de estos recuerdos recordé algo.

¿No era trinitario el misterioso fraile que vino a preguntar por él cuando aquella tormenta?

Movido de nuevo por la curiosidad procuré preguntar si fray Matías pertenecía al convento de Cuevas, convento cercano a la población de Viana en el que se asentaba otra comunidad de trinitarios distinta a la de Logroño, porque estos habían venido de Orio y los de Cuevas no se sabía de donde.

Mas nadie me dio razón. A aquel convento tampoco pertenecía. En pocas palabras: fray Matías continuaba siendo un misterio en nuestras vidas.

IX. GUERNICA: LEGUAS DE MAL CAMINO

Caminando hacia el norte, en mayo de 1690 visitamos las parroquias de los arciprestazgos de Orduña, Ayala y Orozco. El primero fue Abornicano, lugar muy pequeño con una iglesia de San Andrés también pequeña y dos ermitas cuyo nombre no recuerdo. Más allá de un estrecho paso los campos se abrieron ante nuestra vista y respiramos profundamente. Era un valle florido de ermitas y santuarios, que visitamos: San Sebastián, Santa Lucía, San Ignacio, Santa Águeda, San Antonio... y después Velandia. En Velandia hicimos alto y me preguntó sobre qué me parecía pagar al ayuntamiento de Calahorra la parte de las obras de prevención de las riadas del Cidacos que habían acordado el 11 de marzo de aquel mismo año.

—Eso es su ilustrísima quien ha de decirlo —le respondí humildemente—. Bien podría el ayuntamiento, pienso yo, condonar este pago a la iglesia puesto que las paredes del palacio episcopal son muro de contención que evitan muchas avenidas de agua, pero... su ilustrísima verá. Es cierto que con el recrudecimiento de los inviernos las nieves crecen y el Cidacos no perdona —añadí— pero igualmente es fácil llevar las aguas hacia el puente que menos daño haga, gastando poco.

No respondió a mi perorata sino que comenzó a cargar en silencio su bolsa con pequeños enseres y papeles para reemprender el viaje, un viaje que le llenaría de dolor porque no se le iba de la cabeza lo sucedido en Bermeo.

Los de Bermeo por cierto eran como todos los vascongados. Por los que allí tratamos era muy buena gente. Pronto advertí que las provincias vascongadas no distinguían como en Castilla, nobles de plebeyos, todos eran hidalgos, o sea, libres e iguales. No había señoríos ni monasterios poderosos. Defendían sus fueros. Sus agricultores vivían pobres que no miserables. Practicaban el principio de individualidad de la tierra heredada con lo que el hijo primogénito recibía todo íntegro y los demás buscaban fortuna en el ejército, en la Iglesia o sirviendo a algún noble de otro lugar.

Aquella pregunta sobre el pago al ayuntamiento de Calahorra confundió mis entendederas porque yo sabía que él ya tendría pensado qué hacer.

Las avenidas del Cidacos eran temibles. Cada vez que acontecían, los edificios corrían gran riesgo. Tal fue la razón por la que el ayuntamiento de la ciudad tomó el acuerdo de construir una fuerte defensa a expensas del mínimo coste, por lo que recurrieron al prelado suplicando que les diese una ayuda de costa. Él respondió que con mucho gusto aportaría su piedra, a lo que le preguntaron que cuánto dinero era esa piedra, y el repitió lo mismo sin poderle sacar otra cosa.

—Con mucho gusto aportaré mi piedra.

La defensa se concluyó y nuestro mayordomo general preguntó a don Pedro que cuánto habrían de aportar, y se aportaron pasados los 3.000 ducados.

El día de Navidad de aquel mismo año lo pasamos en Marquina que fue el día en que firmó la fundación de una obra pía para dotar a huérfanas y estudiantes, sufragar almas del purgatorio y socorrer fábricas de iglesias.

—En algo estoy faltando al orden don Francisco —se dirigió a su secretario— no encuentro en su sitio unos documentos. O mi cabeza no da para tanto o estoy perdiendo la disciplina en lo concerniente al orden de las cosas.

Fue en la ermita de Santa Marina de Marquina donde con esas palabras puso en duda su memoria. Descansábamos en su pórtico.

Principalmente le faltaba una carta cuyo remitente no nombró ni ninguno se lo preguntamos. Por su forma de hablar noté que se trataba de alguien muy importante. No lo dijo con sospecha sino torciendo las narices como aquel al que se le ha escapado por la boca algo que no quiso decir.

La cosa es que en aquel lugar nos pusimos a pasear. Al ver una teja en el suelo algo más allá de donde nos hallábamos, salió de aquel estado y se interesó por la ermita.

A él como a los buenos gobernadores también les preocupaba mantener las casas firmes sobre todo en lo concerniente a las obras de fábrica de iglesias, ermitas y conventos. Aconsejó a varios abades de San Millán de la Cogolla sobre sus proyectos de obras. No tenían los de San Benito ninguna dependencia jerárquica ni jurisdicional suya, pero, sin que nadie supiera de dónde le venía la gracia, por todos era reconocida su competencia y sabiduría sobre asuntos de arquitectura. Personalmente determinó qué hacer para remediar los defectos de una ermita recién construída en Jalón de Cameros, una de cuyas partes vino a arruinarse tan temprana como inesperadamente.

Fue en aquel viaje por tierras vizcaínas (año de 1690) cuando descubrí que las cocinas de los lugares menos aparentes son las más apropiadas para mejor guisar. Así lo aprecié en las villas de los arciprestazgos de Orozco y de Ayala. En lugares como Olarte, Luyando, Llodio y Oquendo se juntaban las cocinas más humildes y sobrias, pero en ninguna de ellas faltaba ni menaje ni limpieza, cosa que en otras no era común.

Vivir en recogimiento cuando estábamos viajando era la principal preocupación de nuestro señor obispo, de manera que en Oquendo nos hospedamos en una posada honesta. Y no fue porque las casas de los curas de allí no lo fueran sino porque eran insuficientes. El beneficiado de la parroquial de San Román vivía en una casa con dos pequeñas habitaciones, y sus sustitutos, aún más modestamente que él. Debe conocerse que siempre que íbamos de viaje solíamos afincarnos en posadas decentes donde podíamos acomodarnos con la mayor intimidad.

Hallándonos en aquella villa se alargó una de las sobremesas más de lo habitual porque don Pedro venía contrariado por la mala cara que al cumplimentarle había puesto el beneficiado de la parroquial de Lejarzu, uno más de tantos cuantos sacerdotes había sin vocación.

No era la primera vez que don Pedro se lamentaba por la falta de respeto y la inmoralidad de algunos curas, quejas que no limitaba ni a la privacidad, ni al púlpito. Por eso celebró reuniones con los tribunales civiles para contribuir al unísono en la detención de algunas costumbres escandalosas que se castigaban habitualmente con destierro, cárcel y multas que por cierto nadie terminaba de cumplir.

—España está arruinada espiritual y materialmente. Hay tantos curas y monjas sin vocación... —se lamentaba don Pedro—. Más de 9000 conventos hay censados donde calman el hambre los más y los menos. A dónde iremos a parar.

Don Pedro era consciente del papel que tenía la iglesia en el remedio del hambre, pero no todo el clero obraba como él. Los curas habían ido rebajando el privilegio de su ministerio hasta las mismísimas sacristanías de manera que era general la creencia de que acceder a un puesto en la iglesia era solventar la subsistencia individual. Ya los curas no se acordaban de que debían estar presentes en el lecho de muerte de los agonizantes aunque exigían el derecho a beneficiarse de sus posibles donaciones.

—Su ilustrísima lo dirá, que ya ve lo que hay —respondile yo. Don Domingo, el de Maroño, tiene dos hijos de barragana y desoye públicamente la obligación de separarse de ellos por la edad que tienen. A fuerza de ser corriente lo insólito, el escándalo ha perdido su valor. ¿Cómo podrán seguir valiendo por dos los testimonios de un cura que ha sido acusado de fornicador?

Dilató el momento de responder. Haciendo gala de su prudencia y caridad fingió no haberme oído y cambió de conversación.

—La población agraria, querido Lucas... no, no me repliques —precipitó la frase elevando el brazo para obligarme a cerrar la boca— que bien sé que te tienes por agricultor y lo eres... o lo fuiste... la población agraria, digo, supera la mitad del censo y abundan los poetas y los ilusos soñadores, todos buscando en la fantasía un remedio a la inseguridad económica ya que el campo da para tan poco. Se salvan en algo los diocesanos que viven en esta tierra vascongada que han encontrado en el mar y en los ferrones un modo distinto de paliar la necesidad. Ya ves como han empezado a fraguar el hierro en grandes hornos, y entre el agua y el aire lo producen muy fuerte con esa fórmula que llaman ellos de ferrería tiradera, que ni tú ni yo sabemos qué significa pero que nos da esperanzas de que la producción termine con el hambre de aquí.

—Don Pedro, ¿y en La Rioja? Ni en ella ni en los Cameros el tiempo o el hierro compensan sus necesidades —le contrarié—. Llevamos unos años que cuando las cosechas maduran o están a punto de ser recogidas una helada primaveral se las lleva o un aguacero en junio las anega —volví a exagerar para provocarle.

—A Dios debemos dar gracias por lo que tenemos, sé que los frutos son escasos y tanto crece la población como medra su desdicha, y sé que las plagas y epidemias parecen mayores de cuanto son, que los cuerpos pobremente alimentados crean una red de angustia en torno, lo sé. Y lo que es peor, Lucas, es que el sentimiento religioso se disfraza ribeteándose de superstición y paganismo, Dios, Dios —elevaba implorante la mirada al cielo— que la angustia y la desesperanza no nos lleven a abandonarnos a un destino de albedrío.

Vivíamos tiempos difíciles, la miseria de la sociedad campesina en España era real y don Pedro sufría más por lo que conocía de sus tiempos en Badajoz que por lo que realmente había en nuestra diócesis donde por ser la población más escasa los recursos no eran tan mermados.

—Espero que aquí, Lucas, no sea como más al sur donde la mayoría se alimenta malamente de pan de centeno y hierbas, donde la higiene de viviendas y calles deja mucho que desear y donde hasta la caridad de los conventos es tan reducida que ni los frailes cuentan con lo necesario.

A un servidor le parecía que cuanto relataba don Pedro era cierto en parte. Oirle hablar e imaginarme yo que hablaba de tiempos remotos todo era uno. Recordábanme sus palabras a las de mi abuelo, que me tenía contada el hambre, las enfermedades y la muerte de antaño.

Mi abuelo Daniel teníame dicho que el mismo año en que yo vine al mundo un galeno al que él aposentó en la fonda que un amigo suyo tenía en el Revellín junto a la puerta oeste de las murallas de Logroño le aseguró que en otras partes de España la peste se estaba llevando a toda la población, que en algunas ciudades las fosas abiertas se colmaban de muertos en un santiamén, que los cadáveres se hacinaban en las calles, y que la gente moría a causa de tumores en las ingles, en las gargantas y debajo de los brazos. En aquel tiempo se expandió el contagio de tal manera que pronto en casi toda

España salían los hombres huyendo de las ciudades hacia el campo como fieras, los niños huérfanos discurrían por las calles balando como corderitos. Para enterrar a los muertos no bastaba providencia humana. Mujer hubo a la que amortajaron viva, y hombres que habiendo hecho una sepultura para sus hijos abrieron otra para sí y se pusieron a morir junto a ellos. Todo aquello debió ser mientras yo nacía, que al tiempo presente y en nuestro entorno, o no era el caso o yo lo ignoraba porque nada de aquello se veía. Quizá a don Pedro le apesadumbraban otros malestares que le hacían mostrarse algo melancólico.

Como si me hubiese adivinado el pensamiento se apresuró a decir.

—Cierto es que en esta diócesis no suceden tan tristes aconteceres como en el resto de España, ni posiblemente haya expresado con claridad la realidad que yo percibo, pero algo ha de hacerse para liberar el ánimo de tanta angustia y así mejor evangelizar y consolar las almas y los cuerpos de los más necesitados. No debía decirlo, amadísimo Lucas —añadió sin mirarme— pero los seculares de aquí son igual de licenciosos con los pecados de lujuria que los demás, y no digo que igualmente herejes pues me parece que no tanto. Mira como estamos —continuó lamentándose— la situación del clero no es buena, me cuesta entender cómo consienten el quietismo defendido por Miguel de Molinos, ese tozudo aragonés, que ha escrito una "Guía Espiritual" que puede agravar los males presentes. Muchos eclesiásticos de Roma, obispos y cardenales van cayendo seducidos por sus doctrinas heresiarcas. Mira, Lucas, tu paisano, el cardenal Aguirre llegó a advertirle de ese peligro a la mismísima Cristina de Suecia: escribiéndole que "...los errores que el libro de Molinos contiene condenará a muchos..."

Cristina de Suecia era una reina muy considerada porque se había convertido en secreto al catolicismo. Había sido reina desde 1650 hasta el año 1654, año en que mientras ella abdicaba un servidor nacía. Diz que la educaron como a un hombre, lo cuál no obstó para que amara los libros y manuscritos sobremanera. Casi toda su fortuna la gastó en colmar su biblioteca. Murió en 1689 y sus últimos días los pasó cerca del Vaticano dedicada a la literatura y a la ciencia. Creó la Academia Clementina. Al fin de sus días la socorrió el propio Papa Alejandro Octavo de modo que ella tuvo a bien donar su colección de libros al Vaticano a través del Cardenal Azzolino al que nombró su heredero universal.

Mas volvamos a nuestro obispo que es persona más cercana a nos.

Con sus ojos veía y con sus manos palpaba lo que acontecía. Acabábase de enterar de que un secular de Oronain vivía públicamente amancebado. Repetidas veces había sido amonestado pero como no se enmendaba un tribunal le desterró por escándalo. Apeló el cura la sentencia a un tribunal superior y le dejaron libre. Con la libertad concedida ostentó su triunfo, su soberbia y su regocijo entrando irredento de nuevo en casa de su manceba. Otro cura que era hombre de celo dio cuenta a nuestro prelado de todo aquello y con dolor de corazón por ver lo que veía, respondió resignado.

—Ya esas culpas no son de nuestro cargo, quien le he dado la libertad sentirá sobre sí su propia justicia. No fuimos nos quienes le desterramos. A quien ha desobedecido que lo enverede.

Don Pedro tragaba estas y otras sabandijas y las digería con maduro juicio.

Cuando la caída de algún clérigo era por flaqueza hacía llamar al pecador y le advertía del mal al que arrastra el comercio de mujeres. Si los pecados eran de reincidencia y ocultos a la gente procuraba enmendarlos discretamente.

En una ocasión llamó a uno que estaba caído con repetición de culpas (que ya era hombre con canas) y ante su presencia le hizo mirar al santo Cristo que tenía en la mesa.

—Ante el Señor te concito —le dijo.

Causó la situación al apercibido tal pavor y debilidad que quedó privado del habla durante unos días y cuando volvió a hacerlo cambió de vida.

Don Francisco de Torres quiso saber qué le había dicho nuestro prelado al interfecto para que tal arrepentimiento sucediera y le preguntó. El hombre, prorrumpiendo en lágrimas, le contestó que sólo le había concitado ante el Señor y nada más.

Tráeme este suceso a la memoria lo que aconteció a otro que por consejo del señor obispo se apartó de visitar con frecuencia a una mujer casada. Ésta, llena de frenesí y agraviada de verse privada de los goces carnales que el secular regulaba con ella, culpó al señor obispo del abandono de que fue objeto por parte del clérigo y escribió al secretario de mi señor don Pedro acusándole de injurias y le amenazaba: ..."piense que hay lombardas para obispos y que en secreto observamos a su prelado"...

—No haga caso don Francisco de amenazas de mujeres —le dijo al reverendo de Torres—, esa se siente agraviada porque estaba favorecida con algo que ha perdido; a mí me ha escrito la misma queja como puede ver por esta carta en la que insinúa que me he visto con ella en la intimidad.

Y se la mostró antes de romperla.

Con otro cura interpuso distintos medios para sacarlo de su mal vivir porque nada habían conseguido otros que lo intentaron. Era un cura de manos largas y dedos finos, piernas flacas y pies llenos de juanetes a juzgar por su deformidad. Se llamaba don Hilario y andaba con brujas que hacían provisión de hierbas y pócimas. Con una de ellas, maestra, partera, adivinadora y echadora de suertes se veía frecuentemente ayudándole en el suministro de pócimas para propiciar el amor, recuperar la salud, realizar bodas irregulares y hablar con los demonios. Hízole llamar don Pedro y teniéndole presente le hizo un paternal exorto manifestándole su deseo para que no se condenase eternamente. Pero el cura, que era de natural soberbio y reincidente en la culpa, lejos quedó de cumplir ningún buen propósito y persistió en su mala vida después de encararse con su obispo.

—No se preocupe —imprecole— que por mis faltas no se ha de perder su ilustrísima.

Nuestro prelado se valió entonces del presidente de Castilla a quien pidió que le llamara al orden. Éste le reprendió y le detuvo por algún tiempo porque el justicia castellano pensaba que para los duros de corazón es el presidio más poderoso que el amor y el halago. De aquel caso no recuerdo el final, mas creo que el secular murió llagado.

A los que negaban sus culpas les corregía riñéndoles con aspereza pero sin hacer escándalo de sus fechorías. Lo mismo hacía con los que aun confesando sus culpas y proponiendo enmendarse no lo hacían. En estas situaciones la medida que tomaba era limitarles la licencia a decir misa y quitábales de confesar pues decía que los lobos no eran buenos para perros de ganado.

Después de su intervención la mayoría enmendaron su vida, pero otros no tuvieron remedio.

Muchos de sus apuntes manuscritos se hallan incompletos que no inconexos, y expresan cuáles eran sus preocupaciones.

(...) a las personas eclesiásticas y seculares... funerales y exequias de los fieles difuntos...declarar la universidad de pecados...abominar de los abusos que se practican en los funerales con excesos de convites que son horrorosos espectáculos en presencia de la muerte.

En otra hoja plasmó, en octubre de 1690 según reza, un recordatorio para dejar como acreedor principal del coste de bulas y pontificales a su hermano Bartolomé.

Poseo otros papeles sueltos, de color distinto que los demás, que se ve que también los escribió antes de ir a Marquina aunque fue en ésta donde los elevó a definitivos. Son referentes a su obra pía. En ellos se recogen nombres y fechas que me han ayudado a completar algunos supuestos míos.

(...) Cada año por el mes de enero se han de dar a cada una de las iglesias catedrales 200 ducados de vellón en efectivo y 100 libras de cera blanca en especie por semana santa para que ardan en el monumento delante del Santísimo Sacramento, y cada año se han de casar 12 doncellas pobres y honestas que sean de buen crédito y opinión y nacidas en los lugares en donde la dignidad tiene diezmos y rentas, y a cada una se le darán por dote 100 escudos de plata empezando por las de Ocón y sus alrededores. (...) Se sustentarán también dos estudiantes pobres naturales de este obispado en universidad aprobada, hasta graduarse en su facultad con grado menor, y cada un año se les asignarán 100 ducados y demás el coste del grado.

A las dos viudas de Bermeo, María y Lucía, se darán cada año 1404 reales según memoria que tiene don Martín de Mundaca vecino de dicha villa.

A las religiosas del convento de Miranda de Ebro se han de dar cada año 12 fanegas de trigo y 300 reales de vellón.

A las religiosas del convento de Lequeitio se han de dar 12 fanegas de trigo y 200 reales de vellón.

A Celestina, la viuda de Logroño, cuyo socorro ha corrido por mano de don Andrés de Herrera se le continúe con 100 reales de vellón cada mes del año, y una fanega de trigo, también cada mes, y el trigo desde primero de enero de 1691.

En cada día del año se han de decir dos misas, una rezada por las ánimas del purgatorio en común, y la otra por las animas de los difuntos de este obispado.

Y habiendo suficiente caudal para dotar una doncella honesta en estado de religiosa se hará cada año o a lo menos cada dos.

Marquina y diciembre 25 de 1690. Pedro Obispo de Calahorra y la Calzada.

Se sentía muy atraído por las verdes tierras de Vizcaya cuyos paisajes y cielo estimulaban su pluma y escribía sin cesar, especialmente cuando el día se ponía tenebroso. En Vizcaya escribió la mayoría de sus cartas pastorales. En enero de 1691 terminó una sobre la castidad sacerdotal que hizo pública más tarde. Exhortaba en ella a todos los sacerdotes y ministros del altar para la más exacta observancia de esta virtud en detestación de la incontinencia sensual. La firmó en Durango.

A mí ni me iba ni me venía pero me hizo daño el contenido de aquella pastoral pues aunque yo no era cura rodeado estaba de ellos y tan inclinado como el que más a disfrutar de los goces prohibidos. ¡Abundaban tanto los que rehuían el poder reformador de don Pedro amparándose en la jurisdición ordinaria..! Fue a quel el mismo año en que don Pedro concedió al cabildo de Calahorra un permiso extraordinario.

Venía la cosa porque en 1674, a petición del patrono del monasterio de San José de las Carmelitas Descalzas de Calahorra, el Papa Inocencio Décimo, que se encontraba en Santa María la Mayor, de Roma, el 22 de noviembre de aquel año, otorgó un *"Breve"* para que, *"so pena de excomunión, no se saque del convento ninguna alhaja ni ornamentos"*. Nuestro obispo levantó la prohibición el día 11 de mayo de 1691 para que la "Verónica de las Madres" pudiera salir en procesión y así elevar unas rogativas que acabasen con una incipiente peste que asomaba por el obispado.

Era muy resolvedor y decidido. Una vez aconteció que habiendo sido uno reprendido por su obispo por andar en el carro de la lascivia con una concubina, la justicia ordinaria se lo arrebató después de ser escuchado por un procurador.

—Así nos vemos —se lamentó don Pedro— por contrariarse las justicias civiles y las eclesiásticas.

Para cuando aquel 1691 llegamos a Oñate ya habíamos documentado las visitas de Ermua, del santuario de Arrate, de San Juan, de Vergara y de Zubillaga.

—¿Se han cumplido los testamentos recibidos? —preguntaba en cada visita—. Háblenme de la vida moral de nuestros clérigos —añadía quedando su rostro en actitud receptiva—. ¿Cuál es el estado de los ornamentos sagrados? —añadía. ¿Y la conducta de los feligreses? ¿ Y el cumplimiento religioso de todos ellos? ¿Algún cura vive con alguna vecina? ¿Todos dicen misa a diario? ¿Hay entre los feligreses algún amancebado o adúltero..?

Nada dejaba don Pedro por preguntar.

En abril terminó allí en Oñate varias epístolas. Una la dirigió a los patronatos de obras piadosas dirigidas a socorrer pobres y dotar a huérfanas; y otra, titulada "Pobreza Sacerdotal", encaminada a poner guerra a parte de las más fuertes pasiones contra el corazón humano: esto es la codicia y la avaricia. A veces sucedían cosas para mí extrañas. Después de hacer la visita de Guernica regresamos a Durango, y allí se presentó un sacerdote de la villa que acabábamos de dejar, a darle cuenta al prelado de que el mismo día en que nos ausentamos habían robado en la iglesia de aquella villa el copón y las formas del sagrario. Luego que esto oyó, encendido en espiritu y sin hacer prevención alguna, aunque era ya hora de mediodía, mandó disponer las mulas y cual otro Tobías partió hacia allí sin comer.

La jornada hasta Guernica era de tres leguas y de mal camino. Nos acompañaban un capellán y detrás el secretario. Llegamos a la villa y se apeó él el primero a las puertas de la iglesia que ya estaba llena porque se había divulgado su llegada y había concurrido todo el pueblo. Subióse al púlpito y tomó por tema las palabras que dijo la Magdalena cuando con ansias de enamorada madrugó a ver en el sepulcro a su amado y no lo halló: *"Tulerunt Dominum meum, et nescio ubi posverunt eum"*.

Sobre esas palabras de San Juan hizo un sermón muy dilatado y propio de su espíritu, enseñándoles a todos cómo habían de buscar al Dios perdido y apartado de sus almas y cómo habían de encontrarle para el Sagrario y para sus vidas. Reprendióles la omisión de buscar lo robado manifestándoles la poca fe y aprecio de lo que les habían hurtado y propúsoles hacer lo que harían si les hubiesen sustraído la alhaja más valiosa de sus propias casas. Finalmente les exortó al mayor amor y culto del Señor sacramentado "en justa correspondencia por la fineza que nos hizo a los hombres quedándose con nosotros", terminó apocando la voz antes de toser.

Noche entrada era cuando bajó del púlpito. Sosegó su cuerpo y al otro día procedió a las diligencias para descubrir el tesoro arrebatado. Mas, aunque se rodearon plazas, barrios, montes y caminos no consiguió encontrarse nada. Fue cuando dijo aquello del Kempis: Quando Ieus deest, totum bonum deest.

De nuevo se retiró a Durango dejando ansiosos de Jesús a los de Guernica, muy temerosos ya de perder al obispo y más diligentes que antes para custodiar su templo.

Para él el sagrario era el propio cielo, ante cualquier altar se transfiguraba causando estremecimiento verle. Deseaba mucho que en los sagrarios estuviese la hostia grande consagrada porque "abierta su puerta y viéndole allí patente todo el mundo se arrebata del amor de Dios accidentado en las especies", había proclamado.

En verano regresamos a la Calzada porque le correspondía hacer la visita ad limina apostolorum y se veía sin fuerza para viajar hasta Roma, de manera que quiso recogerse para satisfacer por escrito al Santo Padre.

La visita ad limina es visita que en cuanto a acto de voluntad corresponde al primer siglo de las Iglesias y se hacía para visitar los sepulcros de San Pedro y San Pablo. Luego los obispos se hallaron obligados a realizarlo para prestar homenaje de obediencia y respeto al Sumo Pontífice, y más tarde quedaron eximidos los que por fuerza mayor no pudieran viajar, como era el caso de don Pedro por causa de su crónica enfermedad.

Entre sus papeles hallé un borrador epistolar dirigido al Santo Padre en agosto de aquel 1691. El borrador se halla corregido, tachado. *"S.S. Alejandro Octavo"*. Y sobrepuesto: *"S.S. Inocencio Duodécimo"*, de cuyo se nota que pensó rendir la visita al primero, que había fallecido en el ínterin.

"... SANTÍSIMO PADRE, la labor pastoral no se puede realizar por la extensión de la Diócesis e ingente cantidad de asuntos y no poca falta de salud, así pues me creo impedido, con gran dolor de corazón, a acudir a besar los pies de V.S., a mostrar mi obediencia personal para la Visita ad Limina de los Santos Apóstoles, y a recibir la purificación de la Ciudad de Roma.

Porque es necesario cumplir la costumbre por un procurador constituído apto estoy presente a los sagrados pies de V.S., y vuelto de nuevo a ellos, humildemente me confieso obligado con el vínculo estrecho a la Sede Apostólica, manifestando la debida obediencia y humilde obsequio. Pido de corazón, paternal y apostólica bendición. Y habiendo recibido de la misma sede apostólica, la dignidad episcopal y la Cura Pastoral en favor de las Iglesias, me apresuro a dar razón como un humilde ciudadano.

(...)

Los sacerdotes y clérigos in sacris llegan casi a diez mil. A Dios expresamos claramente lo dicho por Isaías: multiplicaste la gente pero no aumentaste la alegría. Obedeciendo a las voces de los sagrados cánones tengo por cierto no había de buscarse en el clero la multitud sino la necesidad y la idoneidad, según las sanciones apostólicas; en la tribulación cuánto más. Y puesto que el obispo no ha de imponer las manos a todos sin elección, celebré hasta ahora tres órdenes generales en las témporas de septiembre dispuesto a recibir a los aptos. Rehuyo la llegada clandestina a las órdenes para muchos, ya de los abades, ya de los priores o de los recursos de los obispos de Italia como es frecuente, sin los previos requisitos de las Constituciones Apostólicas.

(...)

La gran penuria impele a la reducción de las misas. Muchas fundaciones no pueden sostener las cargas contraídas por lo bajo de los intereses, y si no se hace otra tasación sufrirán su desaparición.

(...)

Aunque las iglesias por el abandono de los tiempos no tengan abundancia y muchas de ellas sean pobres, en todas ordinariamente brilla el esfuerzo del culto divino según sus facultades. Todas tienen vasos sagrados de plata. En muchas se conserva plata ofrecida por los fieles para el sagrado ministerio. Otras están bajo el yugo del Patronato de los laicos y son más pobres.

De la celebración del Sínodo me he abstenido hasta ahora (...) porque están presentes las muy prudentes constituciones sinodales (...) de don Pedro Gundisalvo del Castillo, pastor muy querido de la diócesis (...) No será inútil la tardanza para convocar uno, pues terminado el largo recorrido que tengo entre manos y conocidos aquellos que necesitan el remedio, casi al madurar la mies prepararé la hoz para, quitada la cizaña, recoger el trigo.

Administré el sacramento de la Confirmación a todos los que lo habían solicitado. Los ungidos por el Sagrado Crisma llegaron, según el cálculo más verdadero, a ciento cincuenta mil hasta ahora. Cultivo la paz con mano poderosa.

(...)

Escrito en la Ciudad calceatense en los Idus de agosto del Señor 1691.

Santísimo Padre, besa tiernamente a Vuestra Santidad el siervo muy adicto y en todo obedientísimo hijo por la Diócesis Calagurritana y Calceatense. Pedro de Lepe".

El 12 de junio del año siguiente (1692) volvíamos de regreso al palacio episcopal una vez visitados los lugares de Arrasate, Escoriaza y Oñate, lugar éste que fue de paso, más de una vez. En aquella ocasión correspondía hacerle la visita a Oñate como Dios mandaba y a don Pedro cumplía. Caminamos a la ermita de San Lorenzo y a la de Olabarrieta. En Zubillaga encontramos otra pequeña ermita muy cuidada por gracia y labor de su santero. Éste dijo llamarse Martín Urcola con quien platicando enteréme de que había visto hacer comedias a mi madre. Esta confidencia suya me aceleró el corazón hasta el punto de que incluso su rostro pareciome familiar. ¿Qué embusteras son las emociones cuando las instiga el amor? Sólo porque había visto a mi madre le tomé cariño. A aquel Martín volví a verlo dos años después. Ya se encontraba en cama a punto de morir sin yo saberlo, por causa de su luenga edad que no por quiebra de salud. El señor obispo autorizome a cursarle una visita.

—Aquí nos hallarás si regresas antes de tres días.

El santero ya no estaba en la ermita sino en casa de un viejo cura retirado en las casas de labor de Olabarrieta. Me senté junto a su lecho. Ya ni fuerzas tenía para hablarme pero me miraba con mucho amor. Yo le correspondía imaginando en sus ojos abiertos la presencia de mi madre representando algún retablillo. Aquella habitación me pareció familiar. Por la puerta abierta se veía una mesa grande de bandeja maciza rectangular en la que mis ojos se fijaron. Sus pies de madera habían sido torneados con primor y unidos entre sí por travesaños que descansaban sobre bolas. En esa observancia andaba distraído cuando sentí una presión en mi mano que me hizo volver la mirada hacia el santero que agradeció mi gesto con ternura. De nuevo distraje la vista, esta vez hacia un armario de dos cuerpos que me pareció un muro que no sería capaz de atravesar ningún pensamiento por puro que fuese. La parte superior la coronaba un frontón quebrado, la inferior quedaba separada por dos cajones horizontales. Todo él reposaba sobre pies de bolas achatadas en cuyo derredor unos largueros en espiral enmarcaban unas hojas esculpidas en forma de diamante. Destacando al frente, unos tiradores con hocico de león enfriaban aquella penumbra de muerte. Desconozco qué era lo que me hacía pensar que me hallaba en mi casa cuando niño.

Acaricié al viejo solitario cuyas manos habían aplaudido a mi madre y púseme a rezar por su alma. Mucho sentí su muerte y tanto más me sorprendió la misma porque cuando le conocí no era fácil imaginar un final tan precipitado, tan sano era su semblante entonces. Lloramos juntos al tiempo que él expiraba. Qué difícil es expresar las emociones cuando éstas salen de dentro de uno sin conocer en que rincón de tu interior se engendraron. Hoy estoy seguro de que Dios quiso que yo le conociera para hacerme sentir los goces del amor fraterno. Muchas veces pienso que fue aquel Martín Urcola un ángel puesto en mi camino para que se confirmara en mí el espíritu de Dios.

Reirán sus mercedes pero, para que lo comprendan diré que el recuerdo de aquel hombre me emociona tanto como me emocionó el primer roce de mi mano con la de Clara ante la pila de agua bendita de la parroquial de Santiago. ¡Hace ya tantos años de aquel encuentro de amor..!

Del santuario de Zubillaga partimos por un camino inusual hacia Legutiano, Betoño, Gardelegui y Laguardia. Llegamos a Calahorra y hasta el 26 de abril siguiente no nos volvimos a mover de la ciudad. Ese día tomamos el camino de Vitoria para visitar las iglesias y ermitas de Moreda, Barriobusto, Cabredo, Atauri y todos los demás.

En Vitoria nos dimos de bruces con una gran sequía. Don Pedro llegó a la ciudad bastante enfermo. Hacía unos días que venía cabalgando en silencio encorvándose legua a legua sobre la mula, porque en aquel viaje no quiso llevar litera.

Mal debía verse porque encomendó que para su auxilio llamásemos al reverendo padre fray Jaime de Correla, varón doctísimo, misionero y provincial que había sido de la provincia de Aragón, para alternarse con él en la explicación de la doctrina y predicar.

Pero tanto era el deseo de los fieles de escuchar la propia voz del obispo que si fray Jaime llenaba un día una iglesia al siguiente acudían los mismos y otros más, allí donde don Pedro pronunciaba su sermón. Cientos de personas concurrían a confesar sus culpas y recibir el perdón ante la presencia del señor obispo, movidos por la sequía que asolaba sus tierras. Al dar por concluída su misión en Vitoria determinó don Pedro salir en procesión penitencial en la que él mismo portó un santo Cristo coronado de espinas con una soga al cuello. No tardó el cielo en premiar sus sacrificios y oraciones con una copiosa agua que duró el tiempo que la necesitaba la tierra.

Luego de aquello tomamos otra vez el camino de regreso a Calahorra pasando por Logroño. Al llegar a esta ciudad decidió don Pedro quedarse unos días a resolver unos asuntos de la Colegiata. Con nosotros llegaron algunos contratiempos. Fue junio de aquel 1693 un mes ruidoso que empezó con un susto sufrido por don Severino, beneficiado de la parroquial de San Miguel de Labraza. Era el día seis. Inesperadamente nos llegó noticia de que un violento incendio había destruído el día anterior la casa que habitaba el beneficiado de la parroquial y allí nos trasladamos nada más tener conocimiento de los hechos, que desde Logroño a menos de tres horas de camino nos hallábamos. El mismo párroco nos dijo que el fuego había sido casual, que al parecer se había iniciado en la cocina donde se prendió el arcón junto a la puerta de entrada a los alorines.

Los vecinos demostraron sus sentimientos acudiendo a salvar la situación. Primero unos y cuando volvían, otros, todos fueron. Aúnque el peligro era inminente no por eso dejaron de situarse en los lugares más peligrosos por ver de arrebatar su presa a las llamas. Tan violento era el fuego que el empeño parecía inútil. Las llamas consumían toda el agua que se les echaba.

De madrugada vimos la huella del desastre: ruinas humeantes en todo el edificio salvo en el pequeño oratorio que don Severino tenía en una alcoba adyacente a su dormitorio que milagrosamente salió incólume como corresponde al lugar sagrado en que se había constituído la alcoba. Tampoco hubo desgracias personales.

Varios vecinos agradecidos colgaron sus exvotos en alguna de las ermitas del lugar, que eran más de 15, especialmente en las de Santa Dorina y San Herbás.

Creo que fue aquel el año en que a las preguntas improcedentes de Mateo Subero e Isabel Asensio, su esposa, manifestó don Pedro que para ofrecer exvotos no se hacía necesario el permiso de ningún obispo ni clérigo, que si ellos consideraban milagrosa la curación de su hijo así debía entenderse en la tierra y en el cielo. Todo fue así porque el hijo del matrimonio había curado, dijeron que milagrosamente, de unas tercianas que sufrió en la universidad de Valladolid donde el joven de Nalda se hallaba estudiando.

—Sabed —les advirtió el obispo para salvar su complicidad con un supuesto milagro— que las tercianas a lo que se viene viendo de antiguo no son más que calenturas que al tercer día desaparecen siempre que se guarde cama y no encubran otra mortal enfermedad. Mas no por esto quiero quitaros la voluntad de dar gracias a Dios.

Aquel verano fue caluroso y seco. Causó gran perjuicio a los labradores y ganaderos dejándolos limpios de polvo y paja. A través de las cubiertas de las casas, la mayoría de las cuales tenían el tejado de teguillo y teja, penetraba el calor sofocando las entrañas de los edificios más robustos. Y aseguro a vuestras mercedes que don Pedro lo sufría todo con una entereza propia de un ángel: calores axfisiantes, aguas y fríos, nieves y hielos, todo lo soportaba pese a su delicada salud, cosa que no hubiera podido hacer su secretario don Francisco de Torres, comisario del Santo Oficio y beneficiado de la villa de Arenzana de Abajo que andaba tan entrado en carnes como en carácter.

Otro día en que don Pedro llegó calado hasta los huesos el camarlengo le dijo con enfado, como si fuese un padre reprendiendo a su hijo, que no debía castigarse tanto con tan mal tiempo.

—Carne de grajo debiérais tener como yo para que me ayudáseis en mis correrías —le respondió dándole a entender su exagerada inclinación a satisfacer las demandas de su estómago.

Aquel 1693 fue como si el diablo anduviese gobernándolo pues hallándonos en Calahorra sucedieron otras muchas cosas, siendo la más relevante aquella por la que don Pedro tuvo que socorrer la fábrica de la ermita de Jalón de Cameros, de cuyo estado ya di cuenta a vuestas mercedes.

Había llegado a sus oídos la preocupación que

tenía el párroco de Jalón de Cameros por causa de unos defectos en la fábrica de la ermita del Santo Cristo del Humilladero que se había levantado en aquel pueblo serrano a expensas de don Pedro Ortega párroco que fue del pueblo desde 1644 hasta 1664. En 1655 finalizó su construcción pero 30 años después se impuso remediar algún defecto que quería el párroco que no constase en los libros de fábrica de la parroquia de la que dependía la ermita "para no afrontar a ninguno de los que con tan mala fortuna la construyeron y de los cuales alguno todavía vive", dijo.

Aquella ermita está situada dentro del pueblo. Es un edificio de planta cuadrangular construido en sillería y mampostería, con remates de piedra labrada. Un tejado a cuatro aguas la cubre, y en su entrada recibe a los fieles un pequeño pórtico que fue el que principalmente dio el quehacer de aquel arreglo porque se caía.

Echamos seis días en ir a Jalón y volver.

Don Bernardo Sáenz de Tejada, tío de don Pedro Ortega el párroco, había fundado allí una de las dos capellanías cuando aún era capitán superintendente de la Maestranza del Mar y Guerra de los galeones de la Armada Real. La otra la había fundado en 1659 su propio sobrino el cura por un valor de 33.000 reales, que era lo tasado por 64 fincas rústicas, una casa en Jalón y un molino en San Román, todo lo cuál daba de renta unas 26 fanegas de trigo al año.

Pues don Pedro, con la disculpa de ir a ver una "Oración del Huerto" que lucía la ermita en una de sus paredes se escandalizó de su estado y dijo que él intervendría en el pórtico para que no se cayese en toda la vida. Hicieron todo tal cuál indicó y él pagó las obras, estando conforme con que no constara su generosidad en ningún libro, ni de fábrica ni de cuentas que fuese.

Hablando de obras de fábrica ya anticipé a

vuestras mercedes que don Pedro aconsejó a varios abades de San Millán de la Cogolla y diré en qué y cómo. Un día vino a pedirle opinión y consejo fray José Muro, abad de San Millán que acababa de construir la portería interior de Yuso, ensanchando el vano del último ventanal del salón de los reyes que convirtió en puerta a cuyos flancos mandó colocar un par de columnas salomónicas a cada lado y dos escudos, y en el centro una estatua de San Benito con báculo en la diestra y el libro de la Regla en la izquierda. Quería el abad ser aconsejado por el señor obispo "por sus reconocidas dotes para levantar tanto almas como piedras". Una vez expuestos sus pareceres, de los que mi señor don Pedro diome razón relajadamente antes de responder al abate, mandó abrir fray José otra puerta enfrente de la portería para comunicar el salón de los reyes con el claustro procesional. Luego, tal como don Pedro prudentemente le había sugerido, pintó y doró el camarín que está detrás del altar mayor.

En 1693 murió fray José Muro y fue nombrado sucesor suyo fray José Fernández que había nacido en Viguera y que había sido confesor en Roma del tan justamente mentado cardenal Aguirre.

También con el nuevo abad, que lo fue durante cuatro años, mantuvo don Pedro cierta relación por lo mismo, pues su fama de prudente administrador y vista larga pasaba de voz en voz. Este don José Fernández era de pequeño cuerpo pero grande de espíritu por lo que llegó a ser abad de varias casas, maestro general de su orden y procurador en Roma.

Sabedor de la confianza que su antecesor había depositado en el obispo le expuso las ideas de sus proyectos y así comenzó las obras de transformación de la sala capitular para convertirla en lo que un servidor de vuestras mercedes considera una de las sacristías más hermosas de España. Dije que comenzó porque no llegó a ver concluidas tales obras. Las terminaron los abades que le siguieron aunque fray José había comprado para ornamentarla doce láminas de cobre, ocho de las cuáles representan escenas de la vida del patriarca San José y cuatro de la vida de Moisés. Antes de hacer y dorar el retablo de Santa Gertrudis que está detrás del templete del altar mayor, mandó poner este abad el presbiterio con balaustres de hierro y dos púlpitos de la misma materia con artísticos tornavoces.

El único abad de San Millán que sobrevivió a don Pedro después de venir él a la diócesis fue fray Baltasar Rubio. Éste era natural de San Asensio, y para mí, uno de los más beneméritos prelados que tuvo el convento. En su tiempo se desmontó parte del terreno para poder acceder mejor a él, que como se sabe el convento fue fundado a la falda de la cuesta y eso causaba grave daño y deslucía su hermosura pues desde el camino que va del pueblo al monasterio había que bajar 16 escalones de piedra hasta el pavimento de la iglesia de modo que estaba expuesto a cualquier avenida de agua. También mandó descubrir una fuente subterránea muy copiosa que penetraba los cimientos de la fábrica del edificio y entraba por las paredes maestras haciendo de sus junturas caños copiosos que descargaban en las capillas de la iglesia.

Esta obra estaba siendo muy celebrada en los días en que don Pedro abandonó este mundo. Juzguen vuestras mercedes cómo sería nuestro señor obispo para ser el único al que frailes y monjas pedían consejo con no ser los seculares amigos de ningún reglado y viceversa.

Dos años después de aquello vinieron a agravarse los problemas sociales del obispado y de toda España. Los granos tuvieron subido precio y los pobres llegaron a sentir gran necesidad, pero la divina providencia dispuso que don Pedro se hallase visitando las tierras del Cuartango y de Cigoitia donde abundaban los lugares de mayor pobreza del obispado. En noviembre visitamos Jocano, Manurga y Garayo, donde acudieron muchos de aquella comarca buscando socorro en él, principalmente gentes de Anda, Catadiano, Morillas y Apodaca.

—Dios nos ha traído aquí para que cubramos estas necesidades —dijo suspirando al llegar.

Don Pedro hizo llevar los granos que su dignidad tenía en Vitoria y Salvatierra, y cuando los tuvo en la puerta comenzó a repartir medio pan y medio real a cada uno. Muchos días se congregaron a recibir esta limosna más de 600 pobres, y aunque esta limosna se continuó por mucho tiempo no se apuraron ni su voluntad ni su bolsa.

Al ver que la penuria crecía con el tiempo y la costumbre de pedir no mermaba decidió ir preparado por los caminos de modo que no le faltaban a mano unos reales de plata. Sabían los pobres muy bien a qué iglesias se dirigía y atravesaban sendas, barrancos y veredas para acudir a su encuentro. La mayoría eran mujeres que llegaban cargadas con los hijos pequeños en los brazos. Luego estaban otros muchos necesitados que acostumbraban a ponerse a un lado y otro de los caminos a la entrada de los pueblos. Él repartía conforme era la familia y su necesidad. Los que menos salían salían a real de plata, y a dos los que más, para que llegase a todos. Don Pedro quedaba con el bolsillo vacío y el alma llena al ver aquellos pobres socorridos.

Estos y parecidos socorros le acarrearon ciertos problemas entre los que sobresalen los tenidos con los justicias de Calahorra que le acusaron de acrecentar con sus costumbres el número de pordioseros y limosneros en la ciudad. Él les respondió de palabra "que cada palo aguante su vela y que cada cuál haga lo que le corresponda".

Esto dijo en casa y en aquel momento no lo entendí.

El último año de su vida, siempre que nos encontrábamos en el palacio de Calahorra, y la salud y sus obligaciones se lo permitían, echaba un tiempo en mirar desde el balcón, el paso de las obras del pórtico de la catedral que estaban haciendo los hermanos Raón. Otros días bajaba a la calle y daba, con toda humildad, a los canteros, algún consejo de utilidad que le agradecían. ¡Era tan agudo para descubrir a la gente el modo de aprovechar su propia fuerza, aunque él tan poco tuviera...! quiero decir a vuestras mercedes que don Pedro era muy ocurrente y mañoso.

Yo, la verdad, nunca estuve de acuerdo con algunas de las reformas que se hacían en las iglesias, y menos con las acometidas en la fachada del Moral de la catedral de Calahorra. Me parecía un gastar por gastar, pues siendo tan malo carecer como tener de sobra, es preferible lo primero, que en la segunda situación se tiende a modificar sin necesidad. Y así sufrieron las consecuencias algunos valiosos edificios, pues en metiéndosele a alguno en la cabeza remozar lo viejo, y disponiendo de dinero para ello, se despreciaban obras valiosas y se sustituían por otras nuevas, eso sí, pero tan inmeritorias como menos trabajadas.

Todo esto era por las modas que venían del extranjero.

Así concluyo diciendo a vuestras mercedes que hoy en día se trabaja la piedra peor que antaño. Y lo mismo la madera. Y con esto no quiero decir que los Raón fueran deficientes, pues no lo eran. Bien lo sabían sus vecinos de Calahorra, ciudad en la que se asentaron en 1664, recién llegados de Mazei en el ducado de Lorena.

Entre los papeles secretos encontré alguno que iluminó mi razón sobre qué pensaba de la justicia civil. Se trata de un borrador de la nota que debió enviar con aquel motivo a los justicias que le apercibieron.

(...) mire su merced que al Obispo le pertenece

dar limosna a los que piden como pobres, y a la justicia remover de pedirla a los que no lo son, que esto es muy conforme a lo que el santo apóstol dice: Que el que pudiendo trabajar no lo hace, no coma, mientras que es cosa de los gobernadores que no llegue a pedir quien lo puede ganar.

Algún inconveniente más habría de traerle la costumbre de dar limosna porque aconteció que en un lugar llamado Arechavaleta, uno que vio que eran socorridas antes las mujeres y los niños que los hombres se vistió de mujer y se arrimó a pedir con ellas. El prelado iba dando según su orden a un lado y a otro. Cuando llegó al pobre pasó sin contribuirle. Esto sucedió varias veces con lo que el hombre quejose aparte de modo que se hizo pública su acción. Cuando don Pedro se enteró de aquello dijo.

—No advertí cuál era su engaño, pero algo me decía que debía negarle la limosna. Dios Nuestro Señor no vino en que se le diera a quien no la merecía y no se la di.

Entre aquellos desdichados esperaba una niña como de siete u ocho años huerfana de padre y madre. Aunque desaliñada con pobre ornato le asistía una especial gracia. Por mano del distribuidor se le entregó la limosna que la niña recibió modestamente y de momento desapareció.

Fueron aquellos los días en los que terminó de escribir otra carta pastoral que había comenzado a escribir mirando al mar. La tituló "Ciencia Sacerdotal en orden al culto Divino y adoración de Dios". Por medio de ella se dirigió a los sacerdotes y ministros del altar expresando lo que debían saber para salvarse y cumplir con su ministerio. Y fueron aquellos los mismos días en que en Vitoria y sus alrededores había malestar en todos como consecuencia de que, tanto el cabildo de beneficiados como los dominicos del lugar habíanse negado a recibir a los jesuitas que querían poner un convento en la ciudad.

A cuenta de ello tuvieron los jesuitas grave enfrentamiento con el ayuntamiento y con los frailes franciscanos.

Para que vuestras mercedes conozcan de qué venía el interés de los ignacianos por ponerse en Vitoria direles que todo era consecuencia de que en 1685 llegó a los jesuitas de España y a los regidores de la ciudad de Vitoria la notificación de que el 17 de febrero de 1685 había fallecido en Lima Baltasar de Arechavaleta que había legado 400.000 reales de a ocho para fundar un colegio de la Compañía de Jesús en la ciudad de Vitoria.

Las trabas del cabildo y del ayuntamiento hicieron que los dineros fuesen a parar repartidos entre la cofradía del Rosario y una dotación de doncellas tal como el donante indicaba "de no abrirse la escuela". al fin: lo que al perro del hortelano, sin jesuitas y sin dinero, ni para el ayuntamiento, ni para el cabildo, ni para los franciscanos.

Volviendo al hilo de mi relato direles que en Ullívarri de Viña, del arciprestazgo de Armentia, lugar pequeño cercano a Vitoria, otra vez me asaltó el deseo de huir de don Pedro y raptar a Clara. Mas eran sueños, pues ya me había acostumbrado a la situación.

Presumirán sus mercedes cómo Clara y un servidor aprovechábamos las ocasiones en las que nos hallábamos piel con piel. No obstante, mi conciencia continuaba luchando contra mis instintos y recordaba el consejo: "mejor, Lucas, es casarse que condenarse".

Hallándonos en el corriente menester de dar limosna a los pobres determiné sacar la conversación ante el señor obispo en cuanto nos recogiésemos en la casa en que nos hospedábamos. Diez años amándonos de ocultis y sujetando sin éxito las pasiones estaban haciendo de mi vida un purgatorio. Pero llegado el momento no me atreví a abrir la boca. Dudé de que siendo él como era admitiese casarnos en secreto. Yo razonaba que en algún libro de alguna iglesia debiéramos figurar y que el obispado no tenía libros propios ni de matrimonio, ni de nacimiento, ni de difuntos, y que tendría que casarnos un sacerdote con parroquia, con oficio y con beneficio, pero ¿cuál?

Volví a callar por no comprometer a don Pedro y continué pensando en ello. Unos días más tarde salimos hacia otro lugar, y en mitad del camino descubrimos a la niña que ya conocíamos. Se escondía entre los árboles e iba acompasando sus pasos a los de nuestra comitiva. Uno de los nuestros dijo.

—Aquella es Antonia —que así se llamaba aquel ángel de Dios.

Oyole el prelado y preguntó a su secretario.

—¿Qué Antonia es esa?

—Señor, es una pobrecilla muy donosa que asistió a la limosna en Jocano y va sin duda a recibirla en Manurga —respondió Torres.

Don Pedro la miraba saltar semiescondida entre los árboles.

—Esa va buscando su bien —dijo el obispo.

Y no se habló de ella más.

Luego que llegamos a Manurga se dirigió a mí para que avisase a su secretario de cámara, que se aviaba en su cuarto.

–Di que vistan a esa pobre niña. Es un corderito que debemos apartar del lobo. Disponga —se dirigió al propio don Francisco de Torres— que sin dilación la remitan a la Calzada y encargue a Rosa que la ilustre en lo necesario.

Rosa era mujer del repostero Silvestre de Bárcena que asistía a la familia del mayordomo privado de don Pedro en el palacio de la Calzada. Mujer de virtud y prendas conocidas, sabía leer, escribir y las demás labores de mujeres.

Remitióse pues a la niña a su cuidado, la cuál

puso toda aplicación y le enseñó todo lo que era menester a su condición de niña.

Antonia llegó a la edad de tomar estado y en el año de 1698 después de celebrado el Sínodo y estando don Pedro para salir nuevamente a repartir misiones y visitas la mandó llamar.

—Antonia, gustará el Señor que pases al convento de Santa Elena de la ciudad de Nájera donde tomarás hábito. He hablado con la madre abadesa y toda la comunidad espera tu llegada.

Antonia tomó el hábito el día de San José, que por delegación de don Pedro le impuso don Francisco de Torres su secretario. La niña profesó y consiguió el bien que le había anunciado nuestro venerable pastor.

—Cuando caminaba cerca de nosotros escondiéndose entre los árboles —rememoró el señor obispo—iba buscando su bien. Los caminos que la divina providencia toma para cumplir sus decretos son impredecibles.

Otro caso sucedió estando en la visita de Ariniz, distante una legua de Vitoria. Era el día 13 de diciembre de 1694 en que nuestra madre la iglesia celebra la fiesta de Santa Lucía virgen y mártir. Se descubrió la mañana con una gran helada y en una casa próxima a la iglesia vivía un pobre viuda con dos hijas pequeñas. Una vecina oyó llorar a las niñas con muchas ansias y amargura, y, crecida su compasión, pasó a la casa y halló muerta a la madre. Las niñas lloraban porque su madre no les respondía aunque no conocían que estaba muerta: una le pedía el pecho y la otra le cubría con la poca ropa que tenía. Tanto levantó el grito la vecina diciendo que se hallaba muerta que nosotros la oímos. Don Pedro mandó llamar al cura que no era otro que don Andrés de Mendía, sacerdote virtuoso de buen juicio y suficiente literatura a cuyo cuidado dejó la crianza de aquellas huérfanas, asignando para sus alimentos lo necesario y dando orden pronta al mayordomo general para su puntual contribución.

Don Andrés dio cumplida cuenta de la encomienda y cooperó vigilante al cumplimiento del mandato de su prelado hasta conseguir la educación de ambas: la una, aún en vida de su ilustrísima, tomó el santo hábito en el convento de las religiosas que llaman de velo blanco; y la otra después de su muerte en la misma comunidad.

El siete de julio del año 1695, hallándonos de visita pastoral en Miranda de Ebro, sucedió que un poderoso de aquel lugar que por no ser noble sentía que cualquier pobre lo fuese, arrebató su nobleza a un menesteroso tan honrado como limpio de sangre. El pobre que se vió privado de ella y por ende sin dinero, dio en refugiarse en la casa en que nos hospedábamos, esperando del patrocinio del señor obispo la restitución de su daño. Refirió a su modo lo que le sucedía y demostróselo enseñando muchos papeles entre los que se hallaba una carta ejecutoria antiquísima. El prelado tomó a su cargo las diligencias hasta que consiguió que le quitasen del padrón del estado general en el que le había metido el otro, de modo que vino a gozar de nuevo su nobleza. Al rico le anunció don Pedro lo que yo vi después, que fue andar pidiendo por plazas y puertas.

Muchos días le ahogaba la tristeza, una tristeza desconocida y profunda que se veía provocada por las desgracias que nos rodeaban. Una de las jornadas más tristes la sufrió el día en que volviendo de madrugada desde Vaias, aldea de Miranda, camino de la Calzada, que dista siete leguas, no habló palabra en toda la jornada ni levantó cabeza en todo el viaje.

¿En qué pensaría aquel hombre cuando no hablaba? La víspera había confirmado a una niña llamada Teresa que tendría cinco o seis años, y era especialmente hermosa. Administrole el sacramento y al levantar la mano para tocar su mejilla elevó la niña a Dios su espíritu y los ojos a su pastor. Miráronse largo rato dando tiempo a que los presentes notásemos aquella correspondencia de espíritus. Tocole al cabo la mejilla con expresión de gran amor y le habló lacónico.

—Dios te conserve, pequeña.

Yo en aquel instante le vi como tocado por un ángel sin nombre. Nunca más supe de aquella Teresa que tengo por cierto que gozaba de un alma insuflada por el espíritu divino.

Menos el tiempo que anduvimos en la Calzada para visitar el arciprestazgo de Miranda, al que correspondía Zambrana, Labastida, Portilla y sus alrededores, que fue cosa como de siete meses, el resto de aquel año lo pasamos en Logroño. Fue el tiempo en que se ocupó de ver el modo de cortar las corruptelas y las ofensas a Dios por los tratos prematrimoniales. Deseaba la total extirpación de los desórdenes en los esponsales y culpaba de ello a los pastores, padres y tutores.

Otros de los borradores suyos que poseo debió escribirlos en aquellas fechas.

(...) El nombre de padres lo convierten en el de verdugos inhumanos y crueles. Por complacer a las hijas o no contristarlas las conducen a su muerte espiritual. Regularmente las madres se hallan aún más culpadas, pues con el pretexto de no perder lo que llaman conveniencia temporal, consienten en que las hijas estén a solas con los desposados no ignorando lo que entre ellos hacen.

Uno de los días de febrero del año en que se celebró el sínodo pidió don Pedro a su secretario de cámara que se quedase a comer con él para despachar asuntos concernientes a la convocatoria. Yo les serví la mesa.

—Quiero, don Francisco —comenzó a hablarle— que los asistentes sean personas pacíficas, de ánimo sosegado, amigos de justicia y de ninguna manera turbulentos para que cada uno diga su dictamen con modestia, paz y compostura —su secretario iba tomando notas—. No quiero que los comisionados sean más de dos por cada derechohabiente para evitar gastos —continuó— y es preferible que vengan los propios arciprestes y vicarios salvo fuerza mayor, y que los que deban acudir que porten sus poderes en regla pues quien así no viniere será repelido de la junta sinodal.

Desde Calahorra nos trasladamos a Logroño. El día tres de marzo de 1698 escribió a los presbíteros con su decisión de celebrarel sínodo, pidiendo perdón en la entradilla por no haberlo convocado antes, dando por razón de ello su visita pastoral por toda la diócesis que tantos años le había costado. Anunció para el ocho de mayo el comienzo de las sesiones en la colegiata de la Redonda "por haberse celebrado los anteriores en esta iglesia", y anticipó y señaló los requisitos para tener voz y voto en él. No dejó de anotar marginalmente en la carta quiénes y cómo se harían cargo de los gastos de viaje y dietas.

El mismo día ocho por la tarde escribió a Roma solicitando jubileo pleno para todos los que visitasen la Redonda y comulgascn durante aquellos días.

Ya se ha visto que a don Pedro tanto le preocupaba la penuria de los fieles como las circunstancias que atravesaban los clérigos. De ahí le vino convocar el sínodo. Y tenía razón: "los pastores de la iglesia están echados a perder". Algunos curas no predicaban a Cristo sino que se predicaban a sí mismos y en vez de ganar almas para Dios se contentaban con ganar aplausos vanos y sin sustancia. Se cuidaban en demasía de predicar de forma majestuosa pero todo eran generalidades. Los sacerdotes por un lado y los fieles por otro ninguno hacía nada por enmendar lo que sucedía en las iglesias que más parecían lugares de diversión que recintos para el culto. Y ya era general que los párrocos, pensando que dar catequesis era algo pueril, lo encomendaban a sacristanes y gente sin la adecuada preparación.

Bastaba mirar lo que sucedía en cualquier parroquia de la diócesis. A la entrada de misa grupos de gente, grandes y chicos, jugaban y gritaban sin dejar seguir dentro el culto. Al atravesar el pórtico tropezaba uno con niños que los padres tenían descuidados dando guerra. Por las bancas de delante no faltaban los sombreros puestos, y por detrás otros no callaban hablando de un partido de bolos o de argollas que quizá jugarían con el cura en el cementerio, cura que por otro lado no sería extraño que buscase ocasiones de practicar el tan abrasador como torpe vicio de la sensualidad. Supongo que don Pedro lo sabía casi todo porque entre los papeles que me legó encontré una nota acerca de todo esto.

Castidad sacerdotal. (...) Los que en el Antiguo Testamento tenían encomendado servir al altar debían ser castos. Así ha de ser porque la castidad responde a la voluntad de Cristo. Deben celebrar castos para no contaminar el altar. (...) ...y recordarles que al menos desde los concilios de Toledo y de Sevilla que presidió San Leandro viene siendo así.

En cuanto a la pobreza de los sacerdotes, pregúntenmelo a mí. Siempre fue dificultoso sujetarse a lo justo y bien difícil es vivir pobre a quien tiene un corazón lleno de pasiones que se deja arrastrar por la avaricia desordenada de riquezas y bienes temporales. Pero ¿por qué —preguntábame muchas veces— veía yo a sacerdotes rindiendo culto al dinero? El mayor golpe que todavía hoy en el nuevo siglo diecisiete padece la iglesia, a mi modesto entender, es el de las riquezas en los sacerdotes. Ahí se ve lo difícil que les resulta salvar almas. Haced lo que digo no lo que hago, predican. Bonita manera de dar ejemplo.

Había uno en la parroquial de Alcanadre que tenía más lagunas morales que pelos en la cabeza, de modo que toda la gente que acudía a la iglesia iba con gusto porque se dejaba palabras y otras pronunciaba mal, y al no saber latín abreviaba tanto la misa que apenas comenzaba, concluía: ite misa est y a la calle.

(...) que los pobres no pidan limosna dentro de los templos mientras se celebre misa u otros oficios, y que en los conventos no admitan a celebrar a los que no muestren licencia escrita (...) y que los párrocos instruyan para recibir la confirmación(...) no olvidar hablar del purgatorio.

—Hay, Lucas, cuanto daría yo por tener asegurado el Purgatorio —exclamó en una ocasión.

Un día dio en hablarnos del padre Roa. Hacía pocos años que el jesuita Martín de Roa había escrito un libro titulado "Estado de las Almas del Purgatorio" de cuya existencia don Pedro tenía conocimiento por haberlo leído y estudiado.

—Convengo con lo que escribe Roa —dijo en aquella ocasión después de desayunar— las almas de los que habiendo muerto en gracia de Dios no cumplieron las penitencias impuestas por sus pecados deben pasar un tiempo en un lugar intermedio entre el Cielo y el Infierno donde las almas purgarán sus penas y se purificarán antes de ascender al Cielo. Os preguntareis que cómo debe ser eso. Yo lo diré. El tiempo de estancia en el Purgatorio puede reducirse mediante sufragios ofrecidos por los vivos. Estos sufragios pueden ser de cuatro clases, a saber: la oración, la limosna, la celebración de la misa en su nombre, y la observancia del ayuno. ¿Lo has entendido tú Lucas? —dirigióse a mí.

Casi siempre que se dirigía a mí me hablaba como si fuese un catecúmeno, cosa que yo agradecía porque no sólo le comprendía sino que de este modo íbame acercando cada vez más a la práctica de la doctrina cristiana. Y no es que me hiciera demasiada falta pues yo bien conocía la lección aunque no me excediera en la práctica de las enseñanzas recibidas, especialmente en lo referente a los pecados de la carne.

No quieran saber vuestras mercedes hasta dónde llegaba la picardía de algunos curas. Ya dije que don Pedro quiso hacer e hizo sus visitas, personalmente, siquiera la primera vez, porque cuando repetía visita enviaba algún comisionado. Resultó que el día 4 de mayo de 1695 visitó la iglesia parroquial de Huércanos, que halló conforme, a excepción de la condena que hizo constar contra don Miguel de Ortuño, que debiendo haber pagado 2508 reales y 12 marevedís no lo habñía hecho. Creyeron que don Pedro no volvería a visitar la parroquial, y no lo hizo, pero el día 19 de noviembre de dos años más tarde, envío a Huércanos, como visitador comisionado, a don Sebastián Vicente del Hoyo, que, amén de visitador oficial del obispado era comisario del Santo Oficio, cura y beneficiado en la de Grañón. Era éste, hombre de los que pensaba que la desconfianza y el caldo de gallina a nadie hacen daño, así que se dispuso a realizar la visita con mil pares de ojos. Y vean sus mercedes lo que halló. Entre otros fraudes y engaños, casi todos de dineros, había uno muy desvergonzado porque se escondía en los gastos del mismísimo señor obispo. Constaba en las cuentas que el señor obispo había originado en su visita anterior, unos gastos de 102 reales, siendo la verdad que habían sido (según don Francisco de Torres bien tenía anotado), solamente 17 reales y medio. Cómo no, pues, estar de acuerdo con los consejos de don Francisco que amaba tanto la naturaleza, que solía incitar a la gente a plantar árboles y cultivarlos, "especialmente robles y chopos, que no alcornoques, que hartos tenemos en torno".

Y era cierto lo de los alcornoques a juzgar por

la inteligencia de algunos curas, que pensaban que era fácil engañar al señor obispo.

Unos cuantos papeles de su legado los recibí envueltos en una arpillera. Eran el fundamento de muchas cartas pastorales y algún que otro edicto. Otros, con manchas de humedad, precisaban qué hacer sobre las corruptelas en los esponsales y en los funerales; y otras cuantas frases sueltas dejaban entrever que no estaba conforme el obispo con la acción de los justicias en lo referente a la tolerancia civil de abusos en procesiones, cofradías y hermandades.

(...) en los próximos sermones avisar a los jóvenes para que eviten ocasiones de soledad y otras para caer en pecado y alertarles sobre la virtud de la pureza (...) lujo (...) hay más lujo en las sepulturas de aquí que en las cunas de los ricos... se hace mucho alarde de riqueza, excesivos gastos que quebrantan a las familias y no se cumplen las voluntades de los difuntos (...) que los sacerdotes busquen en sus sermones el bien de los difuntos y no tanto el consuelo de los vivos (...) ¿Qué ganan jueces y gobernadores con permitir los amancebamientos? Pedir que colaboren para evitar que se robe a los pobres, que no organicen banquetes con dineros públicos ni bailes escandalosos, y que el pueblo ponga cuidado en elegir gente honrada para gobernar, que en muchos lugares los propios jueces son los primeros deshonrosos (...) ver el modo de regular las romerías por los excesos que se comenten en las comidas y en los bailes que se organizan, se come y se bebe desordenadamente, se cantan cosas profanas, bailan juntos hombres y mujeres que luego se quedan a dormir en las ermitas (...) Item más, estudiar los libros de las cofradías, que a lo que se ve algunas están creadas para comer y beber muchos días del año; que más parecen libros de despensa que de cofradía. Gracias

a Dios que no escriben en ellos sus fiestas lujuriosas.

Clara continuaba habitando mi corazón y yo el suyo. Era mi purgatorio, mi cielo y mi infierno. En su ausencia llegué a sentir alejamiento y dudé de mi amor por ella. ¿No sería que a fuerza de esperar sin que llegara el día de nuestro casamiento fenecía mi ilusión?

Así se lo participé a don Pedro.

—Los ímpetus del amor corren desbocados hasta que topan con la razón —me susurró al oido, paternalmente— con la razón —repitió mirándome a los ojos— o con el desengaño. Y tú, Lucas, a lo que se ve, andas cada día más enamorado de ella.

Despreciaba un servidor de vuestras mercedes la posibilidad de que mi corazón anduviera errado y le pedí ayuda por ver de identificar mis auténticos sentimientos.

—No puede uno engañarse a sí mismo. Recapacita, Lucas, sobre qué consideras lo más amable de ella: su cuerpo o su espíritu. Ambas ansias son lícitas a los ojos de Dios cuando se logra domeñarlas. Y no olvides que es mejor casarse que condenarse. Y si acaso has cohabitado ya con ella —bien él lo sabía por mis confesiones— ya conocerás si la amas ciertamente, que la posesión de la cosa deseada mengua el deseo y a lo que parece en ti se viene acrecentando.

Mientras tanto el flaco mantenía su juramento contra mí. Y los ajetreos del sínodo arreciaban.

Hacía 78 años que no se celebraban sínodos en nuestro obispado. A don Pedro le parecía grave relajación no haberlos convocado con mayor frecuencia, y pienso yo que lo mismo hubiera dado no convocarlo, que ovejas y pastores hubieran ganado lo suficiente con que se cumpliera el dictado de los anteriores, pues dábase el caso que el hombre es falto de memoria, pues suele tomar acuerdos hoy e ignorarlos mañana, con lo que de poco sirve legislar si nadie está dispuesto a someterse a leyes. Y digo igualmente a vuestras mercedes que para qué discutir entre hombres si al llegar a convenios ninguno tiene intenciones de cumplirlos. ¿Qué clase de fingimiento rige el mundo?

Quiso el Señor que la salud de su señoría el obispo mejorase desde marzo en que emitió la carta circular de convocatoria del sínodo hasta el fin de mayo en que se dio por concluido. Fue como una gracia especial recibida del cielo.

Durante todo el tiempo él no tuvo minuto de descanso pero nosotros tampoco. Tanto cura en torno nos daba trabajo en demasía, unos me mandaban con respeto y otros con atropello. De tanto ir y venir precipitadamente llegué a tropezar y caíme por la escalera con la urna que iban a utilizar para sortear los lugares que cada uno habría de ocupar en el sínodo. La urna no llegó a dañarse tanto como mis cuartos traseros que quedaron doloridos varias semanas con lo que vime mal para llevar a la sacristía donde estaba previsto tener las reuniones, el bufete con sobremesa que ocuparía don Cristobal así como los aderezos que él como secretario de las sesiones utilizaría.

En este punto diré a vuestras mercedes que si determinaron celebrarlas en la sacristía de la Redonda fue por el celo de la intimidad y la discreción.

—Los lugares reducidos —había anticipado don Pedro— son más recogidos, más discretos y más fáciles de preservar de la presencia de los curiosos.

Aunque un servidor no tuvo acceso a las reuniones fue como si no, porque de todo me enteraba cuando a la salida se reunían algunos a intercambiar modos de pensar sobre lo hablado en la sacristía. ¿Secretos? Algunos eran celosos de su obligación pero otros tenían tan suelta la lengua como escaso el seso.

Con mucho tiempo y sin que faltase ninguno el

día ocho de mayo llegaron todos a Logroño. Don Pedro les llamó para que acudieran a su cámara obispal aquel mismo día a las cuatro de la tarde, lugar y hora convenidos para hacer el sorteo. La urna se componía de una caja con bolas oradadas en cuyos agujeros cabía una pequeña cédula con el nombre de un arciprestazgo o una vicaría. Una de las bolas se dañó cuando rodé escaleras abajo y advertile de ello a don Baltasar que iba a ser la mano ejecutora del sorteo y me dijo que estaba bien.

Aquella primera reunión se demoró bastante porque al parecer casi todos los que traían poderes portábanlos defectuosos pues constaba en ellos que se otorgaban con voto decisivo y el señor obispo dijo que los votos de los apoderados debían ser consultivos. Al fin los admitió hecha esta salvedad porque pensó que si todos los que los presentaron mal tuvieran que volver a sus lugares de origen para que se los emitieran en condiciones nadie regresaría a tiempo al sínodo.

Concluido el sorteo nombró el señor obispo a los que tendrían misión durante la celebración de las sesiones sinodales, que fueron don Lucas de Luzuriaga, vicario de Salvatierra y don Pedro Antonio de Ortega, ambos abogados de los Reales Consejos que ejercerían de jueces de residencia; maestro de ceremonias lo sería don Lucas López de Torrecilla, prebendado de la iglesia de la Calzada; nuncio interior don Francisco González de San Román, comisario del Santo Oficio, vicario, cura y beneficiado de la iglesia de Bernedo; portero lo fue un seglar vecino de Logroño llamado Juan Feijoo; y secretario del sínodo el que lo era de su ilustrísima don Francisco de Torres Navarrete.

Las reuniones tuvieron ocupados a los sinodales desde el día 10 de mayo hasta el 26 del mismo mes. Fueron pues, sacadas las de asueto, 13 jornadas. Cada día comenzaban a las siete de la mañana y aunque estaba previsto que terminaran a diario a las cuatro de la tarde todos los días salieron antes de las 11 de la mañana y después de las 10, así que la ciudad estaba todo el día repleta de curas sin que ninguno diera que hablar.

El día primero no celebraron sesión propiamente dicha sino que se presentaron todos con sobrepellices y bonetes en la antesala de la cámara obispal y de allí salieron con solemnidad de campanas y ministriles detrás de su ilustrísima hasta la nave mayor de la Redonda en cuyo presbiterio habíamos colocado de víspera, según el pontifical romano obliga, la silla pontifical para que se sentara don Pedro, que se sentó.

Acabada la misa del segundo día, pasaron a la sacristía que estaba decentemente tapizada con dosel, sitial y silla obispal. Tomó el obispo asiento y a su lado un diputado de la iglesia de Calahorra y al otro, otro de la Calzada; luego todos a derecha e izquierda según dictaminó el sorteo.

No quiera saberse que mes de mayo pasamos, durmiendo poco, comiendo a deshoras y tapando agujeros.

El día 28 que era miércoles estando todo preparado para la procesión final hasta la iglesia de Santiago el Real no se pudo hacer por lo mucho que llovía con lo que tuvo que discurrir por el interior de la nave de la colegial de la Redonda. Y el día 30 vinieron todos a la casa obispal donde dieron lectura a las conclusiones con las cuales alguno de poco seso dijo no estar de acuerdo porque no eran conclusiones del clero, "puesto que todo el clero no había asistido al sínodo", a lo que su ilustrísima dijo que lo que allí se había acordado era cosa de todos, incluidos los ausentes que estaban bien representados, y que aunque algo de lo acordado hubiese sido propuesto por un acólito, de todos era.

Las constituciones aprobadas en el sínodo se contuvieron en cinco libros. El primero de ellos con 14 títulos; el segundo con 9; el tercero con 25; el cuarto con 4; y el quinto con 10, siendo en total 552 constituciones las que se acordaron durante los días que duró, según se publicó y confronta con los papeles que poseo.

De las 552 constituciones 225 fueron las mismas aprobadas en sínodos anteriores y 327 propias del sínodo de don Pedro de Lepe. En sus notas privadas figuran anotaciones sobre las 225 que pretendía salvar de otros sínodos por considerarlas vigentes aunque escasamente cumplidas. De ellas 34 dictadas en 1410, procedían del sínodo de don Lucas de Zúñiga que fue quien ordenó que la iglesia colegial de Albelda se trasladara a la Redonda de Logroño, y el mismo que dio licencia a los dominicos para construir el convento de Valcuerna; 11 constituciones eran de Fray Juan de Torquemada dadas en el año de 1480, que aunque no fue obispo de Calahorra una Bula Pontificia le facultó para actuar en esta diócesis siempre que fuera requerido para ello; una de don Juan de Ortega en 1502, que más tarde pasó a ser obispo de Coria; y 19 de don Alonso de Castilla en 1539, en cuyo tiempo se elevaron las torres de la colegial de Logroño. Tambien se respetaron 30 constituciones sinodales de don Juan Bernal de Luco en 1533, famoso teólogo del concilio de Trento que celebró dos sínodos en Logroño y uno en Vitoria; 125 de don Pedro Manso de Zúñiga y cinco de don Pedro del Castillo.

X. Ni esposo de mujer ni sacerdote

No crean sus mercedes que aquel capellán de Vizmanos, en el arciprestazgo de Yanguas, era el único que cometía semejantes indecencias.

Era común la costumbre que aquel puso en evidencia, fue la gota que desbordó la balsa.

Aquel olor tan repetido en muchas sacristías, era en Vizmanos aquella mañana, ciertamente insoportable, peor que un establo. Yo, sin saber por qué no terminaba de identificarlo. Don Pedro le puso nombre: orines.

Entramos en la sacristía de una de las dos iglesias de aquel lugar donde tan en demasía olía, que don Pedro se asomó al aguamanil y vio que estaba cegado y no evacuaba bien, con lo que se probó que los curas tenían los aguamaniles para algo más que para limpiar sus manos antes de celebrar. Por lo visto eran muy útiles para lo que no debían servir, y así mandó construir los nuevos, y enmendar de los viejos los que se pudiere, de manera que su altura estuviera entre el estómago y el pecho de los curas.

De todo se ocupaba nuestro señor obispo aunque eran escasos los que seguían su ejemplo. Cuando estaba en Calahorra, aunque estuviera fatigado, mandaba que se condujesen las ampollas de los santos óleos a su cuarto para ponerlos por su propia mano en las crismeras. ¡Con qué aprecio y veneración trataba las cosas sagradas!

Como eran muy abundantes los sacerdotes que

trasegaban las hostias sin la obligada adoración mandó que la repartición de los santos óleos la ejecutaran los arciprestes y que no se entregasen las hostias como no fuese a sacerdotes: "que esta santa materia sólo es para tratada por ellos".

La visita pastoral la hizo siempre por arciprestazgos dando comienzo en la iglesia principal de cada territorio.

Otros obispos antecesores suyos la realizaban mediante visitador que se paraba en la principal y allí debían acudir los clérigos de los alredores a rendir cuentas, pero con don Pedro era distinto. Él siempre se hallaba presente, salvo como he dicho en algunas ocasiones en que repetía visita. Exigía los certificados de autenticidad de las reliquias, contaba las hostias y los vasos sagrados, revisaba los estatutos, los libros de cofradías, las memorias de las misas y los testamentos. Al final se entrevistaba con los niños y los gitanos para ver su fe.

En todas las iglesias vino a ordenar lo mismo: *"...que en la visita de sagrarios y pilas bautismales se utilicen ornamentos y utensilios de sacristía y que en ninguna se acuse la falta de aseo..."*.

La picardía de algunos curas les llevaba a pedir cosas prestadas a otros de otras iglesias para justificar el buen orden cuando el obispo llegara de visita. Más de una vez vio repetido en una iglesia el isopo o la naveta de plata que había visto en otra. Y no lo admitía. Tampoco consideraba de recibo que las navetas fueran de hierro, de palo, o de metal.

—Quiero saber qué hay y qué no hay. No puedo mandar hacer lo que no veo faltar. O falta aquí o falta allá. No hay por qué compartir los utensilios sagrados.

En sus visitas pastorales se mostraba en exceso metódico. Primeramente celebraba una misa solemne y terminaba abriendo el sagrario. Para ver en qué estado se hallaban la pila bautismal y los óleos sagrados ordenaba una procesión que discurría con el canto del *Veni Creator Sancti Spiritus*. Después rezaba un responso por los sacerdotes fallecidos y la procesión continuaba hasta el cementerio del lugar en cuyo camposanto elevaba otro responso por los fieles difuntos. Todo el pueblo solía congregarse añadiendo su voz a los cánticos.

Al cabo, comprobaba don Pedro los libros parroquiales y en especial los de fábrica para ver el buen o mal uso que se hacía de los dineros.

Todos estos menesteres solían acontecer en las sacristías. En ellas mandaba poner un bufetillo y una escribanía con el papel necesario para apuntar de su mano lo primero y principal, que era lo que faltaba en la iglesia, y seguidamente, lo que algunos fieles devotos manifestaban que faltaba. Remataba dictando "la secreta" o recomendaciones para enmendar lo enmendable. ¡Qué gran agudeza tenía don Pedro para distinguir lo necesario de lo superfluo!

Muy prematuramente denunció como con el tiempo las normas de la iglesia se habían ido prostituyendo. Eran demasiadas las arcas de misericordia para el socorro de los pobres que no cumplían la caritativa misión para la que fueron instituidas. Algunas halláronse aumentadas con usura contra lo dispuesto por don Juan Bernal de Luco, obispo de este obispado que reguló la forma de administrarlas: *"que es turpe lucrum pretender ganancias de todo esto"*. Cierto es que los defectos procedían de la antigüedad.

Al principio de su episcopado, cuando consagró los santos óleos en la iglesia de Calahorra, ya vio que las hostias estaban en unas ampollas de estaño. Sin dilación mandó hacer unas de plata. Las pagó a su costa y costaron 563 pesos. Decía que para el culto de Dios Nuestro Señor todo era poco.

Alguno de los amaneceres de Logroño los recibía paseando con su breviario junto al río. Alguno. En cuanto los primeros rayos de sol aparecían por el horizonte se encaminaba hacia el pedregoso lecho del Ebro cuyas orillas yo siempre conocí colmes de cardos agostados. Tan atento miraba al libro que de cuando en cuando caía en algún charcón formado por las lluvias de la víspera y se calaba los pies. Otras veces volaba su espíritu distrayéndose de sus oraciones cuando algún minúsculo rebaño de ovejas corría ante sus ojos camino de alguna hondonada. Luego, para cuando el sol quería subírsele a la espalda, ya estaba de regreso a casa.

La noche del incendio de Labraza díjome ser nimiedad aquel fuego comparado con lo que él vivió estando en Badajoz. Y es que en el año de gracia de 1685, día 18 de junio, mismo mes por cierto que el del incendio de la casa de don Severino, a la hora de las cuatro de la tarde, se levantó en aquella tierra extremeña una grave tempestad de truenos y relampagos, y luego que cayese una centella en el almacén de la ciudad en donde había gran cantidad de barriles de pólvora pegó en la pieza immediata a ellos y todo comenzó a arder.

Extendiose la noticia por la ciudad y la gente se atemorizó y empezó a gritar. Hasta los más enfermos sacaban fuerzas de flaqueza y con poca ayuda se retiraban a los templos. Los clamores y lamentos de hombres y mujeres subían al cielo, algunos llegaron a alejarse cuatro y más leguas sin llevar más cuidado que el de guardar sus vidas que las juzgaban perdidas.

Mi señor que vio estas operaciones se refugió junto a muchos en la iglesia catedral para remediar la desgracia que parecía avecinarse con tanta pólvora en medio del fuego. Los más valerosos acudieron al almacén para apagarlo. Arrodillado don Pedro dispuso que algunos mensajeros fueran a los conventos y demás iglesias ordenando que se descubriera al Santísimo.

Hasta la media noche duró la tribulación. Y aconteció que el fuego del almacén se aplacó cuando aquellas terribles lenguas de fuego ya se hallaban muy cerca de la pólvora.

A cuenta de este suceso tuve otro quítame allá esas pajas con Lanada, porque apostilló éste que "nada hicieron los que fueron a echar agua para que no aconteciese el mal peor, sino que fueron las rogativas del señor obispo las que les había librado de tribulación tan grande". Don Pedro le contrarió sacándome la cara y diciéndole que "a Dios rogando y con el mazo dando", y que "de no haber sido porque aquellos apartaron los barriles de pólvora quién sabe cuántos menos hubieran podido contarlo, y que de ningún modo quería decir con eso que la oración no fuese más fuerte que la más pesada azada".

Yo siempre me sentí honrado y satisfecho de servir a un hombre que mostraba una confianza casi ciega en Dios, en Dios y en mí que en su parquedad dábamelo a entender de vez en cuando. Nunca me sentí merecedor de tanto afecto, y antes de continuar diré que tampoco me faltó de su boca alguna reprimenda, muchas de las cuáles por culpa fueron de terceros que, aunque clérigos no eran santos, y para más penar, algunos de los peores vivían entre nosotros o cerca de casa.

Le dolía el corazón por la penuria del pueblo y a todos consolaba procurando remediar sus males. Pastoralmente todos le consideraban muy denso, era un catequista nato. Su catecismo se publicó por primera vez en 1697, y fue prologado por el chantre de Calahorra, Herrera y Grajera.

Escribía mucho. Al día siguiente de tomar posesión en Calahorra ya tomó la pluma. Escribía a horas y deshoras pareciendo su pluma parte de su mano.

No habrían transcurrido más de 10 días desde su toma de posesión cuando le pidieron consejo del ayuntamiento de Calahorra para inventariar los libros del archivo, tal era ya su fama de hombre culto, momento en que aprovechó para recomendar que nombrasen un médico para la ciudad pues hasta entonces el único que tenían los ciudadanos era el propio del cabildo que no daba abasto para toda la población, de modo que en febrero de 1687 ya estaban buscando uno para los civiles.

Pronto corrió la voz de su sabiduría. Lo mismo le preguntaban por el modo de construir un edificio que por las claúsulas que debía contener un contrato.

—Su ilustrísima habrá de saberlo —díjole en una de aquellas conversaciones el Procurador General de la ciudad— ¿en qué condiciones cree que debiéramos convocar la cobertura de la plaza de arriero ordinario de Calahorra para la villa de Madrid?

Aplazó la repuesta don Pedro y pidiome opinión, a lo que yo le dije que sabía cómo lo hacían en Logroño y que lo más importante era que amarrasen bien lo convenible, o sea que, quien fuese el encomendado fuese obligado a justar el precio para llevar todas las cargas de cualquier género que fuesen, porque luego de otorgado el contrato eran mayores las excepciones que la norma.

De algo debió servir la respuesta que don Pedro dio al Regidor porque por el mes de abril se concedió a uno el derecho de arriero con unas tasas de 10 reales la arroba, salvo que la tal arroba fuese de dinero en cuyo caso se subía a 15 reales.

De todas sus cartas pastorales la primera y segunda las escribió en su palacio principal de Calahorra y las dirigió a las personas de los estados eclesiástico y secular exortándolas a la reformación de sus costumbres y a practicar el ejercicio de la virtud: *"haced las paces con Dios puesto que los sacerdotes están puestos en la iglesia para luz y guía de los seculares. En caso contrario ¿como podrá dar luz el que está poseído por las tinieblas de la ignorancia?"*

A finales del año 1687 despachó un edicto y

otra carta pastoral a los vicarios y curas. Aquel, sobre el abuso de atesorar limosnas de los fieles por medios prohibidos como era el celebrar misa o administrar sacramentos fraudulentamente; y ésta llamándoles a la mesura en la posesión de bienes terrenales.

El edicto se le ocurrió cuando supo que un clérigo forastero vino a administrar sacramentos con papeles falsos. Al ser descubierto se le reconvino, pero él volvió las espaldas cuando le entregaban los papeles de apercibimiento. Sabedor don Pedro de ello escribió *"que ningún clérigo, fraile, o monje extranjero sea admitido a celebrar ni a administrar sacramento alguno sin licencia del obispo"*. A los que llegaban con la intención de abuso les daba la limosna de dos misas sin consentimiento de celebrarlas y los ponía al borde del camino.

Aquella tercera carta pastoral era larga y venía a decir que no multiplicasen con ambición sus bienes sino que se contentasen con lo suficiente. Otra cosa era saber qué considera suficiente cada cuál para la subsistencia propia.

Saben ya vuestras mercedes que si grande era su preocupación por asistir a las almas no era menos su sensibilidad hacia las necesidades del cuerpo.

En esto recordaba su postura a lo que los Papas Alejandro Octavo e Inocencio Duodécimo vinieron en hacer cuando ya lo practicaba don Pedro. El primero tuvo mucha caridad y fue quien, al morir en 1691, dejó todas sus riquezas a sus sobrinos. Por algo se llego a decir que más le hubiese valido a la Iglesia ser su sobrina que su madre. El que sucedió al anterior también fue muy caritativo con los pobres y necesitados aunque a decir verdad todo no lo hizo muy bien porque fue quien inclinó a nuestro rey don Carlos Segundo a declarar sucesor a don Felipe, el francés, y es de creer que por ello allegó la guerra que nos vino a principios de la nueva centuria que ahora estamos viviendo.

Don Pedro, como los Santos Padres coetáneos suyos, se interesó por socorrer las temporales necesidades de los pobres.

—No hay oveja que no necesite pastor porque uno no puede apacentarse a sí mismo —y añadía—. Grave disonancia es gastar y consumir el patrimonio de la iglesia en cosas superfluas, quitando a los pobres lo que es suyo.

Solía decir que los bienes eclesiásticos se habían de convertir en uso de pobres, en culto divino y en cubrir las básicas necesidades de los ministros. Esto nadie lo dudaba pero todos los curas usaban de distinta vara para determinar qué, o qué no, era necesario para ellos.

Cuando a alguno veía lujurioso no se satisfacía con reprobar su vicio, sino que aplicaba voces y hechos para remediarlo, "que la impureza —decía— es el más común de los vicios".

En su presencia los más airados se templaban y los discordes se pacificaban. En donde quiera que se hallase no se oía palabra de murmuración, y ni por descuido se pronunciaban blasfemias o irreverentes juramentos.

—Don Pedro, tenemos carta —le anuncié un atardecer—. Viene del sur — añadí sin mayor pausa.

Procedía de Sanlúcar y le decían cómo una parte de su casa se desmoronaba y le pedían diese algún socorro para evitar su caída.

—Cuando vaya yo a ella la repararé —fue su respuesta.

—Aquí tiene otra —añadí estirando el brazo.

Alguien le daba cuenta de que se había hecho no sé dónde, una urna de cristales para un sepulcro de Cristo que querían sacar en la procesión del Viernes Santo para lo cuál pedían alguna limosna, pero él no la quiso dar diciendo que tal razón no era suficiente para defraudar a los pobres. De esta manera llegó a dar tantas negativas que no podría un servidor contar de memoria.

Yo le tenía advertido que los pícaros le engañaban.

—Ése ha recibido dos veces la limosna, don Pedro.

—En esto deja que me engañe, que no por engañador deja de ser necesitado.

En el reparto de la limosna a la puerta de las iglesias, daba seis maravedises y 10 onzas de pan, o sea, como un cuarto de pieza a cada pobre los días comunes. Aunque fueran muchos los que concurrían daba sin distinción, de modo que como conocían la costumbre de don Pedro se multiplicaban todos: los de la ciudad y los procedentes de los lugares cercanos a ella. Los días festivos daba de comer a 12 pobres, alternando el sexo: un día a 12 hombres y al siguiente a 12 mujeres que elegíamos llamándolas según su necesidad. Al final de la comida se les daba un pan para el socorro de toda su familia. Esta costumbre la inició a principios del fin de su primera visita pastoral por toda la diócesis.

Para dar ejemplo de caridad algunos días ayunaba quitándose parte de su comida que mandaba poner en otro plato. No crean vuestras mercedes que daba de lo que le sobraba sino de lo que necesitaba, dando a entender que sólo se contribuye a los pobres cuando se da de lo preciso para uno mismo.

Leguas y leguas dejaron atrás sus pies a lo largo de los años que pasó entre nosotros. Nadie conoció a otro de tal dignidad que lo hiciera. Nadie le obligaba. En una ocasión me atreví a aconsejarle.

—Don Pedro, mal estará no predicar ni misionar, pero cada cuál a lo suyo. Su ilustrísima tiene mucho que gobernar y puede ordenar que otros hagan lo que su ilustrísima hace por esos caminos de Dios, y estará cumplido. Si persiste en la costumbre quemará su salud y privará a muchos de su presencia.

—No es así, Lucas, no es así. Agradezco tus palabras, pero ¿por qué negar mi presencia y la palabra de Dios a los que a diario la doy, para concedérsela a otros que vengan después? ¿Qué necesidades espirituales mayores que estos tendrán los que vengan luego? ¿Y quién sabe si haciendo otra cosa que lo que Dios me pide obtendremos tanto fruto?

Un acontecimiento inesperado propició que un día de septiembre de 1700 atreviérame a hablarle de Clara.

—Don Pedro —dije como en un suspiro.

—Dime, Lucas.

—Deseamos que nos caséis. Clara y yo queremos casarnos. Son demasiados años sin poder hacerlo. Dieciseis hace que nos conocemos y la llama de nuestro amor no ha decrecido. Ninguno somos ya mozos y la vida se consume.

Hizo una mueca entre lastimosa y feliz, y dijo:

—Imposible creía que llegase el momento de oírtelo decir con tanta decisión. Cumplidos tienes según creo 46 años, cierto que ya no eres ningún mozo ni a ella puede tenérsele por casadera aunque ande en la treintena. Dios ha querido que habiendo vivido entre dos amores con ninguno hayas matrimoniado, Lucas, que ni esposo de mujer, ni sacerdote de Cristo eres. No obstante en lo que amaste al Señor sirviendo en esta casa y a este humilde obispo Él te lo premiará, perdonará tus pecados y te dará una familia. Sólo por tus renuncias lo mereces.

—Don Pedro —intenté interrumpirle avergonzado— yo...

—Sí —respondió— por tus renuncias. Todos somos pecadores, Lucas, pero no olvides que Dios por encima de todo, quiere arrepentidos. El próximo noviembre seréis, si así lo deseáis, marido y mujer. En cuanto al flaco, como tú dices...

—Murió hace dos semanas don Pedro —le dije sin sentimiento alguno.

—Que Dios lo tenga en su gloria.

—Dejaré de estar a su servicio, señor —dije

apenas sin voz— si me caso tendré que dejar de serviros.

Compungido, no pude sujetar unas lágrimas.

—Dios me asistirá, que si antes lo hizo con tu mediación luego lo hará de otros modos.

Don Pedro quería que cumpliésemos con el canon y las normas de la iglesia, fueran mayores o menores, y como era preceptivo debíamos encontrar un párroco, una parroquia y unos libros en los que inscribir el santo matrimonio, así que él mismo brindose a actuar de ministro con permiso del titular de la parroquia de San Cristóbal en el pueblo de mis antepasados, en Trevijano, que lo era don Francisco de Urranieta.

¡Cómo era don Pedro!

Al final de su vida seguía comiendo como siempre, poco. No por ello a los demás nos censuraba si veía que lo hacíamos con moderación. Muchos días dos pucheros se juntaban en la mesa: para él lo suyo y para el resto: lenguas de vaca, cecina de jabalí, lomo en adobo y trozos de tocino se alternaban sobre el mantel.

Recuerdo ahora otro hecho que explicará a sus mercedes mis exclamaciones por el recatado carácter de don Pedro.

Haría como seis años de su llegada al obispado cuando un día me sorprendió asomado a una ventana y me reprendió por ello de tal manera que lo consideré exagerado. No había reparado todavía en que no le agradaba aquella ingenua costumbre que había yo heredado de mi abuela paterna, pero el señor obispo ni en su palacio ni en las casas de visita usaba de ventanas ni se ponía ante ellas. A recreos de campo, con haberlos tan deleitables, nunca salió, ni le vimos sus familiares sin sotana, salvo yo, que es como si no le hubiese visto. Y cuando se hallaba en la cama por necesidad ni los brazos mostraba.

Cuando visitaba a los enfermos razonaba con

ellos sobre sus enfermedades con la llaneza de un amigo. Y más con nosotros sus familiares. El día en que don Pedro Moreno su capellán amaneció con su postrera enfermedad él le asistió con expresiones de padre pasando algunas malas noches, y en la última, no juzgando tan próxima su muerte, se retiró a su lecho. Dos horas despues murió el capellán enterándose de ello don Pedro a la mañana siguiente. Con muestra de gran sentimiento dijo.

—¿Porqué no me avisaron al tiempo de expirar?

Lloró su muerte y su inoportunidad en retirarse la víspera sin asistirle hasta el fin.

Cuando le propusieron fundar una capilla en Sanlúcar para que quedase memoria de haber tenido los de allí un obispo de Calahorra él respondió:

—No corro ningún riesgo de perder el cielo por hacer o no hacer una capilla en mi pueblo. Bien sabe Dios que la muerte eterna no me pillará por eso.

Reprobaba ásperamente las injusticias, no sólo las de usurpar lo ajeno y retenerlo contra la voluntad de su dueño sino tambien las que se cometían en juicios, *"que la justicia y la paz son hermanas"*, solía decir, y *"que la paz con el ejercicio de la justicia se consigue"*, y que *"sin justicia no puede permanecer la república sana; que haciendo justicia el malo se hace bueno y el bueno mejor"*.

¡Cuánto tiempo gastaba en estudiar materias morales! Mas no crean vuestras mercedes que por eso abandonaba a los encarcelados, ni a los pobres ni a los enfermos de los hospitales, ni a los moribundos.

Entre tanto yo le veía decaer y volví a proponerle que eligiera alguna persona que le ayudase a soportar tanto quehacer, que eligiese uno o varios varones sabios y temerosos de Dios en quienes se hallara la verdad y el odio a la avaricia para socorrer sus quehaceres.

—Tienes razón Lucas, lo merece la gloria de

Dios. Como bien sugieres buscaré electos y les prevendré sobre sus ejercicios y obligaciones para que bien informados de ellas, las cumplan. Se lo comunicaré al reverendo de Torres. Por cierto ¿cómo se encuentra Clara de su mal?

—Mejor, don Pedro, ya come normalmente.

—¿Cuánto tiempo hace que no la ves?

—Veinte días, señor, pero ayer recibí una carta suya traída por el cantero de Agoncillo que va y viene con regularidad de Calahorra a Logroño y viceversa.

Nuestro obispo jamás temió los peligros. Para llegar a algunos sitios tuvimos que pasar veredas muy peligrosas. Yo solía advertirle, pero unos días me daba la razón y otros me la quitaba.

–¿Qué necesidad tiene su ilustrísima de correr riesgos y pasar estos tragos con tanto cura de los que dispone para que prediquen o visiten en su nombre?

—A servir he venido —respondía— y no a ser servido.

Uno de los días en que sufrió hasta quedarse sin aliento fue en la visita a San Juan de la Peña. Es ésta una parroquia situada en posición escabrosa. Para llegar a ella menester es subir una escalera de piedras muy empinada, trabajo que él renunció a perdonar porque quería ver la pila bautismal y una pintura con la cabeza de San Juan Bautista que decían los fieles del lugar que el mar había llevado hasta aquella orilla. Sus ojos resplandecieron ante la presencia del Señor en aquel altar y henchido de gozo mandó entregar sin cargo una cortina de tela preciosa para el antesagrario. Al llegar arriba vínole un ataque de tos que le hizo saltar las lágrimas, sin acabar en eso el viaje, porque al regreso de la visita una culebra mordió el hocico de la mula que montaba el señor obispo y por poco don Pedro se descalabra. Cuando conseguimos sujetar al animal le pinché con un espino blanco para sangrarlo y pronto se calmó. El espino blanco es hierba sagrada por la Virgen. Don Pedro lo desconocía y yo se lo conté como mi abuelo me lo contara. Iba la Virgen María de camino cuando le sorprendió una tormenta y no teniendo dónde refugiarse se metió debajo de un espino gigante. Cayó un rayo encima y ningún daño le produjo de donde viene que nunca caen rayos en los espinos porque son arbustos sagrados.

El señor obispo me escuchó con muchísima atención y yo me sentía confundido. Era un atento y generoso escuchador de las conversaciones con cualquiera, siempre más dispuesto a escuchar que a hablar. En lo propio y en lo ajeno mostrábase austero, y ya he dicho a sus mercedes que cualquiera que mirase a aquel venerable prelado tan pobremente vestido, tan desposeído de todo ornato, y tan amable, no lo entendería, pues en esencia era sabio y como sabio, aunque pobre, prudente.

Gobernaba su persona con exquisito celo, causando especial veneración en los actos públicos a los que acudía. Sobresalía por su prudencia económica. En el culto era suave y amable, actuando con humildad y discreción, dándolo sin boato, con la gravedad que correspondía.

No permitía mixtura de preguntas, ni palabras ni acciones excusadas que pudiesen turbar el silencio y reverencia que en los oficios divinos se exige.

Para sí era pobre, y para las funciones de obispo, austero pero no mezquino. Para los actos pontificales tenía pocos pero preciosos y duplicados ornamentos, y alhajas de mucho valor para la aplicación de los santos óleos y confirmaciones.

—Para nuestro uso y mesa, sobre el barro —decía— pero para Cristo sacramentado el oro no alcanza.

No recuerdo haber dicho que no sólo visitó parroquias sino que no dejaba en el camino ermita ni santuario por pisar. Visitó todas las que discurrían por las veredas que le pillaban de camino y para las adentradas en los montes enviaba a persona de su satisfacción. Muchas mandó demoler por estar del todo maltratadas, y sus imágenes las mandó llevar a las iglesias más cercanas aunque muchas tuvieron que ser enterradas por estar indecentes.

—Diligencias son estas muy necesarias —justificaba aquellas sepulturas— para que las casas dedicadas a Dios y a los santos no paren en establos de ganado.

Acabábamos de enterrar en San Millán de Léniz una imagen cuya cabeza había sido trepanada por las goteras del tejado de una ermita consagrada a nuestra señora. Cuando el prelado vio su hermosura y notó el vituperable descuido de cabildo y del pueblo, encendido en celo prorrumpió en lágrimas y reprendió la poca devoción y afecto de todos.

—Cuando piden licencia para erigir ermitas todos ofrecen conservarlas con decencia pero en llegando la necesidad, unos por otros las dejan llegar a este estado.

Enseguida que esto dijo, como si se sintiera reprendido por sí mismo, mandó desenterrarla y repararla, y después la envió a la ermita. Entonces fue cuando ordenó que no se dieran licencias para erigir nuevas ermitas sin que constase su necesidad y en ningún caso se construyeran lejos de lugares habitados.

Tan despreocupados vivían algunos curas que bastantes de los edificios a su cargo se hallaban en ruina, la fábrica de algunas iglesias de los pueblos pequeños se hallaba maltratada y desasistida de la debida decencia. Decían que era por falta de primicias pero no debía ser así, pues por no preocuparse no se preocupaban ni de mantener la luz continua que en la presencia sacramental debe conservarse. Normalmente en los pueblos sólo la encendían los días de fiesta y al tiempo de decirse la segunda misa, cosa que el prelado consideraba una indecencia de los señores constituídos en patronos. Era frecuente que con éstos, los prelados acostumbraran a tener choques, dado que los patronos de hermandades y cofradías pensaban que no estaban obligados a nada más que a llevarse las lámparas y ornatos a sus escaleras y zaguanes particulares.

Antes de celebrarse el sínodo ya obligó a conservar reparadas las iglesias, y a que las luminarias del Santísimo estuviesen permanentemente encendidas. Cuando así no se cumplía era mandaba celebrar misa y después de ella retiraba al Santísimo con la intención de provocar que algunos pueblos, al verse privados de la presencia sacramental, reaccionaran con desconsuelo y contribuyeran con lo necesario para la conservación del templo.

¡Con qué sublime armonía empleaba su voz!

A mí siempre me habló quedo. Mientras le escuchaba, mi alma se expandía como si fuese de algodón. En contadas ocasiones me reprendió por hallarme ocioso, que en habiendo quehacer a que me lo mandase no aguardaba, sobre todo porque nunca hubo para mí mayor incomodo que andar mano sobre mano. En pelar gallinas, zorzales, pollos o codornices, o en barrer, fregar o soplar la lumbre llenaba el tiempo libre, que no era ni poco ni mucho sino lo justo.

Grande fue mi emoción al leer sus cartas póstumas, aquellas cartas que me mostro con magníficos gestos al introducirlas en medio de una pila de papeles que había en una de aquellas sillas de peral ennegrecido. Enorme fue mi tribulación el primer día que las leí y enorme todas las veces siguientes en que leyéndole se hacían mías su pena y su vida. ¿Qué misterioso impulso habíale instado a tomarme aquella celestial confianza, a mí, un humilde hombre con el que Dios quiso que aconteciera su encuentro.

Sus epistolas son un compendio de palabras de amor y de consuelo. Unas, que eran distintas de color y de tamaño, contenían frases de agradecimiento para su amigo don Juan Leal. ¿Qué habría éste hecho por él?, preguntábame yo. Sabía que un día, de común acuerdo, habían ido ambos a buscar la ayuda del padre jesuita Antonio de Castilla, sabio varón y virtuoso al que pidieron tomase a su cargo la dirección del alma de don Pedro. El padre Castilla recibiole a solas con espíritu gozoso y le dijo que no ignorase que la prudencia de la carne es muerte, y que jamás fuera ajeno a que la prudencia del espíritu se torna en vida y en paz: "si así lo creyeres, Pedro, llegó a escribirle, entenderás cuán enemiga de Dios es la sabiduría cuando ésta no se sujeta a la ley santa".

De todo aquello un servidor no entendía nada: cosas de obispos y clérigos de altura debían ser. Al parecer algo sucedió un día para que don Pedro determinara someterse en todo al consejo del padre Castilla. Pero ¿por qué? Primeramente le recomendó pensionarse en el colegio donde él se hallaba para comenzar a practicar las reglas morales que debía observar mientras viviera. De su puño y letra dejó escrito don Pedro referencias a él, a don Juan Leal y al propio padre Castilla. Lo hizo en unas hojas que tal cual encontré mantengo. Utilizó, por lo que se ve, tinta de escasa calidad y fijación porque aun habiéndolas tenido un servidor varios años apartadas de la luz hay partes que se diluyeron a la vista.

Uno de aquellos papeles sueltos dice así:

(...) Promesas... (...) y huir de conservar todo lo que pudiere, aunque sea indiferente; recogerme en casa todo el tiempo que no asistiere a la iglesia; dejar mi descanso siempre que sea menester para el bien común o para alguna obra de caridad; huir de todo cuanto pudiere más que mi estado de sacerdote; excusar visitas que me impidan desarrollar mis obligaciones; dar tantas limosnas como pudiere; no aprovecharme de los cuatro meses de gracia a que el derecho y el cargo me otorgan; no ir a fiestas de toros, ni

a comedias, ni a bailes, ni a otros entretenimientos semejantes; no leer libros profanos, ni historias seglares; no tener alhajas; no comer cosas viciosas, ni fruta cruda; no porfiar con nadie aunque tenga evidencia de la verdad de mi dictamen; encomendar mi corazon a nuestro Señor, a la Reina de los Cielos y al Santo Angel Custodio siempre que salga de casa, darles gracias por los beneficios recibidos y pedirles perdón de mis faltas; no hacer viaje a mi casa o a otra parte en cuanto no sea indispensable; remitir mis dudas al juicio de mi confesor; guardar silencio en el coro; usar un vestido moderado, lo preciso para la decencia de mi estado; no disculparme de falta alguna que cometiese, ni de las que se me imputasen sin haberlas cometido; no comer ni beber cosa alguna fuera de mis horas comunes; estar siempre con la sotana puesta aunque esté solo en mi aposento; no usar vestido de seda exterior ni interior, ni guantes; guardar silencio cuanto pueda; huir de la curiosidad de saber novedades; no pretender para mí cosa alguna temporal directa; no usar cosa alguna que tenga buen olor natural o artificial; no hablar fuera del confesonario con mujeres salvo cuando alguna necesidad lo pida y entonces sea delante de personas honestas y en público; no cobrar limosna por predicar ni por decir misa; tratar lo menos que pueda con seglares y sólo en cosas de mi ministerio; no tener amistad ni familiaridad con persona alguna; no tener en mi compañía pariente alguno de consanguinidad ni afinidad; no administrar hacienda ajena, ni ser albacea, ni tratar casamientos; y huir de toda ocupación temporal".

¿Acaso todas o alguna de estas faltas habían sido de su propiedad? Yo no lo creía, mas tengo por cierto que cumplió estas intenciones. Al fin conocí que siguiendo estas reglas fue como don Pedro volvió de la sinrazón en la que quedó sumido cuando sucedió aquello de la monja que se precipitó por la escalera.

Su legado me quemaba las manos. Transcurrieron varias semanas antes de que me atreviera a leer sus papeles secretos, algunos de los cuáles hoy, en 1721, todavía son desconocidos porque algo me dice que su contenido no debe ser revelado. Mucho dudé antes de dar a conocer los que aquí verán sus mercedes, más si pueden leerlos es porque momento llegó en que don Pedro desde el cielo dirigió mis decisiones y guió mis manos hasta clasificar los que sí y los que no.

Desengáñese quien piense que entre lo que queda oculto en la alacena de mi mente hay papeles que pueden restar mérito a la santidad de don Pedro, antes al contrario: nuestro obispo fue un obispo santo y más por lo que callo que por lo que publico.

Una de los primeros documentos que leí tras su muerte fue una de las dos cartas que encabezó con mi nombre y que vuestras mercedes tendrán ocasión de conocer.

En general hablaba con paz y firmeza.

—Aquí yo gobierno y nadie más, que cuerpo de dos cabezas es monstruo abominable —pronunciaba las palabras con entereza— y si no valgo que me quiten.

Otro hecho que manifiesta su responsabilidad fue el siguiente.

Estando en Arnedillo (corría diciembre del año de 1700) llegaron unos vecinos de Arnedo que deseaban obtener el perdón de Dios por el ministerio de don Pedro. Él se encontraba muy enfermo. Don Antonio se anticipó a despachar a los forasteros con airadas voces que don Pedro oyó desde su lecho. Sin fuerza para hablar se interesó por lo que pasaba y apenas lo supo salió la voz de su boca:

—¿No es cierto que no hay más que un obispo? Pues mientras esté vivo nadie se levantará contra su facultad de perdonar los pecados a todo aquel que se lo demande. Les atenderé, pues si tal no hiciera, mejor sería retirarme a un rincón para siempre.

Escuchó uno a uno a aquellos y les mandó con Dios, con su perdón y con sus bendiciones.

XI. Los papeles secretos

Procedentes de la villa de Enciso llegamos a Arnedillo, lugar que la Divina Providencia tenía destinado al prelado para su tránsito eterno. Habíamos partido del palacio episcopal de la Calzada el día 13 de octubre de 1700 después de la celebración de la misa. Luego que bendijo a los capellanes que se quedaban se despidió de ellos y cuando el día comenzaba a clarear salimos del palacio don Antonio, don Baltasar, su secretario y un servidor de vuestras mercedes que nunca dejó de ejercer con él una función de oficios varios, pues pese a haber empezado de cuidador de sus mulas lo fui casi todo hasta que, al año de estar con él, determinó convenir consigo mismo que las labores más ásperas las haría un joven de Bilbao llamado Benito de Saavedra que trajo a su servicio, si bien yo diría que lo trajo al mío, pues era yo quien debía distribuir sus quehaceres. Aún así pasó poco tiempo entre nosotros.

Cuán cierto es que no conviene dejar siempre cerradas nuestras puertas. Aquel mozuelo era muy instruido en habilidades de las que yo me creía maestro. Pertenecía a una familia de irenchaleas y pastores que dominaba los sintomas y tratamientos de las enfermedades de los animales mucho más que mi abuelo y por ende más que un servidor. Entre lo sabido de antes y lo que fui acopiando de su púber boca, llegué a domeñar con maestría tanto los males de los jumentos como los que atacaban a las aves de corral.

Benito venía del norte donde los partos del ganado los atendían más mujeres que hombres por tener la mano más menuda y caber mejor en las partes donde han de introducirse para el menester de ayudar a parir. Y si eran hombres lo eran mozalbetes por la misma razón de la mano. Con detalle conocía Benito cómo eran los animales al nacer.

—Ya sabéis, mi señor don Lucas, (sonaba el tratamiento muy bien en su boca y mejor en mis oídos) que las vacas y los caballos nacen con el hocico y las patas juntas en tanto que los novillos gemelos y los cerdos vienen a este mundo de cabeza y de espaldas.

—Así es Benito.

El vizcaíno era elocuente pareciendo de mucho juicio al expresarse. Su madre le había enseñado a asistir los partos de las terneras de manera que si no echaban las secundinas había que forzarles dándoles una mezcla de vino y aceite.

—¿Y cómo cree, señor don Lucas, que hacemos por el norte para espabilar a las crías recién nacidas?

—¿Espabilarlas? con unos azotes —díjele.

—Pues no, mi señor, basta con soplarles en el hocico.

Muy bien debían haberle soplado a Benito el hocico el día en que nació porque conocía a los ganaderos desde lejos.

—Ese es ovejero y ese cabrero, y aquel yegüero y aquel otro gorrinero...

Ni yo llegué a tal grado de conocimiento ni él supo explicarme cómo los distinguía.

Dos días me sacó al campo a buscar mandabelares que era una hierba dura y gruesa como la paja. Cuando la encontramos le pregunté que utilidad tenía.

—Ay, don Lucas ¿utilidad? sólo sirve para relleno de sobrepellizas, que veneno casi es.

Normalmente las ovejas desprecian esta hierba cuando la ven, más si pasan hambre la comen y les vienen trastornos que dan en abortar.

—Tal que la hoja del tejo o la hiedra de las peñas —respondíle.

—Así será si así lo decís.

Un servidor le enseñó a descolar a los caballos, a lo que dijo no entender la razón, que incluso le parecía malo dejar un caballo colín pues ni siquiera las moscas podría espantar. A tal respuesta añadí que de ese modo se facilitaba la colocación de los arneses y si acaso alguna vez había que hacerlos tirar de un carruaje no se enrollaban las crines en las riendas.

Día de San José, Benito desapareció de casa. Alrededor de un año había estado con nosotros y creo que bien lo aprovechamos todos, sobre todo él y yo.

En el camino hacia Arnedillo de aquel postrero viaje pasamos más frío que nunca. Hasta la ermita de San Lázaro que está muy cerca de la Calzada nos acompañaron cuatro clérigos: dos capitulares que el cabildo había nombrado para tal misión, que fueron don Juan Antonio Bravo que era médico y arcediano de Bilbao, y don Lucas Lopez Torrecilla, prebendado en la catedral de la Calzada, y dos capellanes.

Un poco más arriba de la ermita les dijo que regresaran, que si pensaban ir con él hasta Arnedillo, y al despedirse les bendijo tres veces y otras dos les dijo adios.

—Podéis volver y agradezco vuestra cortesía. Adios.

—No olvidéis ejercitar vuestro cuerpo —le recomendó don Juan Antonio— os mantendrá con la fuerza necesaria para que os encontréis mejor.

—Ea, el camino es largo, la paz con vosotros, con la bendición del Señor vamos a acometer nuestro trabajo. Adios.

Ya se alejaban aquellos cuando habló. Apenas le oímos, pareciendo que más hablaba para sí que para nos.

—Dios pagará la caridad que han ejecutado esos con este pecador.

La ruta fue penosa porque ni el tiempo nos acompañó ni don Pedro se encontraba bien.

En el camino nos tropezamos con dos caballeros venidos a menos que no se atrevieron a asaltarnos aunque bien les vimos las intenciones. Al advertir el estado en el que don Pedro iba se echaron atrás de cometer tal atropello. El más joven no tendría más allá de 16 años aunque vestía con pretensiones de caballero andante. Era un mancebo más o menos gallardo y más que menos escuálido, que traía daga y espada bajo el herreruelo, un viejo hábito que no sabría decirse si era suyo o lo había heredado, y una ojeras que parecían perseguirle de lejos por lo profundas que eran. Desde su montura don Pedro les bendijo y allí quedaron trasquilados.

Aquello trájome a la memoria la valentía de nuestro obispo frente a los malhechores. Uno de los beneficiados de Cuzcurrita se presentó ante don Pedro al poco tiempo de llegar él al obispado porque le había acontecido que le salieron al camino unos ladrones amenazándole con matarle si en el término de dos días no les ponía 200 doblones en un humilladero que le señalaron no muy lejos del lugar en que se hallaban. Contristado el sacerdote recurrió al prelado y en mi presencia y en la de don Francisco de Torres, que también se hallaba allí, díjole don Pedro con rostro alegre.

—Vaya con Dios y no les ponga lo que le piden ni tema sus amenazas.

Fuese el cura y nadie le conminó ni aparecieron más aquellos hombres.

Con el permiso de sus mercedes regreso al relato. Continuamos viaje camino de Arenzana donde estuvimos 20 días y visitó cinco lugares cercanos administrando en ellos la confirmación. De Arenzana nos pusimos en camino hacia Viguera, Castañares y Nalda. En ésta estuvimos unas semanas y allí nos enteramos de que el 27 de septiembre había muerto su santidad Inocencio Duodécimo y poco después, el 1 de noviembre, (alguien nos dijo luego que el 5) su majestad Carlos Segundo.

—Ay, mi buen Lucas —se lamentó a la hora de comer lanzándome una tierna mirada sin levantar los codos de la mesa ni apartar las manos de su cara— el rey nuestro señor hizo lo que pudo en vida, si vida puede llamarse a su paso por este valle de lágrimas. Nació débil y enfermizo y dicen que tan escasamente dotado físicamente como mermado en su inteligencia, aún así tuvo una suficiente capacidad moral y sentido de la realeza pues más creo que era un hombre normal cuyas limitaciones de instrucción y de cultura vinieron a darle la mala fama con la que cuenta. En lo que le permitieron fue digno, que renunció a la moda francesa de la peluca y se sometió al suplicio de llevar golilla.

El lejano tañer de una campana le hizo volver la mirada. Tras una pausa cerró los ojos y dejó caer la cabeza sobre su pecho antes de continuar.

—Te diré, Lucas, que muchas de sus decisiones fueron ajenas a su conocimiento y superiores a su voluntad. Tuvo gran dependencia de su madre y de sus esposas, quienes en todo momento y circunstancia aprovecharon su carácter y su obstinada terquedad para hacer de su capa un sayo. Pero él siempre tuvo las cosas claras, incluso me consta que mi nombramiento para la silla episcopal de esta tierra fue cosa suya y sólo suya —hizo otra pausa para beber agua y prosiguió—. Has de saber que aquí vine por santa obediencia hacia él.

Recuerden vuestras mercedes que mi señor don Pedro se negó tan terca como humildemente a ser nombrado obispo de la diócesis y sólo accedió por la insistencia del rey de España.

Todavía me duele la conciencia porque creo que al final no hice por don Pedro lo que debí. Desprecié la posibilidad de acudir a la calle Herrerías en Logroño, donde Leoncio, hijo del difunto tío Baldomero, dado por loco, ejercía sus poderes curando enfermedades. Sé que al señor obispo no le hubiese parecido bien recurrir a Leoncio para remediar sus males, pero bien pude haberle engañado para beneficiarle y no lo hice. A Leoncio unos le ensalzaban por sus méritos, otros le combatían y le llamaban anatema; los más le decían curandero de tres al cuarto. Yo sin embargo sigo creyendo que si hubiese ido a buscarlo se hubiera librado don Pedro de Lepe de su última hora retrasando su partida de este mundo hacia la definitiva morada. De haberlo hecho así quien sabe si don Pedro hubiera ido con Dios en momento más oportuno.

Pero no es justo el pueblo que culpa a los débiles de todos los males, y pues que al perro flaco todo se le vuelven pulgas, a Leoncio el curandero le habían culpado de que a Nuestra Señora del Cortijo no se le rindiera culto ni la sacasen en procesión el año de gracia de 1696. Tras muchas dudas de ida y vuelta no me atreví a provocar un escándalo yendo a pedirle socorro para librar de tan inconveniente muerte a nuestro obispo. La verdad no fue otra que por causa del mucho personal que de luto había en toda la diócesis y los temporales de lluvia y frío que habían asolado la región obligaron a suspender la procesión, pero los enemigos de Leoncio, que abundaban, vieron ocasión en ello para echar sobre él culpas irredentas.

Ni noble ni villano hubieran dado un centavo por los poderes de Leoncio para sanar, sin embargo muchos le consultaban en secreto. Pido pués perdón por mi cobardía al no echar mano de él y también por haber pensado en traer a un curandero, casi brujo, para evitar la muerte de nuestro obispo: uno nunca está seguro de cuál es el límite entre lo santo y lo profano.

Y como los designios del Todopoderoso lo son de fijo don Pedro terminó muriendo con más paz en el alma y en el cuerpo que la que trajo cuando vino, que no era escasa.

Volviendo al hilo de las más sombrías semanas de mi existencia continúo diciendo que a medio camino de aquel último viaje se unió a nosotros don Eleuterio que se había quedado en Logroño para resolver unos asuntos.

En mala hora porque me trajo malas noticias. Cuatro días tuve que ausentarme con motivo de la muerte de mi hermana a la que a mediados de septiembre le cogió un mal irremediable. En su sepelio hube de vérmelas con el dolor de una familia de mala muerte, y digo de mala muerte porque tanto ella como mi sobrina y mi madre, fallecieron todas en medio de grandísimos dolores.

De regreso de aquel sepelio me incorporé a la comitiva del obispo en Nalda.

Escasas veces puso don Pedro su mano sobre mi hombro pero en aquella ocasión la sentí como divina.

—Lo importante, Lucas, es seguir en el camino —me dijo elevando la Biblia que llevaba en su mano—. Mas no olvides que ni es buen camino el de la beatería ni todo acontecer incomprensible es milagroso, que aunque en todo está la mano de Dios en casi todo ha de hallarse la del hombre según Él lo determinó.

Esto lo decía por un exvoto que había visto unos meses antes.

Para él no era irreverente cuestionar algunos hechos que las gentes daban en llamar milagros cual fue el caso de los padres de Lucas y Francisco Miguélez, vecinos de Lardero, que según dijeron, sus hijos fueron milagrosamente salvados de la muerte por intercesión de San Marcial. No hay por qué dudar de la mediación del santo pero de eso al milagro hay tanto cuanto es imposible de asegurar.

Al llegar a Nalda les hallé sin blanca y no podían cumplir el rito de dar la limosna a los pobres. Al cabo apareció don Andrés de Herrera y entregó a don Pedro la necesaria cantidad de dinero para cumplir con la norma en la forma acostumbrada y de paso despedirse porque viajaría a Roma. Yo preparé la bolsa y salimos hacia la parroquial donde una larga fila de menesterosos aguardaba con la mano extendida.

De Nalda caminaríamos a Jubera, Robles, Enciso, Munilla, Zarzosa, Peroblasco y Arnedillo. En todas confirmó a los que concurrían para ello. Bajando la cuesta de Munilla, que es penosa, le fue necesario apearse de la caballería por no poder soportar los empeñones de la mula. Haciendo de tripas corazón y muy fatigado se dirigió a mí como dándome a entender que no tendría ocasión de decirlo por sí llegado el momento.

—Dile a don Juan Antonio que su obispo ya ejercitó suficientemente su cuerpo en este viaje.

Sus palabras me sonaron como una sentencia, seguramente barruntaba ya el final de su vida aunque mostraba un semblante animoso, casi alegre.

Don Pedro iba enfermo de una enfermedad antigua que nadie teníamos nombrada por desconocida o ignorada. Los galenos únicamente se ponían de acuerdo en prescribirle y animarle a que hiciera ejercicio y saliera a pasear por las tardes. Era cierto que teníamos comprobado que al activar su cuerpo se iluminaba su alma, moverse le hacía bien pero resistía el hacerlo o quién sabe si es que no podía.

—Obedezca a los médicos don Pedro —le repetía yo una y otra vez— que si ellos dicen que le conviene, le conviene. Haga ejercicio para conservar su salud y alargará su vida.

—Más prefiero —respondía en toda ocasión sin dejar de mover la pluma sobre el papel— acortar mi vida un año que tomar fama de obispo callejero.

En Munilla nos recibió otra recua de gente pordiosera. Toda España estaba igual. Entre los sucesos del periodo de regencia de Mariana de Austria (madre de nuestro rey) y las cuatro guerras en que su majestad se vio envuelto por el afán de posesión que tenía Luis Catorceno, el pueblo había ido emprobreciéndose más.

—Y demos gracias a Dios —dijo don Pedro al conocer el óbito del rey— que nuestro monarca, pese a sus limitaciones, demostró ser muy agudo uniéndose a los países que llaman Bajos y a Gran Bretaña, nuestros viejos enemigos, con lo cuál nos libró de males mayores, querido Lucas.

Don Pedro fue un gran maestro para mí y para la familia que le servíamos. No se malentienda el término: en todas las partes de España acostumbra a llamarse al pan pan y al vino vino, pero no para todos el pan es de harina de trigo. Familia en el norte no sólo se consideran los parientes, abuelos, padres, hijos y tíos, sino también los mancebos, jornaleros, huéspedes y peregrinos mientras dura su estancia en casa del hospedante. Y estoy por decir que hasta los animales considéranse familia, tanto los cuadrúpedos mayores como los de corral. Mucho aprendí junto a él pues salvo las letras y lo que mis padres y abuelos me enseñaron cuando era chico, todo lo demás lo atesoro gracias a la sabiduría y merced de don Pedro. Por él supe de cuanto acontecía más allá de los Cameros por el sur, y de allende el mar de los vascos por el norte.

Le quise como a un padre, y tanto admiré su fortaleza de ánimo como su brío físico, que fue perdiendo al fin poco a poco en las postrimerías de su existencia.

En el camino de Munilla a Zarzosa cayó una fuerte nevada, la ventisca frenaba la prosperidad de las caballerías, hacía volar nuestras mantas, inclinaba los árboles hasta el suelo y nos obligaba a reforzar nuestros cuerpos para afirmarnos sólidamente sobre las piernas. Un frío helador se aposentó en nuestros cuerpos. Al avistar Peroblasco el tiempo mejoró. Sus vecinos nos recibieron al atardecer con grande alegría que manifestaron nublando el cielo con vistosos humos de colores. Pregunté cómo lo conseguían y me dijeron que aplicando bajo el llar una partida de olagas a medio secar y paja mojada se lograba un humo espeso que hacían colorear con hierbas e insectos machacados, y que según se mezclaran producían colores distintos.

El día 25 de noviembre nos recibieron en Arnedillo. Don Pedro llegó desfallecido y tuvimos que ayudarle con sumo cuidado para que descabalgara de la mula.

El día de San Andrés, hallándose aún su ilustrísima bastante mermado de fuerzas no sé si por el viaje o por razón de su precaria salud, administró la confirmación. El ejercicio de los oficios pastorales pareció darle bríos y alegría de modo que al final de ellos se mostró tan magnánimo como de costumbre y algo más alegre.

—Otórguele la gracia de donar un cáliz a esta iglesia a cargo del obispado —dijo a su secretario.

Aquella misma noche expresó su deseo de volver a Calahorra dudando de hacerlo antes o después de la Navidad pero desistió de hacerlo antes porque reaparecieron unas grandes nieves que le hicieron posponerlo. No holgó por ello aquellos días, quien sabe si para que se cumpliesen los designios del Señor, pues le sorprendí dándole a la pluma, y a lo que entendí al verle claramente se notaba que estaba escribiendo sus últimas voluntades. Ya dije que algo barruntaba él.

Luego supimos que entre sus últimos deseos figuraba uno que a mí me llamó la atención porque aquello no podía ser cosa suya: ordenaba que se hiciesen doce albas y doce amitos para la catedral de la Calzada. La cosa es que, bien lo sé por los jaleos que había provocado aquello unos meses antes, no era iniciativa suya sino de don Cristóbal Sáenz de Apodaca, capellán de la catedral que le había insistido hasta el agotamiento. Líbreme el Señor de pensar mal pero aquella cabezonería tuvo que ser debida a que ya las tenía encargadas de antemano y estaba utilizando la política de los hechos consumados para lograr lo que pretendía. Recuerdo la avergonzada cara de Apodaca cuando 20 días después del fallecimiento de don Pedro le entregué los 16 doblones que me dió el administrador para pagar lo que en las últimas voluntades del señor obispo constaba.

Tres días más tarde de efectuar este pago llevé a la iglesia de Arnedillo otra donación que también había hecho constar don Pedro en la misma hoja. Fue mi último servicio en el obispado.

(...) y un cáliz dorado para Arnedillo.

A fe que adquirí el más precioso que pude encontrar de acuerdo con sus últimos deseos pues siempre me constó su generosa debilidad por aquella iglesia de la que ni siquiera el derecho al uso de la dignidad del señorío de su nombre usó don Pedro.

Aquel diciembre de 1700 había nacido frío y feneció doloroso. A su ilustrísima le arreció la tos y parecía que se le requebrajaba el pecho. Cuando no, las dificultades para respirar le hacían gemir mientras se le arrugaba la piel de los esfuerzos que hacía para tomar un poco de aire. No obstante cada día despachaba los asuntos más perentorios. Estando así confirió el canonicato a don Andrés de Herrera que estaba en Roma, al que tenía anunciado que por merecerlo le dejaría bien acomodado.

No quería reconocer lo mal que se encontraba pero ni fuerza tenía para leer la correspondencia, así que me encomendó abrirla y distribuirla entregándosela a él o a su secretario según fuera el caso. Una de las cartas llegó remitida por fray Pedro Ortiz, maestro agustino de gran renombre con quien teníamos comunicación frecuente y que fue quien dio los mejores informes cuando a don Pedro se le nombró obispo (pido disculpas por mi osadía al escribirlo en plural pero es que en todas las cartas el agustino tenía frases de agradecimiento y recuerdo para mí desde que le di un remedio para sus males de sarpullido). Dábale noticia fray Pedro de la muerte de nuestro rey de cuyo acontecer ya estábamos enterados como puntualmente he escrito.

Su eminencia no tuvo apuro en responderle en breves líneas: "He reparado que de los tres del Canon han muerto dos (se refería al Santo Padre de Roma y al rey), falta el tercero y ese soy yo, que estoy esperando el cumplimiento de la divina voluntad, para cuando llegue".

Aún volvió a tener noticia por un tercer cauce de la muerte de su Majestad. Llegó el fraile embozado al que no reconocí hasta que habló: "decidle que soy fray Matías".

¡El trinitario!

Al oir su nombre don Pedro también espabiló, incorporose y mandó que le hiciéramos subir y dejarles a solas. Cerramos la puerta tras ellos y apenas si les oíamos susurrar aunque a mí pareciome que cuchicheaban del rey nuestro señor, y así había sido porque más tarde, ya ausente el tal fray Matías, nos relató don Pedro lo que el fraile le había contado sobre las últimas horas de vida de su majestad.

Al parecer el día de San Mateo don Carlos había caído muy enfermo, siete días después recibió el viático, el tres de octubre firmó su sucesión en favor de Felipe de Anjou, nieto del rey de Francia, asesorado por una junta de teólogos encabezada por el Cardenal Portocarrero. Aquella firma debiola estampar sin conciencia de licitud pues dicen que dijo: "Yo no soy nada. Sólo Dios puede dar los reinos porque a Él sólo pertenecen".

Expiró el monarca entre las dos y las tres de la

tarde del 1 de noviembre a los 39 años de edad.

En aquel momento desconocía un servidor de dónde le venía a don Pedro conocer al misterioso fray Matías que aparecía y desaparecía sin dejar rastro. Corrido el tiempo lo averigüe porque su nombre aparecía escrito en los papeles secretos de mi señor.

Este es pues el momento en que transcribiré el contenido de una de aquellas dos cartas con que don Pedro me dirigió para que las leyera luego de su fallecimiento.

Amadísimo Lucas: Ama a Dios y ama al prójimo. Obra en conciencia. ¿Qué dice tu conciencia? Y huye sobre todo de dar escándalo que es uno de los mayores pecados. No creas que no valoré tus renuncias o que no agradecí tu sacrificio. Limpia está tu alma de todos tus pecados por imborrables que los creas, que si grave fue la debilidad de tu carne mayor es el perdón que mereces por tu arrepentimiento y tu constante lucha contra el pecado.

Espero que Dios Nuestro Señor igualmente a mí me perdone.

He de hacerte dos confesiones. La una, la que adivinaste en mi embelesamiento de uno de los días en que más llegué a melancolizarme en tu presencia. Me hablabas y sentíame reflejado en ti. Succdió en Badajoz. Tenía yo recien cumplidos 29 años. Era, y soy, de carne y hueso. Existió, y a fe que no escribiré su gracia, una religiosa a la que asistía espiritualmente y confesaba con frecuencia en su convento. Atesoraba tantas virtudes como encantos personales. Le reconfortaban mis palabras y a mí me animaban las suyas. Fui su confesor a lo largo de varios años y aconteció que habiéndonos despedido una tarde de la reja del confesonario, yo hacia mi casa y ella hacia la celda de su convento, al parecer dio un traspiés y cayó por la escalera sufriendo tan grave accidente que en escasos minutos murió. Hasta el día siguiente no tuve noticia de su óbito. Tanto me afectó su desa-

parición de este mundo que perdí todos los sentidos de los que Dios me dotó. Durante varios días halleme enajenado. Los que me trataron dijeron que tan sólo de sollozos y lamentos eran mis voces. Tres días estuve sin conciencia y sin tomar alimento alguno. Cuando volví en mí traté de salir de aquel estado usando de rigurosas disciplinas, maltraté mi cuerpo y velé cada noche. Me atormentaba sobremanera pensar que el dolor por su muerte era consecuencia del afecto que había llegado a sentir por ella más que de mi responsabilidad por su alma. La amaba como amo a todos los hermanos, hijos de Dios, pero sentía por ella algo distinto que si acaso fue amor humano, tornose luego en tormento cuando se accidentó y murió.

A los dos días de aquel suceso el ama que me atendía en casa, al ver mi terrible desazón, fue a pedir auxilio a don Juan Leal, amigo personal mío y ecónomo de la santa iglesia catedral del que tú, Lucas, ya tienes noticia. Le recibí llorando de vergüenza. Mucho debía haber cambiado mi rostro porque cuando retiré de él mis manos percibí en don Juan un gran desasosiego. Hallábame desfigurado. Gracias a Dios no me preguntó qué me pasaba. Trató de sosegarme y no pudo. Enseguida tomó de la pared la imagen de Cristo crucificado y me animó en su nombre para que saliese del estado de pesar en que me encontraba y diese lugar a la razón. Rompí en sollozos y determiné andar con piedad el camino de la vida que había elegido.

Aquella fue la gran prueba que me indujo a entregarme definitivamente al Señor: una revelación divina que agradeceré eternamente.

Ruega a Dios por mi alma, vela por la tuya y no entorpezcas a Clara en su camino hacia Dios contigo.

De Pedro de Lepe, obispo, a su fiel servidor Lucas Morente.

¡Cuántas veces se anegan de lágrimas mis ojos recordando sus señales! ¡Cuánta honestidad, cuánto sufrimiento silencioso y cuán grande agudeza la suya: en sus gestos, en sus modos, con su forma de hablar o de callar, cuánta fineza! No había gesto mío que a su observancia escapara. Él sabía que yo intuía los secretos de su corazón cada vez que la memoria de su pasado entraba en nuestras conversaciones. Y también era consciente de que yo advertía su melancolía cuando mentábamos al rey.

Otra de sus cartas en folio, que de toda suerte todavía guardo y que entregaré a mi hija quizá esta misma noche, aclaró muchos de mis supuestos y otras ignorancias.

Amadísimo Lucas, hijo espiritual y hermano mío:

Nunca me atreví a contarte lo que aquí te revelaré.

De camino hacia este obispado atravesamos Madrid y nos hospedamos en un término que llaman Vallecas. A poco de llegar a ese lugar donde teníamos previsto reponer nuestras fuerzas, vino a preguntar por mí un lego que dijo llamarse Matías. Vino a anunciarme que Su Majestad el rey don Carlos deseaba verme. Con el espíritu turbado dudé de la certeza de su intención, mas tantas pruebas me dio de ser cierto el mensaje, y tanto creí verdadera la real misiva que me mostró que me dispuse a complacerle con el secreto que me solicitó. Por una pizca de intución, y algo más por el pequeño pergamino que me mostró firmado por S.M. y dirigido a mi decidí desplazarme a donde quiera que aquel fraile de tersa piel y franca mirada me llevara.

Como a los ojos de Dios es más importante la obediencia que el sacrificio no me importó mentir a los míos para satisfacerla demanda de nuestro soberano. Díjeles a los familiares que fray Matías venía de un lugar cercano en el que un hermano de la orden trinitaria habíase accidentado y en su agonía pedía un sacerdote que no fuese de su orden. Más de uno se anticipó ofreciéndose a acudir pero les hice desis-

tir diciéndoles que siendo a mí a quien primero vio y con quien primero habló aquel fraile, era designio del Señor que fuese yo, personalmente, quien acudiese a socorrer espiritualmente al accidentado.

Partí con el fraile y cuando llevábamos como cosa de un cuarto de hora de camino se arrimaron a nosotros otros dos jinetes que hablaron a solas con fray Matías. Luego los cuatro continuamos camino hacia un lugar desconocido.

Aquel fue un invierno muy crudo si lo recuerdas, Lucas, que fue el mismo en que tú y yo nos conocimos. Los árboles eran sombras desnudas, las charcas de los marjales se hallaban sucias a pesar de estar heladas, todo resultaba triste, sombrío, desolado, como muerto.

Al cabo de una hora cabalgando nos encontramos con otros dos que se hallaban detenidos sobre sus caballos junto a una posada en estado de ruina. Fray Matías me ayudó a descabalgar y me hizo seguirle hacia la penumbra interior de la casa.

¡Válgame Dios, Lucas! Allí estaba Su Majestad frente a mí, puesto sobre sus pies. Me hizo una ligera reverencia a la que correspondí quizá con exageración. Fue cuando oí su aguda voz pronunciando "don Pedro". Era una lengua como de trapo que en los primeros instantes me hicieron pensar cuánta razón tenían los que de él aseguraban que era lelo. El sacrificio es alabanza grande pero no lo es menos la caridad, así que me dispuse a limpiarme de prejuicios y dispúseme a escucharle deseando entenderle. Aparentemente su verbo era turbio pero realmente no lo era porque sólo tres o cuatro sílabas resultaban para él impronunciables, que al repetirse mucho en la conversación parecía que toda ella era atropellada. Con todo, tardé como cosa de unos minutos en acostumbrarme a su forma de hablar y pronto comencé a entenderle.

Te preguntarás para qué querría el rey nuestro señor hablarme. Púseme a su disposición mientras pensaba cuán diferentes son los caminos de la imaginación y qué fácilmente justifica uno sus mentiras y pecados. Hallábame de obispo y embustero por el reclamo de un rey.

Nadie puede dar lo que no tiene pero Dios, además de hombre pecador, me hizo la merced de la paciencia y la confianza, virtudes que desde niño había ido cavando y trabajando para sacarlas crecidas desde mi mina interior. Yo le escuchaba. Miraba sus ojos y sus labios. Oyéndole primero me compadecí y luego le admiré. No, no era justo que el pueblo le culpase de la pobreza de España.

Cierto es que no era agraciado, de altura más bien bajo que alto, flaco, sus piernas como mimbres, su mentón pronunciado, los ojos no muy grandes, de color azul turquesa, y su cutis fino y delicado. Sus cejas parecían dos pinceladas, su pelo, tan claro de color como de densidad, le caía lacio sobre los hombros. Su cara blanca y sus manos finas, ni flacas ni desagradables, lo mismo que su franca mirada, indicaban una personalidad sensible y una franqueza harto considerable. Cuando se esforzaba en hablar con lentitud su tono era agradable y sin embargo extraño, dando la sensación de que más que defectuoso su acento era extranjero.

Para antes de comer, pues allí comimos servidos por los dos que con él estaban cuando llegamos, entre don Carlos y yo nos habíamos bebido, apenas sin darnos cuenta, dos jarras de agua. Confesome haberse decidido a confiar en mi humilde persona por hallarse viviendo entre gente tan embebida en la divinidad del poder, tan entregada a la diversión que se sentía inútil para gobernar. Él era muy consciente de que España se hallaba arruinada, y sabía que no era un dechado de sabiduría ni de inteligencia pero por su voluntad se consideraba más capaz que muchos de hacer lo posible para remediar algunos males.

Consciente de mi atención, hablaba con lentitud

para que yo le entendiese. Repito que no era torpe sino tardo para la pronunciación.

Vínome a decir que más que consejo deseaba consuelo, y que Dios sabía lo que había tenido que hacer para verse conmigo a solas en aquel lugar abandonado y bien que abandonado. Serían las dos de la tarde cuando fray Matías y los demás hicieron una fogata en medio del patio cubierto para calentarse y para nosotros encendieron una lumbre mayor en la chimenea de aquel recinto que parecía haber sido el salón principal del establecimiento. A partir de que las llamas tomaron auge los dos nos preocupamos de atizar el fuego con troncos que habían acarreado sus lacayos. Afanosos de servirnos mutuamente una y otra vez coincidíamos en coger el mismo tronco, uno por cada extremo, y mirándonos los depositábamos sobre las ascuas o entre las llamas que apuntaban declinar.

Mirándome con una expresión melancólica pidiome confesión y una vez absuelto comenzó a pasear por la estancia diciendo como para sí que la flaqueza natural es muy notable, en especial en las mujeres, y que según creía a la flaqueza suele unirse la melancolía, especialmente la de los solitarios, y que por ende no era eso sólo cosa de mujeres que lo que él sentía lo sentía de aquel modo y que se consideraba muy hombre.

Su relato resultaba lamentable. Bien cierto parecía que todos cuantos le rodeaban le consideraban disminuído de razón ¿Qué podía hacer por España un hombre con 25 años, rey desde los cinco de edad, regido por una madre que no hizo en vida más que esforzarse en que su hijo se creyera más débil y enfermo de lo que realmente se hallaba, declarándolo públicamente infértil como castigo de Dios?

Don Carlos sufría por algo más que todo aquello: deseaba tener un hijo que Dios no le daba.

Para colmo de males desde su infancia vino a estar enfermo. A los nueve años se vio obligado a guardar cama durante varios meses, su cuerpo se hinchó después de orinar sangre varios días. Con lágrimas en los ojos díjome que nadie puede imaginar lo qué un niño siente cuando le tratan como moribundo o como idiota. Más adelante a su males físicos se unieron los mentales. Él era muy consciente de estar viviendo rodeado desde su niñez de intrigantes como el padre Nithard, su madre y su hermanastro don Juan José de Austria, todos los cuáles deseaban alcanzar los más altos puestos. Entre sus consejeros abundaban los traidores favorables a Leopoldo Primero de Alemania y a Luis Catorce de Francia, nuestros peores enemigos extranjeros. Por esto o por lo otro nuestro rey se sentía solo. Así me lo confesó aquel día de invierno de 1686 en aquel lugar entre Madrid y Vallecas, que hoy no sería yo capaz de encontrar.

Y ahora verás, querido Lucas, como don Carlos no era mermado ni de inteligencia ni de valor pues con sólo 14 años y con más de 45 que contaba su hermano no consintió en firmar un pretendido nombramiento. La noche del día en que cumplió los 14 años y fue declarado mayor de edad le pidió audiencia don Juan José y le presentó un papel con su propio nombramiento de primer ministro. Él no lo firmó.

Sus ojos se agrandaron como ventanas abiertas cuando me refirió otra de las interesadas propuesta de su hermano. Pretendía don Juan José asesinar al jesuita padre Everardo Nithard "por lo mucho que perjudicaba al gobierno de España", unos sicarios lo harían y nadie sospecharía de ellos, le explicó.

Al relatármelo, amadísimo Lucas, el rey lloró amargamente como si le hubiese venido encima en un segundo la angustia de toda su existencia.

Su alma era un alma penosa pero benigna y profunda. Se negó a aquella complicidad e ingenuamente se lo contó a su madre. A los pocos días se supo que había sido prendido un tal Mellada cuando estaba a punto de matar al padre Everardo. Al sicario

Mellada le dieron garrote, don Juan José fue desterrado a Aragón y el propio padre Nithard fue destituído nombrando en su lugar a Valenzuela.

No, no era como se ve don Carlos débil de carácter como sus enemigos querían hacer creer a los ciudadanos; más que sus mermas mentales fue la inteligencia del hijo de la Calderona la causa de la mala fama de nuestro rey y señor.

Tampoco era imbécil ni malvado. Ni le faltó entendimiento ni dejó de lamentar los males que se venían acumulando uno sobre otro en toda España. Era débil de salud física y algo tímido por su defecto al hablar, pero despierto. Y si incapaz para superar los problemas del gobierno de España fue porque los males superaban las posibilidades de solución que cualquiera pudiera aplicar en tales circunstancias.

Con más ingenuidad que malicia llegó a preguntarme qué podíamos hacer para que si de cuatro partes de España tres estan en poder de la Iglesia se cediera una al menos al estado o al pueblo para paliar el hambre de los moribundos por necesidad. Me sentí tan avergonzado como impotente. Soy un pobre cura, díjele. Obispo, rectificome. Aún así, repliquele, que poco podría hacer, que si bien, en la medida en que de mis atribuciones dependiera le ayudaría en los términos del obispado de Calahorra no podría hacerlo en otros lugares. Mejor que yo sabía él que la Iglesia, como los Estados, son gobernados por personas cada cuál distinta, con distintas responsabilidades y distinto poder, defectos y virtudes, lo que hacía a todos considerar intromisión lo que podía con buena voluntad ser cooperación.

Avanzado el día en mi mente navegaba la duda ¿Quién era yo para gozar de la regia confianza de nuestro rey?

El Padre Reluz le asestó otro revés. Acudió nuestro rey a confesarse con él y éste le negó la absolución "hasta que remediéis los problemas que tenemos por culpa del desacierto del duque de Medinaceli al que debéis expulsar ya de vuestro lado", le espetó.

En su ingenuidad don Carlos participó al duque de Medinaceli la actitud del padre Reluz y éste le sugirió darle una coz hacia arriba: "si le nombráis obispo lo apartáis de vos y no tendréis por qué mendigar absoluciones". Así lo hizo y Reluz fue nombrado obispo de Ávila y el Padre Bayona nuevo confesor suyo.

Le costó incorporarse cuando volvimos a arrimar entre los dos un tronco a la lumbre en aquella posada en ruinas, momento que aprovechó para posar una de sus manos sobre las mías y musitó: "necesito aliviar mi angustia en vos, que sois un hombre santo", me suplicó. "No quiero sentirme cómplice de nadie, añadió, y menos del duque de Medinaceli que sostiene que cuantos más muertos, menos gente, y cuanto menos gente, menos problemas. ¿Por qué don Pedro la vida de algunos las valoran otros tan poco?", concluyó.

En cada una de sus mal pronunciadas frases, te digo Lucas, que palpitaba el amor de una sensibilidad extrema. Deseaba vivir sin contemporizar con nada y con nadie por la causa de un buen gobierno. "Sé que podéis ayudarme porque sois la única persona de la que he oído hablar con elogios magníficos. Tenéis fama de santo", dijo con suplicante admiración.

"Te deum Laudamus". Quedé estupefacto, la jarra cayó de mis manos y preguntome el rey qué me sucedía, le dije que no creyera que era tanto así de lo que de mí le dijeran, que era un cura sencillo o al menos deseaba serlo y que estaba sujeto al cuerpo con las mismas debilidades e instintos que cualquiera y que yo rezaría por él que era lo más que podría hacer.

Poco antes de despedirnos me rogó que accediera a nuevos encuentros o que al menos correspondiera a sus escritos. ¡De cuándo acá su majestad se mostraba implorante ante un humilde cura!

Nunca más volví a verle en persona pero entre estos papeles verás cartas suyas. Faltan algunas que perdí no sé cómo ni cuándo. Salvo fray Matías y los que aquel día en Madrid se calentaban fuera, que debían ser frailes disfrazados y gentes de su confianza, nadie conoce este acontecimiento.

Nunca olvidé, Lucas, el declinar de aquel día. Comenzó a helar. Tuve la sensación de que el calor del universo estaba desapareciendo. Detrás de la ventana se apagaba el sol acentuando el frío, el cielo morado paralizó la sangre en mis venas. El rey prometió escribirme para mantener sus deseos de vivir y rogarme consejo, para lo cual fray Matías sería el único emisario, volvió a advertirme.

Iniciamos el regreso avanzada la tarde. Las Completas de otoño habían traído aquellas nieves, el Adviento cedía el paso a las Navidades, nos despedimos con un abrazo y nos dijimos adios.

Regresé acompañado por el fraile. Mi corazón era un estruendo. Todo el camino de vuelta a Vallecas recé por nuestro señor don Carlos. ¿Cómo un rey desamparado y un obispo de fuerzas limitadas íbamos a lograr, él para sus súbditos y yo para nuestros fieles, lo que quienes realmente ostentaban el poder no lograban desde hacía muchos años? En cierto modo el Estado y la Iglesia adolecían de similares problemas. Decidí recurrir a Dios todos los días de mi vida rogando el socorro de los buenos deseos de nuestro rey y señor, consciente de que si queríamos alcanzar una comunidad suficientemente alimentada en su espíritu y en su estómago poco más que orar podríamos hacer.

En el camino de regreso tan pronto se henchía mi pecho por la confianza otorgada como se me anegaba el ánimo pensando en los problemas materiales que don Carlos tenía con sus súbditos. Si a los hombres se les da una causa y un caudillo pueden llegar a olvidar fácilmente que son hombres para convertirse en criaturas de Dios, pero ¿de qué causa y con qué caudillo contábamos? la causa quizá podría ser la necesidad, pero nuestro rey no era caudillo aunque fuese bondadoso y capaz.

La noche cayó con un resurgir de frías estrellas en el firmamento. Brillaban como cristales argentinos sobre un mundo de piedra, sentí la soledad y el frío en los huesos. No quise saber, a mi regreso, qué pensaban los familiares sobre mi larga ausencia; nada preguntaron durante la cena ni nunca nada les dije sobre mi encuentro con Su Majestad.

Ya ves, Lucas, la razón de mi fraternal afecto por nuestro monarca. Y ves que no me faltan razones para haberle amado tanto.

Ruega a Dios por el alma de tu obispo, Lucas, hijo mío, hermano mío, que yo imploro por tu salvación y la de Clara a quien tanto quieres.

Pedro, tu hermano agradecido.

Otros documentos que poseo son: una carta de Su Majestad el rey don Carlos Segundo fechada el 25 de febrero de 1689 escrita en el Buen Retiro comunicando la muerte de la Reina, su esposa. Fue el año en que las tropas francesas invadieron Cataluña. También tengo una carta, o quizá sea una copia del original fechada el 20 de marzo de 1691, pidiendo ayuda para algunos hospitales de España (este año los franceses atacaron Barcelona y Alicante); otra misiva dirigida a don Pedro, firmada por la reina madre y escrita el día 7 de marzo de 1692 en la que pide una canongía para un hijo de doña María de Sierra, dama suya; y otra epístola del rey escrita el 15 de junio de 1693 pidiendo subsidios para la guerra cuando los franceses acababan de conquistar Rosas y atacaban Málaga. Y las más importantes: las dos que Su Majestad el rey don Carlos Segundo escribió de puño y letra a don Pedro de Lepe.

A Su Ilustrísima el Obispo de Calahorra y la

Calzada don Pedro de Lepe.

Agradecezca su ilustrísima este favor a fray Matías, de palabra, que yo ya lo he hecho limosnando para su orden. Para mí no tiene precio lo que hace por nos.

Han pasado casi tres años desde que tuve el privilegio de sentirme escuchado por su ilustrísima aquella fría jornada madrileña que fue nuestra y sólo nuestra. De tanto me sirvió que cada noche me duermo recordando la paz de vuestro rostro y el sosiego que vuestro espíritu emitía mientras yo os relataba mis pesares. ¡Cuánto nos favoreció el destino el día en que el obispo Carbonell pidió para mí informes de vos a Pedro Ortiz de la orden de San Agustín, que os conocía en Badajoz! ¡Cuánto!

Después de hablar personalmente con su ilustrísima aquel diciembre madrileño habréis notado cierta mejoría en España con lo cuál me han crecido las fuerzas. Gracias don Pedro, algo debo a Dios, que por vuestra intercesión en algo remedia los males que acaecen. Y no echo en olvido vuestras palabras: "el corazón del rey está en manos del Señor y por Él late.

No han faltado algunos contratiempos en estos últimos tres años. En Madrid se amotinaron muchos contra el conde de Oropesa porque su nueva política de economizar en los gastos de la corte para poder disminuir los tributos no fue aceptada por los palaciegos. En cuanto suprimió algunos empleos inútiles y rebajó la paga de otros comenzaron las algaradas en la calle, como si aquello fuese una protesta popular que no lo era, pues las medidas beneficiaban al pueblo contra las prebendas de nuestros sirvientes. Con mi beneplácito prohibió el uso de géneros extranjeros para favorecer nuestra industria, mas al fin tuvo que renunciar a sus propósitos porque los que teníamos más cerca comenzaron a entorpecer gravemente sus decisiones.

Deseadme lo mejor, volví a contraer matrimonio, ahora con doña María Ana de Neoburgo. Aún no tengo descendencia aunque espero que Dios nuestro Señor me conceda el favor de la paternidad que tanto ansío.

Os deseo buena suerte.

Escrita en Madrid a 30 de diciembre de 1690.

La otra carta en mi poder, procedente del mismo remitente y fechada nueve años después, tardé más tiempo en hallarla por andar muy escondida en medio de un hato cuyo índice rezaba: "Constituciones".

A Su Ilustrísima el Obispo de Calahorra y la Calzada don Pedro de Lepe.

Don Pedro:

Ayer cumplí 38 años que hace 12 meses pensé que no llegaría a cumplir de tan indispuesto como me hallé.

Fray Matías me ha dado cuenta de que habéis extraviado varias misivas de las que os escribí los años pasados. No peneis por ello que más creo que el destino lo tenía previsto y que no es descuido de su ilustrísima. Me consta en cuanto aprecio tiene todo lo mío. Tanto las habréis guardado que es como si se hubiesen perdido. Un día aparecerán.

Ya me encuentro mejor pero el año pasado viví largos meses en que mi cuerpo se debilitaba más y más y mi ánimo decrecía. Las malas cosechas de los últimos años han venido produciendo gran escasez en todos los lugares. Mas es lo peor de todo que llegué a pensar que tenían razón quienes decían que estaba hechizado. Pregunté al Inquisidor General Rocaberti sobre ello y propuso al Tribunal obrar sobre mí para aliviarme pero los miembros de aquel no consintieron en ello, así que Rocaberti por su cuenta y mi consentimiento mando llamar a fray Antonio Álvarez de Argüelles, un exordizador que no consiguió expulsar los demonios de mi cuerpo porque dijo que ninguno me poseía sino que mis males procedían como bien yo os dije cuando nos conocimos, por la ambición de mi madre (hoy ya fallecida) y por otras personas del partido austriaco. Más adelante llegué a presentir la muerte y Rocaberti habló presto con fray Froilán Díaz que le recomendó traer de Alemania a fray Mauro Tenda, célebre pos su conjuros. Así se hizo y nuevos exorcismos no sirvieron sino para hallarme aún peor y perturbar mi inteligencia. Apenas me sentía capaz de hilvanar dos palabras de una misma idea. Lo último fue que mi esposa denunció a fray Froilán a la Inquisición por querer trastornarme y lo apartaron del confesonario real llevándolo a la cárcel.

Como os digo, ya me encuentro mejor, pero España se arruina, ya la población se ha mermado a menos de seis millones y las rentas no pasan de 30 millones de reales, vergüenza siento de mí cada vez que escribo "yo el rey" bajo cualquier edicto.

Si su ilustrísima supiera cuánto es mi amor por su persona...

Cuide su ilustrísima de sí que su salud tampoco es una excelencia. Beso su mano y agradezco sus oraciones.

En Madrid a 12 de noviembre de 1699.

Nota bene: No me faltan causas para el desconsuelo.

Las otras cartas de su majestad a las que aluden las susotranscritas no aparecieron entre los papeles de don Pedro. Preguntado don Francisco de Torres Navarrete en cuyas manos cayó todo lo que no en las mías díjome que allá con mis imaginaciones, que su majestad jamás escribió a don Pedro ni viceversa, por no haber razón para ello.

Un servidor supone que don Pedro las recibió y que fueron objeto de comercio por el mismo indigno que trapicheó con otros documentos suyos. A estas horas ya sabrán sus mercedes quién.

XII. MUERTE DEL OBISPO LEPE

El día 1 de diciembre el señor obispo se despertó ufano y con más alegría que lo habitual. Yo, animado por ello y para más sublimar su estado, le conté algo que le hizo reir con ganas. Le referí la contestación que el alguacil le había dado al herrero de Arnedillo cuando éste le preguntó "qué tal está don Pedro". El alguacil ni corto ni perezoso le contestó: "no está muy católico esta mañana" .

—¿Qué le parece la respuesta, don Pedro? —le dije forzando una mueca.

Rió, vaya si rió la ocurrencia.

El jueves día 2 llegaron tres muchachos solicitando la tonsura y aún tuvo fuerza para probar su derecho admitiéndolos a examen. Tan pez estaba uno de ellos en gramática como en doctrina cristiana y acabado el examen don Francisco de Torres se dispuso a componer las publicatas que había dc firmar don Pedro. Le puso delante solamente las de los dos que creyó aptos a lo que su eminencia preguntó por que no las tres. El secretario respondió que ni en gramática ni en doctrina estaba uno de ellos preparado.

—Compóngala —dijo don Pedro como asaltado por una revelación— que ese consuelo puede ser la salvación del alma de ese muchacho.

Con esto se ve que a veces parecía arbitrario en su modo de proceder pero no, si alguna cosa no era el señor obispo era despótico o inicuo, sino justo, leal y abierto a las revelaciones que se manifestasen en su interior. Lo que a nos nos parecía intuición en él debía ser razón.

El viernes día 3 se despertó mejor, había dormido bien y su ánimo era otro. Dijo estar dispuesto a viajar y mandó un recado a la villa de Herce dándoles noticia de que pasaría por aquella parroquial el dia 5, o sea el domingo siguiente. Pero la tarde de ese mismo viernes empeoró su salud, la tos creció y el ahogo volvió a incomodarle. Al anochecer pidió que entrásemos toda la familia a su habitación para rezar el rosario y le hallamos tembloroso sentado en una silla, sus manos parecían yertas. Don Francisco su secretario de cámara le dijo que eso no era natural, "eso me parece a mí" respondió él, "meteos en la cama, señor", dije yo, a lo que respondió su ilustrísima: "recemos el santo rosario". Y así lo hicimos con todo fervor y recogimiento. Sentí en aquel momento más que nunca que en torno nuestro habitaba una penumbra distinta. Fuera de día o fuera de noche durante aquellos días mantuvimos los ventanillos vueltos aunque no cerrados del todo, de modo que continuamente había dos líneas verticales de luz dibujadas en la pared de enfrente. Eran dos líneas finas que difundían un tenue resplandor hacia todos los puntos cardinales de la habitación sin llegar a romper la oscuridad de los ángulos que las paredes formaban con el suelo y con el techo. Si de día, la luz de fuera, y si de noche, un candil de aceite, colgado en la ventana producían idénticos efectos.

Salimos de su aposento quedándome yo el último. Cada cuál se retiró a rezar a su habitación y yo me quedé en la sala contigua. Arrimé mi oído a la puerta para comprobar que su respiración cogía la cadencia del reposo tranquilo. Cuando creí que ya dormía entré con sigilo, su cuerpo temblaba mermado de fuerzas. A punto de tocarle para asegurarme de su temperatura abrió los ojos sorprendiéndome con la mano cerca de la suya. Con suave aliento y una tierna mirada me dijo.

—No es esto cosa de cuidado, con ropa se quita el frío, ya nada siento.

Era la hora de tomar la cena y aunque se animó a tomar un caldo de berza con gallina no pudo hacerlo, mascar los tropiezos le producía dolor.

—Me molesta el oído izquierdo.

Aquella noche no tomó, pues, cosa alguna. Como una hora más estuvo asistiéndole don Francisco mientras yo fingía ordenar la estancia para estar cerca de él. Antes de dormirse aún tuvo fuerza para hacer algunas preguntas de orden general y despedir a su secretario que salió rezongando.

—Que me retire, dice, y que no deje de decir que la ropa remitida a Herce se conduzca de inmediato a Arnedo en cuanto amanezca. No tendrá otra cosa en qué pensar. Que me retire dice.

Al día siguiente era sábado, entramos en su aposento y le preguntamos cómo había pasado la noche, "no he podido conciliar el sueño como vosotros, que aunque he tocado la campanilla no me habéis oído. Felices sueños los vuestros gracias a Dios". Todo aquel día estuvo sin demostración de accidente ni mal alguno, permaneció en la cama todo el tiempo, al mediodía tomó, aunque poco, el alimento que se le puso.

—Dicen que ha llegado a Arnedo un carruaje con un personaje de Burgos —le dijo don Francisco— he pedido al vicario el favor de solicitar su uso, el viaje en litera os hará el camino más liviano.

—Sea enhorabuena. Que en ella me lleven —fue su respuesta.

Esa noche tampoco cenó arguyendo que ya lo había hecho la noche anterior cosa que no era cierta. Parecía no molestarle la conversación y estuvimos como una hora de tertulia hablando de diversas cosas y de su próximo viaje a Arnedo.

—Y de allí, a Calahorra —respondió despidiéndose hasta mañana.

Quedé próximo a su habitación para vigilar cualquier movimiento y en toda la noche le sentí. Con el consuelo de no haberle oído ni haberme llamado levanteme al amanecer con algún cuidado para no despertarle. La luz del día aún era tenue cuando entré alumbrándome con una palmatoria.

—Buenos días, don Pedro —susurré.

Como no obtuve respuesta me apliqué con cuidado y le miré los ojos que tenía abiertos.

—Señor, señor —dije en voz alta.

No me respondió y acercándome más comprendí que le había cogido algún grave accidente. Puse mi mano debajo de su cabeza y alcé más la voz.

—Señor, Señor —casi grité.

Le vino de pronto una convulsión que le causaba movimientos de todo el cuerpo mientras todos los familiares fueron llegando. Don Francisco determinó llamar aprisa a los médicos de Arnedo y de Munilla. A las dos horas llegó éste que le tomó el pulso. Hacia las diez de la mañana llegó el de Arnedo y visto su estado dijo que era mortal, intentó darle a beber una bebida que llevaba consigo pero incapaz fue de poderla tomar.

Don Francisco le dio la extremaunción pues en tal estado se hallaba que ni los sacramentos de la penitencia ni el de la sagrada eucaristia pudiéronsele administrar. Alguien propuso forzarle a hacerlo pero yo les recordé que los tenía recibidos del viernes anterior y que sin duda, añadí, aún mantendría su alma muy presentes sus efectos.

Era el día 5 de diciembre cuando su espíritu tomó el camino de la Gloria. Acababa de apagarse la antorcha más brillante de Calahorra y la Calzada. A las 11 de la mañana de dicho día expiró quien fuera corazón y vida de sus súbditos, el más grande apóstol de la diócesis, el padre de los pobres, el consuelo de todos. Acababa de pasar de esta mortal vida a la eternal presencia de Dios, apenas cumplidos los 59 años de edad, el ilustrísimo y reverendísimo señor don Pedro de Lepe y Dorantes.

A todos los presentes nos dolió mucho su muerte. Así eclesiásticos como seculares sentimos y lloramos con gran amargura la pérdida de nuestro prelado. Al momento nos dispusimos a manifestar el sumo aprecio y estimación que en vida le tuvimos. El mismo dolor sintieron los ausentes como se vio en cuanto se divulgó la funesta noticia. Tan sólo templaba nuestro dolor el sentimiento de que su ausencia la compensaba su presencia en el cielo.

No todos los allegados se portaron bien en aquellas horas porque algunos vecinos de Arnedillo al conocer el hecho (quién sabe si guiados por un amor malentendido, que en modo alguno atenuaría el pecado de abuso) manifestáronse con el ansia con que muchos desean y pretenden las cosas de más valor y se llevaron en secreto reliquias y alhajas de su uso personal, incluso alguno intentó tomar en un descuido alguna de sus prendas.

Lo que siempre consideraré peor es que los devotos o ladrones no actuaron solamente en su lecho de muerte, pues como conocen vuestras mercedes faltan firmas de algunos de sus papeles, firmas que fueron arrancadas con codicia. Y también desaparecieron importantes papeles de su palacio de Calahorra. Alguien, que tengo por cierto quién, vino hurgando y sustrayendo cosas a lo largo de los años. A buen seguro que fue aquel codicioso indigno cuyo nombre quisiera no haber escrito ni pronunciado jamás.

Mi mayor ignorancia y soberbio pesar es no saber las razones que pudo tener aquel que sustrajo los documentos que faltan del legado de don Pedro de Lepe, que, fueran o no fueran privados, eran de su propiedad o estaban bajo su custodia. Espero que sólo la ambición pecuniaria fuera el móvil de su latrocinio. Que Dios perdone al truhán y que el provecho dinerario que de su mala acción hubiera podido obtener no termine en paliativo de sufrimientos terrenales que no le deseo.

Poseo más papeles secretos de don Pedro que por ahora no daré a conocer.

Epílogo

Habrán notado vuestras mercedes mi falta de salud. Me gustaría que interpreten que mi desorden de ideas y pensamientos es más consecuencia de un embotamiento pasajero que desvarío sin vuelta atrás. Ese es al menos mi deseo. Tanta es mi soberbia que tanto más sufriría si debiera admitir que estoy perdiendo la cabeza.

En pleno invierno parece que quiere apuntar la venida de una falsa primavera. Los árboles comienzan a brotar y hasta la sangre se altera. Los jóvenes se preparan para tomar un nuevo estado dejando la soltería; todo alienta la vida salvo este dolor de mis piernas.

No, no es buena mi salud, me falla la memoria. Confío en haber escrito todo cuanto concierne a don Pedro, a su fama de santo y a lo que trabajó por mejorar la vida espiritual y corporal de sus fieles diocesanos.

Sus papeles fueron y continúan siendo mi talismán desde hace más de cuatro lustros. No hubo día en que no los sobara, bien para entresacar de ellos quién sabe qué que mi pobre inteligencia no captara el día anterior, bien para tratar de entender la santidad de aquel obispo que dignificó mi vida y santificó la suya. Sus cartas pastorales las poseo en compendio. En ellas se contienen 110 leyes que él mismo se tenía autoimpuestas para su dirección de canónigo primero y de obispo más tarde.

Clara va y viene incansable laborando la casa, se muestra conmigo como madre que hubiera perdido a sus hijos y al encontrarlos todos sus quehaceres los concentra alrededor de ellos.

Todas las tardes las pasa conmigo hasta la noche, en silencio, mientras sufro el dolor de mis sienes.

Poco más enjundioso podría añadir a lo que a vuestras mercedes ya conocen. Tengo la duda de haber puesto con mi relato un grave peso sobre el lastre de mi propia insuficiencia. Omitiré los versos de don Pedro porque pienso que añadir más habilidades suyas sería como desmerecer otras, pero era un ocurrente poeta, sus composiciones tenían especial gracia. Quién sabe si algún día...

Algunas de sus reglas morales que él observó siempre, me ayudaron a vivir, si bien un servidor no todas pudo guardar, pues no he dejado de acudir a fiestas de toros, comedias y bailes; algún que otro libro profano leí, y la fruta cruda formó en toda hora parte de mi alimentación, tampoco he dejado de porfiar, ni de comer y beber a deshoras y fui más hablador que silencioso. Permanece aún en mi bolsillo una rama de espliego fresco que don Pedro me entregó a las puertas de Bargota en la climata de Navarra para que mis manos olieran siempre a campo abierto y no dejara de sentirme hijo de Dios por ser parte de la Naturaleza.

De él aprendí a poner en tela de juicio los portentos que el vulgo predica milagrosos, como fue cuando alguien me aseguró que Dios salvó de la muerte en 1713 al coronel don Manuel José de Bernabeitia, natural de Navarrete, caballero de la orden de Santiago y marino que salió ileso de una tormenta en el mar. Cierto que Dios así lo quiso, pero un milagro debe ser otra cosa.

No he dicho que desde que casé con Clara propúseme tomar por modelo a don Bartolomé de Lepe, hermano de nuestro señor obispo. Hícelo así porque fue casado como yo. De don Bartolomé lo supe todo por su hermano. Fue poderoso de bienes en la tierra pero sólo amó los del cielo usando de aquellos como medio para lograr estos. Tomó por esposa a una parienta suya, vestida de virtudes como mi Clara y desnuda igualmente de temporales bienes.

Desde que don Pedro murió no he mantenido demasiada relación con aquellos familiares con los que tantos años conviví y pienso que, con ser grande, ha sido así menor el tormento del recuerdo. ¡Cuánto más hubiese sangrado mi corazón, si en estos últimos años hubiese continuado alimentando la memoria de lo vivido cerca de aquel santo varón! Sólo en una ocasión vime obligado a colaborar con el obispo don Alfonso de Mena y Borja, que un año antes de su muerte, sucedida en 1714, me reclamó para localizar en el palacio de Calahorra una antigua puerta que había sido tabicada y deseaba volver a habilitar. No pude ayudarle porque el cierre había sido antes de nuestra estancia en el obispado.

Hace cosa de cuatro años recibí la última carta de la madre Juana Marignia que murió el año de 1718. Ella siguió escribiéndome una vez que supo por boca de don Francisco de Torres lo que yo había hecho por don Pedro que no fue más que menos de lo que mereció. Sus cartas conservo con aprecio, así como cinco hojas que debían encabezar las reglas que nuestro prelado escribió con destino a las monjas de Badajoz y que me constan se hallan también en poder de las madres carmelitas descalzas de Calahorra. También me consta que la monja Marignia mantuvo correspondencia epistolar con el secretario de nuestro señor obispo.

Tampoco mencioné que entre sus legajos encontré un pequeño recorte de papel, con letra de don Pedro, en el que refiriéndose a una de las pinturas de Juan Fernández de Navarrete, pintor de cámara de don Felipe Segundo, que al parecer vio en El Escorial cuando venía hacia Calahorra, escribió.

"Gran emoción he sentido ante la presencia de "Abraham y los tres ángeles" (...) irregularmente puede pintarse tan profundamente un encuentro tan angelical".

Esta tarde por tres veces han entrado a mi alcoba Clara y Luz, y por tres veces les he dicho lo que don Pedro en alguna ocasión pronunció: "estar solo es en ocasiones hallarse bien acompañado". Ambas han hecho distinta mueca en el mismo sentido. Las dos han sufrido mi respuesta por mis desvaríos temporales. Ahora siento dar tan malas contestaciones a quienes tanto me aman.

No, mi salud no es nada buena. La cabeza no responde a mis deseos. Oigo coros que entonan deficientemente el *veni creator*. Sobre la mesa he depositado una de las reliquias con que don Pedro me obsequió. Miro sus cinco agujeros y recuerdo sus palabras, *"son la mística representación de aquellas cinco llagas echas en el cuerpo de Cristo, Lucas"*.

Algunos sueños nocturnos me persiguen. Oigo voces que me mandan abrir la puerta, inmóvil contemplo como unas figuras entran en mi aposento y miran minuciosamente todo, especialmente los papeles que reposan sobre las sillas. Uno es clérigo y parece don Antonio Lanada que tiene la tez de su rostro pálida y como desencajada. Que Dios castigue sin piedad a los que quieren causarme tan injusto mal como es este tormento que acosa mi mente. Hay con él otro hombre de más edad, de rostro curtido y rasgado de arrugas que hablan del legado de un extenso vivir. Alma parece que sufriera penas ajenas. A su lado, una figura angelical, es mi madre. "Muy nobles señores -les digo- beso a vuestras reverencias las manos y les suplico piedad". Seguidamente unos golpes suenan en la puerta de mi aposento: "Abrid al Tribunal de la Inquisición".

Clara ha tornado y ha puesto sus brazos sobre

mis hombros. Me ha preguntado por qué a la hora de comer he dicho que " duras están estas alubias" si no hemos comido alubias. Aseguro a sus mercedes que la cabeza me traiciona, decir tamaña incongruencia sin que venga a cuento...

Siento que mi vida toca a su fin, ya llevo vividos seis años más que los que mi señor don Pedro anduvo en la tierra y bien pensé que a los 59, yo, como él, moriría. Mal año fue aquel en que metióseme en la cabeza que era tiempo cumplido para morir a su misma edad, ¿o era deseo de equipararme a él en algo definitivo? La muerte a todos nos iguala que en lo demás fue don Pedro lo que ningún otro: sal de la tierra, luz de su diócesis y refugio de cameranos, riojanos y vascongados.

Clara me cuida como a un niño. Ayer estuvo a verme el sobrino del cura de Villalba que fue el lugar en que don Pedro hizo la última visita de toda la diócesis. Tenía el chico 11 años aquel 1696, y hoy, a sus 35, ha venido a recordar las palabras de don Pedro y cuánto le sirvieron para su alegría cuando le dijo: *"vive siempre las tentaciones con paciencia y mantén alegre el ánimo, que el desánimo y la tristeza debilitan la voluntad del querer bienhacer"*.

Sepan en fin vuestras mercedes que en el tiempo en que nuestro señor obispo nos falta he logrado comprender la lengua que hablan en las provincias vascongadas dejándome guiar por un perito muy docto en este hablar. Quise aprenderlo en memoria de Martín Urcola, aquel santero que aplaudió a mi madre y que tantas excelencias me habló de ella en su precario romance.

Apelo en fin al entendimiento de aquellos en cuyas manos cayeran estas letras, letras que escribo con el alma espiritual que Dios me dio y la alegría que don Pedro de Lepe alentó en mí. Lo hago en mi vieja casa de la calle de Barriocepo, de Logroño, junto a la ventana que mira al Ebro, contemplando la nieve acumulada en el horizonte, nieve venida en cilliscas desde ventisqueros y barrancos lejanos. Hoy, cuando esto escribo, es el día 15 de enero del año de 1721, hace demasiado tiempo que el señor obispo nos dejó para siempre, y en tantos años sólo conseguí con mis recuerdos echar más gavillas al fuego de mi espíritu, más algo presiento haber logrado al dar por terminado este relato.

Libre soy al fin de las cadenas que supone guardar un secreto que empuja hacia fuera. Razón asistía a don Pedro al decirme:

—Necesita el hombre al menos un amigo en su vida a quien un día descubrir el corazón hablándole con sinceridad sin experimentar las cautelas que se usan en el mundo para hablar unos con otros.

No quisiera morir sin confesar públicamente que sobre los papeles robados, antes que de don Antonio sospeché de don Eleuterio hasta llevarlo en lenguas. Me arrepiento de ello sin que sirva de disculpa que cuanto más le observaba más me parecía ser un indigno ladrón. Pero ¿quién ha de creer que haya en el mundo un justicia que simule ser ladrón? Uno, o es ladrón o no es ladrón pero por nada del mundo le interesa fingirlo. Él parecíamelo y, cuando deduje que no lo era le pedí perdón.

Pido disculpas a sus mercedes por el tiempo que han tomado en leerme, pues seguro estoy de que para explicar todo esto, lo mismo que para entenderlo, hace falta solicitud y maña y yo no sé si poseo ni una ni otra para haberlo hecho con justeza y suficiente comprensión.

Así que vuelvo a la despedida para evitar que quede arrinconada.

Gracias a quienes hayan sido capaces de acopiar el contenido de estos folios porque con su lectura me han librado de la tribulación que nace en los silencios demasiado prolongados.

Que el Señor os conceda su gracia.

Laus Deo.

ANEXO

Anexo

(Salmos que hallé entre los papeles de don Pedro, escritos de su puño y letra)

Pongamos un río caudaloso camino del mar
al que pusieran muralla.
Qué violentas sus aguas
viéndose llegar sin llegar
revuelto su deseo con su propio ímpetu.
¿Pues qué sería del alma impedida de llegar a eternidad
por la muralla del pecado?

Verás las astucias y las artes del demonio.
Verás que no hay piedra que no mueva para derribarte.
Verás sus maquinaciones para hacerte suyo.
Verás que conviene padecer
por no llegar a condenarse.

Impútame tu amargura alma mía,
que mi juicio es impotente para hacerlo.
Me limpiaré de la soberbia oculta tras mi humildad.
Que la polilla es oculta soberbia
ignorada hasta que se ve su daño.
Flotan sin rumbo las hojas sobre las aguas del río
como flota la soberbia del humilde en medio del mundo.

Si el demonio te honra témele.
Si el demonio te halaga, húyele.
Guarécete de él como si fuese encina cuando pasa la tormenta.
Y pide a Dios que no te de más trabajos que los que puedes llevar.

Es el peligro como la mina ignorada
cuando no se espera un estampido derriba su muralla.
Así la tentación: cuando menos ruído causa
más ladina.

El humor en nosotros lo aprovecha el demonio cuando tienta.
¿Notas que tu gozo es altivez?
¿Ves que tu temor es desesperación?

La virtud es un tesoro.
Por muy cargada que vaya la nave,
de preciosas mercaderías,
han de ponérsele piedras para que navegue segura.
La virtud es un tesoro que ha de cargarse de lastre
para que no zozobre.

No te desmaye ver que Dios no te habla.
Mira como los soldados del rey cumplen
en su puerta
aunque el rey no se halle ante su vista.

Mira las catedrales.
En ellas ganan frutos los que estan cantando.

Ven, corona de castidad, hermana de mi paciencia.

Yo te espero.

Hase de abrir la boca para hablar
como la bolsa para pagar.
El que paga, cuenta las monedas y saca las que son menester.
Así las palabras para que ninguna vaya de más.

¡Oh, silencio, llave de acueducto con abundante de agua
Mira mi corazón sin barreras.
Te hablo con sinceridad,
sin cautelas,
como en el mundo debíamos hablarnos unos a otros
para encontrar la Verdad.

No es la misma cosa imitar e igualar.
Imitar es loable, igualar, soberbia.

Oculta tu virtud. Como las abejas.
Hacen las avispas sus panales en paredes descubiertas
y nunca llegan a tener miel.
Huyen las abejas de ojos ajenos
y todo es miel y es dulzura.
La virtud oculta, es la más segura.

Personas que aparecen en la presente crónica

LANADA Antonio: Paje al servicio de don Pedro para atender la antecámara, recibir y ordenar las visitas. No tuvo buenas relaciones con Lucas María Morente.

CARBONELL Tomás de: Obispo de Sigüenza que intercedió ante don Carlos Segundo para que don Pedro de Lepe fuese nombrado obispo de Calahorra.

CASTILLA Antonio de: Director espiritual en Badajoz del obispo Lepe.

CASTAÑO LÓPEZ DE MOREDA Juan: Caballero del hábito de Santiago, hijo del capitán Alonso Castaño, regidor perpetuo de Sanlúcar y de su mujer Juana de Villanueva, paje de su majestad el rey Carlos Segundo, primo hermano de don Pedro de Lepe.

CASTRO Miguel de: vecino de Trevijano de Cameros que golpeó por error a Daniel Morente, abuelo de Lucas Morente, autor de esta crónica.

CORDERO OCHOA Antonio: Compañero de estudios de don Pedro de Lepe en el convento de San Agustín de Sanlúcar.

CUADRA María de: Abuela paterna de don Pedro de Lepe.

ESPARZA Gabriel de: Obispo antecesor de don Pedro de Lepe en el obispado de Calahorra y la Calzada. Antes lo había sido en Badajoz y Salamanca.

ESQUIVEL Alonso: Maestro de don Pedro en su época de estudiante.

FERNÁNDEZ DE SANTAELLA Rodrigo: Arzobispo de Sevilla y fundador de la beca de teología en el Colegio Mayor de Santa María de Jesús de la Universidad de Sevilla.

GUERRA DE NORIEGA Lucas: Secretario del rey Carlos II y su escribano de cámara.

HERNÁNDEZ Paula: Primera esposa de Lucas Morente, fallecida al poco tiempo de casarse.

HERRERA Juan Manuel de: Sacerdote, mayordomo de don Pedro de Lepe en el palacio episcopal de Calahorra a quien el obispo negó la canongía de la Calzada por no considerar suficiente mérito para ello ser parientes.

HERRERA María: Abuela materna de don Pedro de Lepe, obispo de Calahorra y la Calzada en los finales del siglo XVII.

HERRERA Y GRAJERA Andrés de: Mayordomo general en el obispado. Prologó las cartas pastorales del obispo Lepe editadas en Valladolid en 1721.

LEPE Y DORANTE Bartolomé: Hermano de don Pedro de Lepe.

LEPE Y DORANTE Cristobal de: Bisabuelo paterno de don Pedro de Lepe.

LEPE Y DORANTE García: Abuelo paterno de don Pedro de Lepe.

LEPE Y DORANTE Juan de: Padre de don Pedro de Lepe.

LEPE DORANTES Y LÓPEZ DE LERMA Pedro de: Obispo de Calahorra y la Calzada desde 1686 a 1700.

LÓPEZ DE LERMA Juana: Madre de don Pedro de Lepe.

LÓPEZ DE MOREDA Juan: Capitán del ejército, tío de don Pedro de Lepe.

LÓPEZ ESPINOSA Miguel: Arcediano titular de la iglesia de la Calzada que solicitó por causa de su edad, a don Pedro, la eximencia de continuar desempeñando el cargo.

LÓPEZ GÓMEZ Bartolomé: Abuelo materno de don Pedro de Lepe.

LÓPEZ GÓMEZ Juan: Hermano de Bartolomé, mili tar, tío—abuelo de don Pedro de Lepe. Casó en segundas nupcias con Catalina de Lezcano.

LOZARES Francisco: Compañero de estudios de don Pedro de Lepe en el convento de San Agustín de Sanlúcar que más adelante llegó a ser canónigo en Segovia.

MANSO Juan: Racionero de la catedral de Badajoz y amigo personal de don Pedro de Lepe.

MARIGNIA Juana: Monja de un convento en Badajoz que mantuvo trato, correspondencia y auxilio espiritual de don Pedro de Lepe.

MARÍN DE RODEZNO Juan: Obispo de Badajoz, natural de Nájera, cuando don Pedro de Lepe fue nombrado obispo de Calahorra y la Calzada.

MARTÍNEZ LEAL Juan: Racionero de la catedral de Badajoz.

MATA Bernardo de la: Juez eclesiástico y provisor del obispado de Calahorra hasta que fue nombrado fiscal de la Inquisición primero en Logroño y luego en Navarra. Tuvo un altercado con un cura de Muro en Cameros al que defendió el obispo Lepe.

MEDINA Alejandro de: Hermano de Clara de Medina al que Lucas Morente apelaba "el flaco".

MEDINA Clara de: Joven logroñesa que casó con Lucas Morente.

MEDINA Bernabé de: Maestro de don Pedro en su época de estudiante.

MEDINA de Francisca (Quica): Hermana de Clara y de Alejandro.

MERASO Y ARDAZA Andrés de: Compañero de estudios de don Pedro de Lepe en el convento de San Agustín de Sanlúcar.

MORENO Pedro: Capellán al servicio de don Pedro de Lepe en el Obispado de Calahorra, encargado de atenderle espiritualmente y predicar.

ORTEGA Pedro Antonio de: Erudito experto en jurisprudencia relacionada con los derechos de renta al que don Pedro consultó para defender los derechos del obispado frente a los parroquiales.

PONCE DE LEÓN, Lope: Regidor y Corregidor provisional de Logroño en 1654.

PORRAS Juan de: Obispo de Coria cuando se nombró a don Pedro, obispo de Calahorra y la Calzada.

RAMÍREZ Juan: Natural de Ábalos, beneficiado que había sido en San Vicente y Peñacerrada y canónigo en Badajoz en tiempos en que lo era don Pedro, uno de aquellos a quienes se les solicitó informes previos al nombramiento de éste como obispo.

RIVERA Manuel de: Otro de los compañeros de estudios de don Pedro de Lepe en el convento de San Agustín de Sanlúcar.

SÁENZ DE APODACA Cristóbal: Vicesecretario del Sínodo.

MORENTE Lucas: Logroñés al servicio de don Pedro como mozo de mulas primero y criado para todo, después. Autor de estas memorias. Casó en primeras nupcias con Paula Hernández y luego con Clara de Medina.

SANDOVAL Jerónimo de: Corregidor de Logroño en 1654.

SARMIENTO, Alonso: Regidor provisional de Logroño en 1654 por destitución de Lope Ponce de León.

SIVEIRA Manuel de: Propietario de una casa de campo arrendada a unos caseros que la dedicaban a comercio de hombres y mujeres, cuando don Pedro se hallaba de canónigo en Badajoz.

TOLEDO Pedro: Encargado de cerrar las puertas en la catedral de Badajoz mientras don Pedro de Lepe estuvo de canónigo en ella.

TORRES NAVARRETE Francisco de: Secretario de

Cámara del Obispo don Pedro de Lepe. Escribió un manuscrito en 117 folios y en 7 partes que incluye al final "Notas sobre ejercicios espirituales y un directorio para el gobierno de la Diócesis".

UNZUETA Domingo de: Obispo electo, parte de la terna propuesta al rey para suceder al obispo Gabriel Esparza en la diócesis de Calahorra, que murió antes de ser elegido don Pedro de Lepe.

VILLALÓN Y TORREBLANCA Manuel de: Rector del Colegio Mayor de Santa María de Jesús de la Universidad de Sevilla que dió el doctorado a don Pedro de Lepe.

Cronología histórica

1641
29 de junio. Nace en Sanlúcar de Barrameda don Pedro de Lepe.

22 de julio. Es bautizado don Pedro de Lepe en la Iglesia "La Mayor" de Sanlúcar de Barrameda.

1661
10 de agosto. Don Pedro de Lepe recibe en el Colegio Mayor de Santa María de Jesús, conocido por Colegio de Maese Rodrigo de la Universidad de Sevilla, una beca de teología creada por el Arzobispo Rodrigo Fernández.

1665
20 de mayo. Don Pedro de Lepe se licencia en Teología.

24 de mayo. El rector de la Universidad, Don Manuel de Villar y Torreblanca le confiere a Don Pedro de Lepe el doctorado en Teología.

1666
9 de abril. Don Pedro de Lepe es ordenado sacerdote.

1667
8 de agosto. A don Pedro de Lepe le nombran canónigo.

1686
21 de marzo. El obispo de Sigüenza escribe a don Pedro de Lepe para que acepte ser nombrado obispo de Calahorra y la Calzada.

11 de abril. El obispo de Sigüenza le vuelve a escribir con la misma intención.

18 de abril. El secretario de don Carlos Segundo le pide a don Pedro, en nombre del rey que acepte el nombramiento.

12 de agosto. Don Pedro de Lepe es nombrado obispo de la Diócesis de Calahorra y la Calzada.

30 de noviembre Don Pedro de Lepe es consagrado obispo, en Badajoz.

24 de diciembre. Don Pedro de Lepe llega con su comitiva a Inestrillas, localidad perteneciente al obispado del que es titular.

25 de diciembre. Don Pedro de Lepe entra en Aldeanueva de Ebro, camino de Calahorra.

26 de diciembre. Don Pedro de Lepe toma posesión del Palacio Episcopal de Calahorra.

1687
4 de enero. Enfermó Don Pedro de Lepe y se dió cuenta de la precaria situación de los ciudadanos de la ciudad que no tenían médico. Pidió al concejo un médico civil para la ciudad.

22 de febrero. Una vez celebrada una misa crismal en Calahorra, Don Pedro de Lepe comenzó su visita pastoral.

25 de marzo. Don Pedro de Lepe consagró aras en Calahorra.

31 de marzo. Don Pedro de Lepe realizó su primera visita pastoral a la parroquial de San Andrés de Calahorra, desde donde partió hacia tierras de Soria y Cameros. Don Pedro de Lepe escribió a los curas y clérigos del obispado haciéndoles notoria la disposición y forma con que los solicitantes habían de concurrir a recibir las sagradas órdenes. Don Pedro de Lepe escribió otra carta pastoral a todas las personas de los dos estados (eclesiástico y secular) exortándolos a la reforma de sus costumbres.

1688
15 de abril. Don Pedro de Lepe consagró aras en la Calzada y después de despachar un edicto partió hacia Miranda y los pueblos del sur de Álava.

Sin fecha. Don Pedro de Lepe escribió un edicto dirigido a vicarios y curas sobre el abuso de cobrar limosnas por medios prohibidos. Otra carta pastoral dirigió el obispo Lepe al clero del obispado sobre los beneficios eclesiásticos. Atendió don Pedro de Lepe, en varios puntos, las necesidades de los labriegos aquejados de una dañina plaga de langosta.

1689
7 de abril. Don Pedro de Lepe consagró aras en Logroño, donde se enteró de que había enfermado el rey Carlos Segundo.

14 de noviembre, Escribió el obispo Lepe a Logroño desde Amurrio dando permiso para colocar las reliquias de San Bernabé que el cardenal Aguirre había enviado desde Roma a través de Manuel Salaverri que se las entregó a Lucas de Valdurna.

Sin fecha. Don Pedro de Lepe redactó una carta pastoral sobre la observancia en el método apostólico de predicar. Dio licencia don Pedro de Lepe al cabildo para tomar a censo 1.000 ducados con que realizar la defensa del Cidacos.

1690

8 de enero. Don Pedro de Lepe partió hacia tierras de Vizcaya por la ruta de Yécora, Bernedo, Campezo, Antoñana, Maestu, Ibisate, Ocáriz, Eguilaz, ermita de Nuestra Señora de Barria, Léniz, Ollerieta, ermita de San Justo, Ceberio y Bilbao.

23 de marzo. Don Pedro de Lepe consagró Aras en Bilbao, llegando por el Valle de Orozco, Santuario de San Sebastián, Santa Lucía, San Ignacio, Santa Águeda, San Antonio, Belandia, Montellano, San Mamés, Gallarta y San Lorenzo.

25 de diciembre. La navidad la pasó en Marquina. Don Pedro de Lepe escribió una carta pastoral referente al silencio, veneración y modestia que debía observarse en los templos y lugares públicos de oración.

Sin fecha. Don Pedro de Lepe escribe una carta sobre la regulación de procesiones y rogativas; otra carta pastoral sobre las cofradías para que son sean motivo de aprovechamiento de quienes las rigen, y distribuye un decreto pontificio por el que se extendía a toda España el rezo de la Calzada con rito semidoble. Accedió el obispo Lepe a que don Bernardo de la Mata, provisor y vicario general del obispado, dispusiera "que los vecinos de la Calzada diezmen en la propia era cada día de cosecha, sin dejarlo para las últimas parvas que son de peor calidad". Procedió don Pedro contra muchos beneficiados manipuladores de diezmos que simulaban y engañaban para quedarse con ellos.

Entre 1690 y 1696

Sin fecha. Pleiteó don Pedro de Lepe para aclarar la situación de las tercias y cuartas de los diezmos, con los beneficiados de: Haro, Cuzcurritilla, Grañón, Labraza, Leza de Río Leza, Lumbreras, Ocón,

Laguna de Cameros, Ajamil, Jubera, Anguiano, Arenzana de Abajo, San Bartolomé de Logroño, Gimileo, Yanguas, Anguta, Arnedillo, Armañanzas, Sansol, Miranda, Valdeosera, Hornillos, Velilla, Quintanar, Bascuñana, Tobía, Baños de Río Tobía y Torralba.

1691
Don Pedro de Lepe visitó entre enero y marzo: Lequeitio, Bemeo, Ondárroa, Pedernales, Busturia, Arteaga, Guernica y Euba.

12 de abril. Don Pedro de Lepe consagró aras en Durango en cuyo lugar concluyó una carta pastoral y comenzó una carta dirigida al Papa diciéndole que no podía acudir en persona a realizar la visita ad limina.

Entre abril y julio volvió a Durango y continuó por Ermua, santuario de Arrate, San Juan y Zubillaga. Don Pedro de Lepe escribió otra carta pastoral titulada "Castidad sacerdotal", exortando a los sacerdotes a la más exacta observancia de esta virtud.

1692
3 de abril. Don Pedro de Lepe consagró aras en Oñate y de allí acudió por una urgencia desconocida a Guernica. Después de 16 días de ausencia regresó a Durango donde estuvo otros cuatro días.

12 de junio. Don Pedro de Lepe volvió a Logroño camino de Calahorra por el santuario de Urcola, Lequeitiano, Betoño, Gardelegui y Laguardia. Dirigió el obispo Lepe una pastoral a todos los estados del obispado para que administren bien los dineros de las fundaciones pías, patronatos y demás obras piadosas. Don Pedro de Lepe compuso otra carta titulada "Pobreza sacerdotal".

1693
Casi todo el año lo pasó don Pedro en Calahorra.

Sin fecha. El Señor de Vizcaya, presionado por clérigos vascongados, elevó sus quejas a la Secretaría de Estado porque el obispo Lepe pretendía reducir su número alegando "la escasa calidad de algunos".

1694
26 de abril. Don Pedro de Lepe se puso en viaje hacia Vitoria a través de Agoncillo, Viana, Moreda, Barriobusto, Cabredo, Ujaniz, Campezo, Atauri, Troconiz y Elorriaga.

8 de abril. Don Pedro de Lepe consagró aras en Vitoria.

12 de abril. Un poderosos caballero vizcaino acudió a don Pedro de Lepe para pedir favor para su hijo.

16 de abril. Don Pedro de Lepe se puso en camino para regresar a Calahorra donde asuntos desconocidos le reclamaron de urgencia.

8 de octubre. Don Pedro de Lepe de nuevo partió hacia Vitoria para reanudar su visita pastoral.

7 de noviembre. El obispo don Pedro de Lepe con su comitiva llega a Jocano y a lo largo del mes visita Manurga, Anda, Catadiano, Morillas, Mendoza, Apodaca y Garayo.

13 de diciembre. Procedentes de Legarda, Arriaga y Armentia la comitiva del obispo Lepe llega a Ariniz.

14 de diciembre. Pone rumbo de regreso al palacio episcopal de Calahorra donde deseaba don Pedro pasar la Navidad. Don Pedro de Lepe dirigió una carta a todos los sacerdotes y ministros del altar del

obispado escribió una titulada "Ciencia sacerdotal" en orden al culto divino y adoración de Dios. Don Pedro de Lepe dirige otra con el mismo título en orden a la instrucción y enseñanza a que deben aplicarse los sacerdotes.

1695
15 de marzo. Don Pedro de Lepe escribió desde la Calzada dándose por enterado de la muerte del prior de la Redonda, de Logroño.

4 de mayo. Don Pedro de Lepe escribe ciertas consignas a la parroquial de Huércanos. Don Pedro de Lepe escribió a todos los gobernadores, justicias y jueces seculares manifestándoles la obligación de velar por que no se cometieran pecados públicos y delaten a los que juran, blasfeman, murmuran, hurtan o se amancebaban.

7 de julio. Don Pedro de Lepe toma el camino de Miranda visita Ribavellosa, Quintanilla, Fontecha, Cellorigo, Castilseco, Tirgo y Castañares.

10 de julio. Don Pedro de Lepe celebra una misa crismal en la Calzada.

23 de diciembre. Don Pedro de Lepe correspondió por escrito desde la Calzada a la felicitación de Pascua cursada por el cabildo de Logroño.

12 de julio. Emprende don Pedro camino de regreso a Calahorra.

Sin fecha. Don Pedro de Lepe escribió una carta pastoral dirigida a todas las personas del obispado escribió una carta sobre las corruptelas que se celebraban en los esponsales y tratos matrimoniales. Don Pedro de Lepe escribe otra sobre los funerales y exequias para evitar los abusos que en esta materia se cometían por causa de los convites y lisonjas.

1696
4 de marzo. Don Pedro de Lepe celebra otra misa crismal en la Calzada.

19 de marzo. Don Pedro de Lepe vuelve a Calahorra.

1697
26 de abril. Don Pedro de Lepe celebra una nueva misa crismal en la Calzada.

13 de julio. Don Pedro de Lepe comienza a visitar por segunda vez algunas iglesias y ermitas.

19 de diciembre. Don Pedro de Lepe excepcionalmente envía a visitar Huércanos a algunos delegados suyos. Don Pedro de Lepe escribió una carta pastoral en razón a la observancia de guardar los días del Señor.

1698
31 de enero. Escribió don Pedro de Lepe al deán Barranco para votar en un canonicato de Logroño.

25 de marzo. Escribe desde Vitoria don Pedro, convocando el Sínodo para el mes de mayo próximo. A lo largo del año repite visita don Pedro en muchas iglesias y celebra otra misa crismal en la Calzada.

1699
Casi todo el año pasa don Pedro enfermo en la cama.

1700
Sin fecha. Se dió a conocer el Catecismo del obispo Lepe.

25 de noviembre. Don Pedro de Lepe llega a Arnedillo en medio de una gran nevada.

2 de diciembre. Don Pedro de Lepe impone la tonsura a tres jóvenes.

3 de diciembre. Don Pedro de Lepe ordena que se dé aviso de que el día 5 piensa ir a Herce.

4 de diciembre. Todo el día lo pasó don Pedro en cama.

5 de diciembre. Entre convulsiones, perdido ya el conocimiento, y tras una agonía breve, muere don Pedro de Lepe a las 11 de la mañana, según el informe emitido por el Dr. don Victorino Imaz.

Algunos lugares que aparecen en esta crónica

ARMENTIA

Antigua Suisacio, parada romana que citaron en sus libros Antonino y Tolomeo en su Itinerario. Fue sede del obispado de Calahorra en los siglos VIII y IX.

AYALA

En tierras de Álava. Lugares principales de su término son Aguiñiga, Añes, Beótegui, Corteza, Maroño, Menoyo, Murga, Respaldiza, Sojo, Zuaza y Madaria.

BERMEO

En la costa vizcaína cercano a Guernica. A Bermeo llamaban cabeza de Vizcaya. En su playa desemboca un pequeño río que llamaban Calzadacoa. Lugares de su término fueron San Pelayo, Albóniga y la aldea de Domeniques.

BUSTURIA

En tierras de Vizcaya perteneciente a Guernica. Tuvo tres barrios importantes: San Bartolomé, San Cristóbal y Altamira con su anteiglesia de Axpe.

CAMPEZO

En las tierras del sur de Álava. Lo baña el río Eya.

CIGOITIA

Situado al pie del monte Gorbea que domina la llanada de Vitoria. Zona regada secularmente por muchos manantiales, alguno de agua muy fría. Algunos de sus lugares principales son Manurga, Cestafe, Echavarri—viña, Echagüen, Apodaca, Gopegui, Leloña, Murúa, Olano, Berricano, Ondategui y Zaitegui.

CUARTANGO

Valle cercano a Vitoria y al río Bayas. Lugares señalables de su término son Anda, Andagoya, Catadiano, Jocano, Luna, Santa Eulalia, Sendadiano, Archua, Amiano, Guillarte, Inurrita, Marinda, Urbina de Eza, Urbina de Basabe, Villamanca y Zuazo.

DURANGO

Antigua Tavira al sur de Guernica y Marquina. Lugar en el que en el siglo XV vivían sectarios de los fraticellos o begardos. En 1554 fue destruida la villa por un gigantesco incendio. En Durango se celebró un sínodo de la orden de San Benito en 1.180. Ayuntamientos de su alrededor son Abadiano, Amorebieta, Apatamonasterio, Ceberio, Elorrio, Galdácano y Yurreta. Su iglesia parroquial de Santa María siempre fue más conocida por Nuestra Señora de Ullíbarri, templo que tiene un coro y un arco en bóveda sostenido por cuatro columnas empotradas en las primeras pilastras de la iglesia.

GAMBOA

Al pie del monte Arlabán y junto al río Zadorra sus principales lugares son Azua, Garayo, Larrinzar, Orenin, Nanclares de Gamboa y Zuazo de Gamboa.

LENIZ

Situado en tierras de Guipuzcoa, dividido en dos juzgados desde 1.630: Escoriaza y Arechavaleta.

Explotó salinas desde antiguo. Una escritura del Monasterio de San Millán de la Cogolla habla de ellas en 1.087.

LEQUEITIO

A la orilla del río de su nombre en Vizcaya es su terreno muy peñascoso. Su iglesia es la de Santa María donde, ya en el siglo XVII, tenían su refugio la Cofradía de Mareantes de San Pedro.

ONDÁRROA

Villa perteneciente antaño a Marquina, junto al río Artibas.

OÑATE

Oñate se sitúa a los pies de los montes Alui y Aizgorri y está llena de cavernas. En el siglo XVI fundó Universidad en Oñate el obispo Rodrigo Mercado, que había nacido en este lugar y había sido amigo del Cardenal Cisneros. A finales del siglo XVII poco antes de llegar el obispo Lepe ya esta Universidad no tenía actividad por causa de la penuria de los tiempos. Su iglesia parroquial de San Miguel, de portada barroca y claustro gótico, es muy clara y espaciosa. Sus lugares más importantes fueron Araoz, Aizcorbe y las ermitas de Olabarrieta, San Lorenzo y Zubillaga. Como a dos horas de camino se halla el santuario de Aránzazu donde se venera una imagen de la virgen (escultura bizantina del siglo XII) descubierta por un zagal llamado Rodrigo de Balzategui el año 1.469.

ORDUÑA

Cerca de Valmaseda, son sus lugares más importantes Adobeiras, Velandia, Lendoño, Mendeica y Poza.

OROZCO

Terreno vizcaíno muy montañoso. Desde sus

términos corren los ríos Altube y Arnauri hacia el Nervión. Sus lugares son Andramaría, Gallarta, Unibaso, el barrio de Beraza y los caseríos de Aranguren y Cantarrana.

SAN MILLÁN

Cercano a Salvatierra, Vitoria y el río Zadorra. Algunos de sus lugares son Eguilaz, Albéniz, Aspuru, Chinchetru, Galarreta, Luzuriaga, Mezguia, Munain, Narvaiza, Ocáriz, Ordoñana, San Román, Ullibárri—Jauregui, Vicuña y Zuazo.

TREVIÑO

Junto al río Ayuda se incorporó a la corona de Castilla en 1417. Juan II les concedió a los de Treviño el Fuero de Logroño. Su iglesia de Santa María fue construida con los diezmos de Maeztu y Vitoria aquel mismo año. Sus lugares son Aguillo, Arana, Doroño, Marauri, Pedruzo, Pangua, San Vicenteje, Uzquiano, Cucho y Burgueta.

URIBE

Situado en tierras de Vizcaya, al norte de Arratia, al sur del mar, al este de las Encartaciones y al Oeste de Busturia, tenía 32 iglesias.

YANGUAS

Cercano a Armejún y al río Cidacos. Sus aldeas principales son La Mata y Villosillo.

Arciprestazgos representados en el Sínodo de 1698

Camero Nuevo
Valle de Orozco
Gamboa
Campezo
Valle de Arnedo
Ribera
Yanguas
Cigoitia
Cuartango
Camero Viejo
Léniz
La Guardia
Durango
Ayala
Orduña
Treviño
Berberiego (Climata de Navarra)

Vicarías representadas en el Sínodo de 1698

Busturia
Tavira de Durango
Uribe
Bermeo
Arratia
Miranda
Oñate
Bilbao
Lequeitio
Ondárroa

VOCALES QUE ASISTIERON AL SÍNODO DE 1698

Por la Iglesia de Calahorra:
FRANCISCO DE PAGOLA, tesorero y canónigo.
MARTÍN DE ECHAVARRÍA, canónigo magistral.

Por la Iglesia Colegial de Albelda y Logroño:
JOSÉ DE LA VID, chantre y canónigo.

Por la Iglesia Colegial de Cerranuza:
PEDRO DE ONAINDÍA, canónigo.

Por la Universidad de Calahorra:
MARTÍN ZUBERO.
CRISTÓBAL OLIVÁN.

Por la Universidad de Vitoria:
MARTÍN DE LARREA, licenciado y beneficiado en ella.

Por el arciprestazgo de Logroño:
JUAN SAENZ DE SANTA MARÍA, arcediano de la Iglesia Colegial de Logroño.

DIEGO SABANDO, comisario del Santo Oficio y beneficiado en Santiago.

JUAN GARCÍA MARÍN, beneficiado en las unidas de Ocón.

Por el arciprestazgo de Camero Nuevo:

DIEGO BAYO, cura y beneficiado en la iglesia de Ortigosa.

FRANCISCO SÁNCHEZ SALVADOR, beneficiado en Lumbreras.

Por el arciprestazgo de Gamboa:

JUAN DE MATURANA, beneficiado en Oronain.

Por el arciprestazgo de Campezo:

JUAN DE PIEDROLA, beneficiado en Antoñana.

MIGUEL SÁENZ DE JAUREGUI, beneficiado en Aranache.

Por el arciprestazgo de la Ribera:

MARTÍN DE MONTEJO, beneficiado en Antezana.

FRANCISCO BELTRÁN, beneficiado en Molinilla.

Por el arciprestazgo de Yanguas:

LORENZO RODRÍGUEZ, beneficiado en la Iglesia de San Juan en la villa de San Pedro.

PEDRO BAROJA, beneficiado en la Iglesia de Cornago.

PEDRO MIGUEL CORONEL, beneficiado en la de Aguilar.

Por la vicaría de Bermeo:

JUAN IGNACIO DE BELENDIZ, vicario, cura y beneficiado en la Iglesia de dicha villa.

Por el arciprestazgo de Cigoitia:

MATEO MARTÍNEZ DE MURGUÍA, beneficiado en la Iglesia de Manurga.

JUAN FERNÁNDEZ DE OLANO, comisario del Santo Oficio, cura en Echavarici.

Por la vicaría de Oñate:

GABRIEL DE SORALUCE, vicario, cura y beneficiado en ella.

Por el arciprestazgo de Cuartango:

JUAN BAUTISTA DE ARMENTIA, beneficiado en La Puebla de Arganzón.

JUAN ANTONIO DE UGARTE, beneficiado en Jocano.

Por el arciprestazgo de Léniz:

TOMÁS DE BARRUTIA, arcipreste y beneficiado en la Iglesia de Mondragón.

MARTÍN CARLOS DEL COROBARRUTIA Y ZUPIDE, notario del Santo Oficio y beneficiado en San Pedro de Vergara.

Por el arciprestazgo de la Guardia:

MATEO SÁENZ DE PAYUETA, comisario del Santo Oficio, beneficiado en las iglesias de dicha villa y cura en la de Santa María.

JUAN DE OLARTE, cura y beneficiado en la de San Vicente de la Sonsierra.

Por el arciprestazgo de Ayala:

GABRIEL DE USATEGUI, licenciado, vicario de Orozco, cura y beneficiado en San Juan de Gordejuela.

FRANCISCO DE LEZAMA, comisario del Santo Oficio, vicario de Ayala, cura y beneficiado en la iglesia de Amurrio y la Rimbe.

Por el arciprestazgo de Treviño:

FRANCISCO DE URBINA, vicario, cura y beneficiado en Treviño.

MIGUEL DE URBINA, cura y beneficiado en La Puebla de Arganzón.

Por el arciprestazgo de Berberiego, Climata de Navarra:

PEDRO DE URIZAR, doctor, beneficiado en la Iglesia de Torralba y administrador del santuario de Santa María de Codés.

FRANCISCO DE SANTESTEBAN, beneficiado en las Iglesias unidad de Viana y sus anexas.

Por la Iglesia de la Calzada:

JUAN ANTONIO BRAVO, arcediano de Bilbao

Por la Iglesia Colegial de Vitoria:

DIEGO MONASTERIO GUREN, chantre en ella.

Por el arciprestazgo de Rioja:

SEBASTIÁN VICENTE DEL HOYO, visitador del obispado, comisario del Santo Oficio, cura y beneficiado en la Iglesia de Grañón.

FRANCISCO DE VERGARA, abogado de los Reales Consejos y beneficiado en Casalarreina.

Por el arciprestazgo de Nájera:

JUAN ALONSO DE TEJADA, beneficiado en Azofra.

Por el arciprestazgo de Armentia:

ANTONIO DIAZ DE JUNGUITU, beneficiado en Otazu.

BARTOLOMÉ DE OLARTE, beneficiado en Villodas.

Por el arciprestazgo de Eguilaz:

FAUSTO RUIZ DE GAUNA, arcipreste.

DIEGO DE LUZURIAGA, abogado de los Reales Consejos, vicario de Salvatierra, cura y beneficiado en sus iglesias unidas.

DOMINGO GONZÁLEZ DE AUDICANA, cura y beneficiado en la Iglesia de Heredia.

Por el arciprestazgo de Orozco:

GABRIEL DE ALDAMA, beneficiado en las Iglesias del valle de Oquendo.

Por la vicaría de Busturia:

JOSÉ DE BASOZABAL, vicario, cura y beneficiado en la villa de Garnica.

PEDRO DE GAMBOA, beneficiado en la anteiglesia de Munditivar.

Por el arciprestazgo del valle de Arnedo:

PEDRO DE ARNEDO, beneficiado en las unidas de Arnedo y cura en la de Grávalos.

BARTOLOMÉ MARTÍNEZ, beneficiado en la de Herce.

Por la vicaría de Tavira de Durango:

DIEGO DE URQUISABASU, vicario, cura y beneficiado en la villa de Durango.

Por la vicaría de Uribe:

JUAN DE ESPUNCO, comisario del Santo Oficio, cura y beneficiado en la Iglesia de Basigo.

DOMINGO DE SUZUNAGA, beneficiado en la anteiglesia de Derio.

Por la vicaría de Arratia:

PRUDENCIO DE BERNAOLA, vicario, cura y beneficiado en San Pedro de Dima.

Por la vicaría de Miranda:

JUAN ANTONIO SERRALDE, vicario en la Iglesia de San Nicolás.

MIGUEL DE ALBIZ, cura y beneficiado en la de la Bastida.

GERÓNIMO DE ÁBALOS, beneficiado en la misma Iglesia.

Por la vicaría de Bilbao:

JUAN ANTONIO DE EPALZA,

BERNABÉ DE CARRAL, beneficiado en las iglesias unidas de Bilbao.

Por el arciprestazgo de Camero Viejo:

JOSÉ MARTÍNEZ IÑÍGUEZ, comisario del Santo Oficio, cura y beneficiado en Jalón.

PRUDENCIO DE LA PARRA CABEZÓN, cura y beneficiado en la de Soto.

Por la vicaría de Lequeitio:

PEDRO MANUEL DE ALZOLA, beneficiado en las unidas de dicha villa.

Por el arciprestazgo de Durango:

MARTÍN DE ARECHUA, cura y beneficiado en la anteiglesia de Bérriz.

Por el arciprestazgo y vicaría de Orduña:

DOMINGO DE BASABE, bachiller, cura y beneficiado en Ondona.

Por la vicaría de Ondárroa:

BERNARDO DE ANDONAEGUI, beneficiado en la Iglesia de Ondárroa.

Glosario de algunos Cargos, Oficios y Dignidades

ACÓLITO
Monaguillo con sobrepelliz que sirve en la iglesia.

ARCIPRESTE
El principal de los presbíteros de un templo.

BENEFICIADO
Quien goza de un beneficio eclesiástico que no es curato (parroquia) ni prebenda (en catedral o colegiata).

CABILDO
Comunidad de eclesiásticos capitulares de un templo.

CANÓNIGO
Miembro del cabildo de una catedral. Canónigo Doctoral: Asesor jurídico del cabildo; Lectoral: Teólogo del cabildo; Magistral: Predicador propio del cabildo; Penitenciario: El confesor del cabildo; Regular: El que hace vida conventual siguiendo la regla de San Agustín.

CAPELLÁN
Sinónimo de provisor. Clérigo titular de una capellanía. Capellán de coro: El que no tiene prebenda; De altar: El que asiste al que celebra y canta las misas solemne;. Mayor.: El superior de un cabildo de cape-

llanes que suele decir misa en los oratorios privados y vive en casa; De honor: el que dice la misa a la realeza en su oratorio privado.

CLÉRIGO
(Sinónimo de eclesiástico, tonsurado, cura y capellán) Tonsurado, que ha recibido las órdenes sagradas; De cámara, el que obtiene un clericato de cámara; De corona, el que sólo tiene la primera tonsura; De menores, el que sólo tiene las órdenes menores; de misa: Presbítero o sacerdote.

DIÁCONO
Segunda de las órdenes mayores encargado de servir al sacerdote, predicar con permiso del obispo, distribuir la eucaristía, bautizar solemnemente en caso de grave necesidad y con permiso del párroco.

EXORCISMO
Conjuro contra el espíritu maligno.

EXORCISTA
Tercera de las órdenes menores que faculta para practicar exorcismos con permiso del obispo.

HOSTIARIO
Encargado de abrir y cerrar las puertas, y de evitar la entrada de perros y otros animales en la iglesia.

ÓRDENES
Distintos grados del clero. Mayores. Órdenes que reciben los subdiáconos, diáconos y sacerdotes. Menores. Órdenes que reciben los hostiarios, lectores, exorcistas y acólitos.

PÁRROCO
Sacerdote que dirige una parroquia.

PARROQUIA
Templo donde se administran los sacramentos.

PROVISOR
El que daba cuentas al obispo de las causas pendientes especialmente las referentes a los pobres.

SACERDOTE
Sinónimo de presbítero, eclesiástico, clérigo y cura de misa.

SACRISTÁN
Quien ayuda al sacerdote. Se ocupa de la limpieza, el orden y el aseo del templo y la sacristía.

SECRETARIO
Ejecutor documental de los acontecimientos oficiales del obispado. A éste pedía cuentas el obispo de lo que firmaba.

TONSURA
Sacramental por medio del cuál el que lo recibe entra a formar parte del clero.

VICARIO
Sustituto de las funciones de otro. Vicario de parroquia, el que hace las veces de un párroco; Apostólico (de la Santa Sede), ejerce donde aún no hay nombrada una jerarquía eclesiástica; Capitular: Elegido para el gobierno de una sede vacante; De Jesucristo.:El Papa; General: El que asiste al obispo y gobierna la diócesis en su ausencia.

VISITADOR
Delegado nombrado por el obispo para alguna misión de la cuál estaban obligados a expedir informes fuesen buenos o malos.

BIBLIOGRAFÍA

"Constituciones Synodales antigvas y modernas del Obispado de Calahorra, y La Calzada. REconocidas, reformadas y avmentadas novissimamente por el Ilustrísimo Sor. D. Pedro de Lepe, Obispo de este Obispado, del Consejo de Sv Magestad, &c, En el Synodo Diocesano, qve celebró en la civdad de Logroño en el año de mil y seiscientos y noventa y ocho. CON PRIVILEGIO. En Madrid. Por Antonio González de Reyes. Año de 1700."

"Espejo de Prelados y vida del Ilmo. Sñor. D. Pedro de Lepe y Dorantes, Obispo que fue de Calahorra y La Calzada. Escrita por su Secretarlo de Cámara el liz. D. Francisco de Torres Navarrete, comisario del Santo Oficio, Revendado que fue en la Santa Iglesia de Calahorra, y Beneficiado en la villa de Arenzana de Abajo".

"Tesis de licenciatura de D. Venancio Hernáez Iruzubieta. Universidad de Navarra. Pamplona."

"Sedes Episcopales de La Rioja. Siglos XVI-XVII. Eliseo Sáinz Ripa. Diócesis de Calahorra y la Calzada-Logroño. Cícero Industrias Gráficas. 1996"

"Libro de visita del licenciado Martín Gil. Introducción, transcripción y notas de Pablo Díaz Bodegas. Diócesis de Calahorra y la Calzada-Logroño. Gráficas Ochoa. 1998"

Este libro se terminó de imprimir
en Quintana Industrias Gráficas.
Avenida de Burgos 5 de Logroño,
en el mes de marzo del año 2000.